DU MÊME AUTEUR

Aux Éditions Fayard

BESOIN D'AFRIQUE, en collaboration avec Éric Fottorino et Christophe Guillemin, 1992 (LGF).

HISTOIRE DU MONDE EN NEUF GUITARES, accompagné par Thierry Arnoult, 1996.

DEUX ÉTÉS, 1997.

LONGTEMPS, 1998.

DISCOURS DE RÉCEPTION À L'ACADÉMIE FRANÇAISE, avec Bertrand Poirot-Delpech, 1999.

PORTRAIT D'UN HOMME HEUREUX, 2000 (Folio n° 3656).

ALBUM LE NÔTRE, 2001.

MADAME BÂ, 2003.

VOYAGE AUX PAYS DU COTON. Petit précis de mondialisation I, 2006.

A380, photographie de Peter Bialobrzeski, Laurent Monlaü, Isabel Muñoz, Mark Power, 2007.

L'AVENIR DE L'EAU. Petit précis de mondialisation II, 2008.

LA VIE, LA MORT, LA VIE – LOUIS PASTEUR 1822-1895, 2015.

GÉOPOLITIQUE DU MOUSTIQUE. Petit précis de mondialisation IV, 2017.

Aux Éditions du Seuil

LOYOLA'S BLUES, 1974 (Points-Seuil).

LA VIE COMME À LAUSANNE, 1977 (Points-Seuil).

UNE COMÉDIE FRANÇAISE, 1980 (Points-Seuil).

L'EXPOSITION COLONIALE, 1988. Prix Goncourt (Points-Seuil).

GRAND AMOUR, 1993 (Points-Seuil).

MÉSAVENTURE DU PARADIS : MÉLODIE CUBAINE, photographies de Bernard Matussière, 1996.

PORTRAIT DU GULF STREAM, 2005.

Suite des œuvres d'Erik Orsenna en fin de volume

BRISER EN NOUS
LA MER GELÉE

ERIK ORSENNA

de l'Académie française

BRISER EN NOUS LA MER GELÉE

roman

GALLIMARD

« Un livre doit être la hache pour briser
en nous la mer gelée. »

Franz KAFKA

Madame la Juge,

Voici l'histoire d'un homme. L'histoire d'un homme qui écrit à une femme. Banal, me direz-vous. Innombrables, depuis que l'écriture et l'espérance existent, innombrables sont les hommes qui, un beau jour ou la nuit venue, ont pris soudain la décision de se saisir d'un stylet, d'une plume, d'une pointe Bic ou d'un téléphone portable. Et c'est ainsi qu'ils ont commencé à former des mots pour les envoyer à une femme.

Mais cette histoire a ceci de particulier que la femme à laquelle cet homme s'adresse est une magistrate. Soyons plus précis, car divers, enchevêtrés, incompréhensibles sont les domaines de la Justice : cette femme à qui cette lettre s'adresse est juge aux affaires familiales.

Madame la Juge,

Voici l'histoire d'un homme qui vous écrit une lettre.

Voici l'histoire d'une rareté : peu fréquents, d'après les statistiques, sont les hommes qui écrivent à une magistrate ; et surtout pour la remercier.

Voici l'histoire d'une bienveillance. Il était une fois une juge qui, certain matin d'octobre, vous reçoit pour vous divorcer et qui, au lieu de vous accabler de critiques ou d'indifférence, vous sourit. Oui, entendant le récit résumé de l'échec de votre amour, *elle vous sourit.*

— Vous voulez vraiment vous séparer ? Il me semble entendre beaucoup d'amour.

Tandis que derrière cette juge qui sourit, la greffière hoche la tête. Elle aussi doit penser qu'il reste *encore* beaucoup d'amour entre ces deux personnes venues, ce matin-là d'octobre, pour divorcer.

C'est ainsi que l'histoire qui va suivre s'adresse à vous, madame la Juge, Anne Bérard, Vice-Présidente aux affaires familiales. Et à vous aussi, Évelyne Cerruti, madame la Greffière, puisque ce matin d'octobre vous avez hoché la tête. Cette lettre est l'histoire d'une gratitude. Cette lettre est l'histoire d'un cheminement. Amorcé bien avant l'île de la Cité (Ier arrondissement de Paris) et continué bien au-delà du détroit de Béring.

Il y a des hommes et des femmes qui ont la force d'entrer tout de suite dans leur vérité. Pour d'autres, il faudra beaucoup, beaucoup voyager. Car ils commencent par fuir. Ils ne se retrouveront que s'ils ont de la chance, par exemple la chance de rencontrer un sourire, un certain matin d'automne, dans un petit bureau sinistre d'un palais de justice.

Madame la Juge,

Ce matin-là 10 octobre, l'homme que vous alliez bientôt recevoir pour le divorcer s'était levé tôt. Il voulait repérer les lieux avant le rendez-vous fatal. Car plus il engrangeait d'années, plus il sentait s'imposer sur sa vie les forces de la Géographie. Dans sa jeunesse, il lui semblait n'avoir que ricoché : il courait tant que la terre ne lui collait pas aux semelles. C'était une époque, rappelez-vous, les années 1970, c'était un temps qui ne prêtait attention qu'à l'Histoire, c'est-à-dire aux pouvoirs des hommes, bénéfiques ou mortels. Cette croyance désinvolte en la *maîtrise* s'était chez lui peu à peu effacée. Non, tout n'était pas *politique* ! Non, l'espèce humaine n'avait pas le monopole de la vie ! Et elle devait acquiescer à des mécaniques qui la dépassaient.

D'où la longue promenade de ce poignant matin d'automne.

Paris était né là, un village posé sur une île, au milieu de la Seine. Et la grande ville avait poussé tout autour. Et sur l'île, chassant le village, s'étaient peu à peu installées les machines qui permettent aux grandes villes de vivre : une cathédrale, pour fabriquer de la croyance ; un hôtel-Dieu, pour réparer les vivants ; un nid de policiers, pour protéger les braves gens ; un palais de justice, pour séparer les bons des méchants.

Entre ces machines à vivre coulaient les deux bras d'un petit fleuve, la Seine.

C'est lui, c'est elle, le petit fleuve, la Seine qu'il allait maintenant falloir remonter jusqu'à sa source : le début de l'histoire. Comment expliquer l'échec d'un amour ? À quel moment précis du temps s'amorce la déchirure, par quel mot blessant, par quelle absence, quelle déception, quelle espérance trahie ?

On appelle *lettre de château* ces mots envoyés à un hôte,

une hôtesse pour le, pour la remercier de vous avoir si bien accueilli.

Voici ma lettre de château, madame la Juge et Vice-Présidente aux affaires familiales.

Veuillez transmettre à Mme votre greffière hocheuse de tête mes souvenirs les plus cordiaux.

Voici l'histoire d'une oreille miraculée capable de distinguer les battements du cœur parmi tous les bruits du monde.

Voici l'histoire d'un trésor perdu, puis retrouvé.

Et pourquoi si grosse, cette lettre de château, pourquoi si pleine de pages ?

À cette question, que je me suis mille fois posée, une romancière indienne a répondu. Merci, Arundhati Roy !

Comment écrire une histoire brisée ?
En devenant peu à peu tout le monde.
Non.
En devenant peu à peu tout.

I

UNE RENCONTRE
AVEC L'ARCHE DE NOÉ

> « De tout ce qui vit, de toute
> créature, tu feras entrer dans l'arche
> deux membres de chaque espèce
> pour leur conserver la vie avec toi. »
>
> Genèse VI, 19

1

*Un chat qui s'en va tout seul
sans oublier d'autres animaux*

Tout aura commencé par une tombe ouverte. Et le cercueil avait depuis longtemps disparu sous les fleurs. Il pleuvait comme jamais, en cette fin d'année 2006, et les pieds dans la boue nous pleurions Francis Girod.

Le réalisateur de films (*L'État sauvage*, *La Banquière*) était mort. D'aimer trop fort Anne, sa femme, son cœur s'était un beau jour arrêté.

Autour de sa tombe, les discours s'éternisaient.

Lorsqu'un ami meurt, pour quelle raison faut-il que ce soient les discours qui s'éternisent et pas l'ami mort ?

Tous les trois s'étaient blottis sous le même parapluie. Elle, architecte. Lui, producteur (mais quel dommage de ne pouvoir rester rugbyman toute sa vie). Et le troisième, moi, Gabriel. Trois qui se connaissaient depuis la nuit des temps. Vous le savez bien, madame la Juge, la nuit des temps est la patrie de l'amitié. La seule patrie où l'on ose pleurer car c'est le seul pays où on est prié de bien vouloir, avant d'entrer, déposer ses armes.

Pour se réchauffer, ces trois-là chuchotaient. Par quel

mystère les chuchotements réchauffent-ils plus que les paroles de pleine voix ?

Plus tard, rue d'Assas, dans un restaurant aujourd'hui disparu, Spécialités du Sud-Ouest, ils demeurèrent un long moment silencieux. Le temps de se débarrasser de leurs vêtements trempés, de commander du vin, un madiran, et de goûter la lumière, la chaleur du lieu, après cette avalanche de gris.

Le producteur a regardé sa femme :

— On lui dit ?

Elle lui a souri :

— On lui dit !

Voilà, ils avaient rencontré quelqu'un. Une femme. Une femme qui les avait séduits, elle et lui, dès le premier regard. Et qui avait continué d'ainsi les enchanter tout du long de la soirée. L'un après l'autre, ils renchérissaient. Belle, mais pas seulement. Oui, une vraie poésie ! Sans doute de la détresse, mais comme tu aimes, et une grâce, une fantaisie…

— En tout cas, à nulle autre pareille !

— Ça c'est sûr !

Pendant qu'ils parlaient, je ne quittais pas des mains ma serviette en papier. L'air était tellement humide dans ce restaurant du Sud-Ouest que mes lunettes s'embuaient toutes les trois minutes, je les enlevais, les remettais et de nouveau les essuyais.

Si bien que la première fois où j'entendis parler de vous, mon amour, mes yeux n'ont pas cessé de voir flou et mes doigts de tripoter ce papier pelucheux dont on fait les serviettes.

Madiran aidant, je me repris. Et regardai mon ami.

— Pourquoi me racontez-vous ça ?

— Parce que, mon pote, on te trouve triste.

Ma compagne était morte quatre ans plus tôt. Morte de la mort d'un cœur qui, dans la nuit de Brest, soudain s'arrête. Je croyais faire bonne figure. Je devais trop rire. Je présentai mes excuses.

— Il y a un temps pour tout, décréta l'ami, soudain docte.

Et sa femme confirma :

— Relis la Bible : il y a un temps pour pleurer et un temps pour rire, un temps pour se lamenter et un temps pour danser.

— Maintenant, sèche tes larmes. Et prépare-toi ! Avec celle que nous allons te présenter, tu vas danser. Bon, oui ou non, veux-tu la rencontrer ?

Oh, je ne cherche pas d'excuse. Je mérite mon malheur à venir car je me lançai sans réfléchir.

— Pourquoi pas ?

Pourquoi pas ?, le nom choisi par Charcot pour au moins quatre de ses bateaux.

Pourquoi pas ? Quelle autre force pousse à prendre la mer ? Charcot, le grand explorateur des pôles. Qu'est-ce que la vie sinon voyager dans les glaces ?

— Et par ailleurs, cette merveille est une savante.

— Quel genre ?

— Les chauves-souris.

— Pardon ?

— Elle étudie leurs pouvoirs. Il paraît que ces drôles d'oiseaux hébergent toutes sortes de parasites terrifiants sans jamais tomber malades.

— Fascinant, non ?

— On t'avait dit. Une femme à nulle autre pareille. Ça te changera de tes coups de foudre habituels.

— Oui, Gabriel, on en a marre de tes hautes fonctionnaires sexy chic, style *Figaro Magazine* !

— Elle s'appelle Suzanne.

— Plutôt démodé, non ?

— Peut-être ! Mais ce démodé l'a gardée jeune, on lui donne trente ans.

— Disons quarante !

Face à telle avalanche, comment résister ?

— Pauvre de moi !

— Alors si on l'invite, tu viens ?

— J'ai déjà répondu.

Ils ont battu des mains.

Cet accès de gaieté ne fut pas du goût d'un groupe déjà vu au cimetière et qui déjeunait à l'autre bout de la salle.

Un homme a lancé : « Et il y a une heure, au bord de la tombe, ça pleurait des larmes de crocodile ! »

Heureusement que l'ami n'a pas entendu. Il a beau approcher de quatre-vingts ans, son sang d'ancien rugbyman argentin reste chaud et ses poings toujours prêts à frapper.

*

L'âge n'avait rien amélioré. Les années avaient eu beau s'accumuler, dès que la possibilité d'un amour se profilait, même dans le plus lointain des horizons, je me faisais toujours aussi peu confiance. Surtout avec une aussi belle qu'ils le disaient. Je me connaissais. Tétanisé, je ne trouverais rien à lui dire, pauvre merveille de Suzanne, à lui dire, et moins encore à lui répondre.

Dans l'ordre maudit des timides, j'appartiens à l'espèce dite travailleuse, ingénieur oblige. Je prépare soigneusement mes rendez-vous.

J'avais un gros capital de vacances en retard. Je me précipitai vers ce grand bâtiment sévère que les habitués appellent familièrement Sainte-Geneviève. Dieu, ce jour-là, avait dû me prendre en pitié : loué soit-Il, dans les siècles des siècles. Il avait donné Ses instructions pour que me soit réservée cette rareté des raretés dans ce Paris qui pourtant se pique de rayonner sur la culture du monde : une place libre dans une bibliothèque.

Mon imperméable dégoulinant posé sur le siège, fusillé du regard par mes deux voisines pour un forfait, un bruit, qu'il ne me semblait pas avoir commis, je m'approchai du comptoir à pas précautionneux.

C'est ainsi que durant les neuf jours qui précédèrent le dîner, si redoutable à mes yeux, je me gorgeai de chauves-souris.

Quoi qu'il arrive entre nous (selon toute probabilité, rien), merci à cette Suzanne !

Sans elle aurais-je appris, par exemple, que :

1) ces bestioles sont les seuls mammifères volant grâce à des ailes qui sont en réalité des mains modifiées. D'où le nom de leur ordre : les chiroptères, du grec *chiro* (main) et *ptère* (aile) ;

2) on en trouve plus de mille espèces et de toutes tailles, de quelques centimètres d'envergure à plus d'un

mètre cinquante (celle qu'on appelle le renard des Philippines) ;

3) elles voient avec les oreilles, grâce à un système interne de radar leur permettant de se déplacer dans l'obscurité la plus absolue. Hélas, le flux d'air brassé par les éoliennes les attire. Beaucoup n'échappent pas aux hélices géantes ;

4) elles se nourrissent d'insectes, en une nuit jusqu'à la moitié de leur poids. Mais celles de la sous-famille *Desmodontinae* sont de véritables vampires car elles sucent le sang.

Et le soir, comme au bon vieux temps de l'école, je me récitais le nom de ces petites bêtes, pour bien les emmagasiner dans ma mémoire et les ressortir avec aisance, mine de rien, le moment venu : Grand Rhinolophe, Barbastelle, Vespère de Savi, Murin d'Alcathoé, Noctule de Leisler, Pipistrelle de Nathusius…

Intriguée par cette frénésie chiroptérienne, une jeune bibliothécaire se planta devant moi le quatrième jour. Petite tête brune.

— On peut savoir ce qui vous intéresse tant chez ces rats volants ? C'est pour un examen ?

— Non, pour un rendez-vous.

— Ah ! Je me disais aussi ! Alors n'oubliez pas l'opérette de Johann Strauss fils. *La Chauve-Souris*. Il paraît que c'est son chef-d'œuvre. L'histoire d'une passion impossible.

— Tout à fait ce qui me convient.

— J'adore les Strauss, pas vous ? Quel dommage !

— Et pourquoi donc ?

— On ne danse plus la valse.

Et elle se lança dans un vibrant hommage au rythme à

trois temps. Il n'achève rien, n'est-ce pas ? Il laisse en suspens. Il appelle la suite, il entraîne, au risque de tourner la tête. Vous, vous êtes du genre à aimer vous tourner la tête ! Vous me promettez de revenir après ?

Je la regardai, sans comprendre.

— Revenir me raconter votre rendez-vous. Passer ses journées au milieu des livres… (D'un grand geste, elle montra les rayonnages)… ça frustre, à la longue. On aimerait savoir s'ils changent un peu la vie des gens qui les lisent. À quoi servent les livres, au fond ? Vous sauriez répondre ?

Je ne tins parole que bien plus tard, après toutes les péripéties heureuses et malheureuses qui suivirent et que je vais vous raconter.

Trop tard, me fut-il répondu à Sainte-Geneviève. La demoiselle dont vous parlez n'avait pas une vraie vocation des livres. Si le cœur vous en dit, elle joue en ce moment un petit rôle dans *La Périchole*, oui, à l'Opéra-Comique.

Mais ne brûlons pas les étapes.

Pour l'heure c'est un Gabriel enjoué qui compose le code censé ouvrir la porte de l'immeuble où l'attend son destin.

Il se sent prêt, chiroptèrement parlant. Et dans la rue Vicaire (IIIᵉ arrondissement de Paris), il vient d'esquisser, sous le regard médusé des pigeons, quelques pas de valse. Cette danse qui appelle la suite, au risque de tourner la tête. Un, deux, trois. Un, deux, trois. Un, deux, trois.

*

— Quelle heure est-il ?
— Neuf heures vingt. Tu crois qu'elle viendra ?

— Tu connais le mot de Guitry : Madame est en retard, c'est donc qu'elle va venir.

— Elle aurait téléphoné. Elle m'a paru très bien élevée.

— Elle se sera perdue.

— Enfin voyons, rue et cour, je lui ai donné trois fois les deux codes.

— Tu as dû lui faire peur.

— Peur de quoi ?

— Elle n'aime pas qu'on l'enferme.

Bref, on ne parlait que d'elle, elle qui n'arrivait pas. Pour qui se prenait-elle ? On n'allait tout de même pas demeurer toute la soirée les yeux fixés sur la porte.

C'est dire si cette personne m'a tapé sur les nerfs avant même qu'elle arrive.

Enfin, la sonnette.

Et un chat est entré.

Par quelle divination me suis-je murmuré : voici mon malheur ?

Vous rappelez-vous notre dialogue, madame la Juge, juste avant que vous prononciez le divorce ?

« Quand avez-vous compris qu'il n'y avait plus d'issue ?

— Dès que je l'ai vue.

— Et vous avez quand même décidé de l'épouser ?

— C'est pour cela que j'ai décidé. »

*

La regarder n'était pas facile puisqu'il avait été convenu de la placer à ma gauche. Aisé d'imaginer la discussion du couple ami au moment d'établir un plan de table. Le meilleur des plans de table possibles pour servir leur projet de coup de foudre.

— Qu'est-ce que tu crois, en face l'un de l'autre ?

— Mais non, voyons, je le connais, il va la dévorer des yeux, elle va le trouver pesant.

— Alors en diagonale ?

— C'est le genre de femme à préférer l'un de ses profils.

— Mais lequel ? Côte à côte serait mieux ?

— Pour qu'elle devine le traquenard ? Non, merci !

C'est pourtant cette dernière solution qui avait été retenue. Et longtemps je garderais de ce dîner des douleurs lombaires, obligé que j'étais de me partager entre ma voisine de droite, l'épouse d'un directeur de France 3 que mon éducation et mon respect des médias m'interdisaient de trop dédaigner, et ma voisine de gauche, la fameuse Suzanne, que j'aurais volontiers prise par la main et entraînée, contre toutes les règles de la bienséance, pour un tête-à-tête au lieu de ne faire sa connaissance que détail après détail.

Cheveux noirs coupés mi-longs.

Peau très blanche.

Yeux noisette.

Nez minuscule.

Lèvre supérieure volontiers retroussée, était-ce pour laisser pointer l'extrémité ronde de sa langue ?

À ces quelques données parcellaires ajoutons certaine connaissance plus générale engrangée à la volée lorsqu'elle avait retiré son manteau, encore pardon pour mon retard, oh comme il fait bon chez vous ! : un corps mince et menu, d'une infinie souplesse.

Plus je la considérais, de cette manière hachée, plus je me demandais pourquoi mes amis avaient invité *un chat* à dîner. N'avaient-ils plus d'autre espoir, plus aucune croyance en la possibilité d'une vie normale pour moi, une vie comme tout le monde entre deux êtres de même espèce, un homme et une femme ?

Dans cette douloureuse histoire, on peut, madame la Juge, me reprocher bien des aveuglements. Au moins accordez-moi la perspicacité d'avoir reconnu dès la première soirée la vraie nature, féline, de l'invitée. Laquelle j'allais, bientôt, et pour mon malheur, demander en mariage.

*

Du *chat qui s'en va tout seul* on aurait pu dire qu'il faisait partie de notre famille. D'ailleurs, quand on nous demandait si nous avions un chat chez nous, OUI était la réponse.

— Et vous avez trouvé quelqu'un à qui le confier pendant les vacances ?

— Oui, chez Kipling. C'est la pension qu'il préfère.

Le plus souvent, quand je réclamais à ma mère une histoire, elle inventait. Mais les jours de mauvais temps elle se réfugiait dans ce Kipling, « c'est un écrivain colonial, il peut faire office de soleil ».

« Hâtez-vous d'ouïr et d'entendre ; car ceci fut, arriva, devint et survint, ô Mieux Aimée, au temps où les Bêtes apprivoisées étaient encore sauvages. Le Chien était sauvage, et le Cheval était sauvage, et la Vache était sauvage – et ils se promenaient par les Chemins mouillés du Bois sauvage, tous sauvages et solitairement. Mais le plus sauvage de tous était le Chat. Il se promenait seul et tous lieux se valaient pour lui. »

Installés dans leur grotte, l'Homme et la Femme se mirent à vouloir des animaux dociles et toujours prêts à les servir. C'est ainsi qu'ils domestiquèrent le chien, et le cheval et la vache et le cochon. Tous tombèrent dans le piège du confort et de la servitude. Tous. Sauf le chat. Un chat semblable à cette si charmante et, par suite, si redoutable voisine.

*

C'est alors, comme la conversation se concentrait sur le sujet passionnant des prochaines vacances, que le chat s'est exclamé :

— De toute façon, je hais la Bretagne !

Consternation immédiate sur le visage des amis : ils savaient mon attachement viscéral pour cette région du monde et pour ses habitants.

— Oui, je la hais ! Il y fait si froid, il y pleut tant, et les maisons nouvelles, quelle laideur ! À quoi sert l'été si c'est pour y grelotter comme en hiver ? (Etc.)

Les amis, instigateurs du dîner, avaient beau tout faire pour changer de sujet, tels des peones tentant d'éloigner le taureau du torero blessé, rien n'y faisait. Elle s'acharnait. N'étant pas avertie du complot, pas plus que des préférences géographiques de son futur époux (moi), cette femme pour laquelle j'éprouvais à présent la plus violente des allergies continuait allègrement à dénigrer l'Ouest. Un Ouest, je devais l'apprendre plus tard, où elle était née. Cette origine, qu'elle jugeait méprisable, expliquant sa colère. Il sera temps d'en dire les circonstances. D'un mouvement brusque, je lui avais tourné le dos. Chacun des mots de cette furie m'éloignait du destin (qui était pourtant le mien) de devenir son époux. Elle enchaîna sur un éloge vibrant de la Corse. Nous avions frôlé le pire. Eût-elle célébré « la Côte d'Azur » que je quittais la table, et cette Suzanne, pour toujours. Mais l'Argentin ex-rugbyman parvint à relancer l'affaire, et l'enchaînement qui aboutit à ce désastreux mariage : l'idée lui vint, pas très originale mais efficace, de comparer les Bretons et les Corses, deux peuples fiers, ombrageux, voyageurs, maritimes… Toute la table abonda dans son sens, même la forcenée anti-Ouest.

Me levant tôt, je pars tôt des dîners.

Je voyais d'autant moins de raisons de déroger à ma règle que cette Suzanne appartenait clairement à la race des « trop belles pour moi », une engeance dont j'avais eu à beaucoup souffrir. Tandis que je me saisissais de mon manteau, la maîtresse de maison se désolait. Son plan s'effondrait. Elle joua son va-tout et qu'importe si le complot était découvert.

— Mais comment, vous n'échangez pas vos téléphones ?

Elle força presque son invitée à dicter son numéro. Je l'inscrivis au dos d'un dossier rassemblant quelques données sur, je m'en souviens, « La gestion sédimentaire du haut Rhône suisse et français ». Il faut vous indiquer que mon métier, c'est l'eau. Un jour, je vous en parlerai. Barrages, écluses, irrigation, transport fluvial, fragilité des deltas…

Tendez l'oreille, madame la Juge. Quel est donc ce ronronnement sourd, cette basse continue qui emplit l'air ? Et sentez-vous comme sous vos pieds le plancher tremble ? Regardez par le hublot : ne semblerait-il pas qu'un paysage défile ? Lentement d'abord. Puis de plus en plus vite ? Le grand bateau du destin vient de quitter le port. Dit autrement : un amour commence. Et c'est ma faute, ma très grande faute. Pour rester bien au chaud et tranquille dans la mélancolie de ma vie d'avant, je n'avais qu'à répondre Non, Non fermement, Non une fois pour toutes, à la question du Diable : Pourquoi pas ?

On peut me trouver des excuses. Pouvais-je prévoir que je m'embarquais pour des années et des années alternées de guerres et de vertiges émerveillés ?

Comment aurais-je pu imaginer rencontrer, chemin faisant, l'espion présumé Papanine, la douceur infinie des loutres de mer, le maharadjah de Jaipur, le coach Spinoza, le Nobel manqué Leonard Cohen, un ours blanc en veine de confidence ?

Et la microscopique île Diomède, à l'extrême Nord de cet océan qu'on appelle Pacifique, au beau milieu du détroit séparant l'Amérique de l'Asie, de quels présages pouvait-on déduire qu'elle allait m'offrir le trésor d'une seconde et dernière chance ?

Savez-vous, madame la Juge, les deux significations du mot Alaska, *alaxsxag* ?

Les Aléoutes l'emploient pour parler de leur pays. Alaska : *la Grande Terre*. Mais pour eux, Alaska évoque aussi *les rivages où vient se casser le dos de la mer*.

2

L'inventaire de la forêt gabonaise

Le temps avait passé depuis le dîner arrangé, un temps ponctué d'engueulades. Chaque semaine, ou presque, le producteur et ancien rugbyman appelait son ami. Alors ? Alors, quoi ? Vous vous êtes vus ? Ne joue pas au con, tu sais qu'elle t'attend ? Allons donc, une belle comme elle ! Impoli même, voilà ce qu'elle a dit de toi !

D'ordinaire, je suis plus curieux que peureux. Couard de nature, j'ose, juste pour voir. Je me lance à l'aventure, emporté par un désir d'inconnu qui balaie mes craintes.

Cette fois, la sinistre petite voix de la Raison refusait de se taire. Et me répétait : cette femme est dangereuse. La plus dangereuse de toutes les femmes dangereuses que tu as rencontrées. Tu veux que je te rappelle la quantité, la qualité de malheur que peut engendrer une femme dangereuse ?

L'été pluvieux avait cédé la place au plus lumineux des automnes (secoué par trois nouveaux coups de fil de l'Argentin : te rends-tu compte de ce que tu manques ?).

Et puis vint l'hiver, sans mériter le nom d'hiver tellement on n'y grelottait pas. À la Compagnie du Rhône où je travaille, l'ambiance était morose. S'il fait trop beau, par définition la pluie se fait rare. Avec de moins en moins d'eau dans le fleuve, comment voulez-vous contenter les turbines des barrages ? Et sans activité suffisante desdites turbines, comment voulez-vous produire et vendre assez d'électricité pour satisfaire nos actionnaires et verser nos salaires ? Un jour, je vous parlerai des conséquences du dérèglement climatique sur la production d'énergie renouvelable. Quelle force néfaste me fit retrouver le dossier sur la gestion sédimentaire ? Je composai le numéro que le soleil avait pâli jusqu'à l'effacer presque.

— Vous avez mis le temps, dit-elle.

— Le temps est mon ami.

— Méfiez-vous de ces amitiés-là.

— Et pourquoi donc ?

— Elles finiront mal.

*

— Une table pour deux ?

Je croyais encore que deux nous serions. Et seulement deux. Cette erreur fut, parmi toutes, la plus grave, celle qui portait en elle l'origine de toutes les catastrophes à venir.

Les indices ne manquaient pas. Mais pour les voir, il aurait fallu ne pas me laisser éblouir quand elle se présenta juste à l'heure, comme pour faire oublier son retard de la première fois. Bonsoir ! Quelle chaleur aujourd'hui ! Ça fait peur, non ? Je ne sais pas vous, moi j'aime les saisons bien marquées. Ah, j'ai une de ces faims ! Il aurait fallu que je veuille bien détacher mes yeux des petites dents pointues, qu'ils s'interdisent de revenir encore et encore vers son pullover blanc col roulé pour tenter de deviner la forme de ses seins. Il aurait fallu que j'écoute, écoute vraiment ce qu'elle me disait, que je devine ce qu'elle cachait et que, froidement, à tête bien reposée, j'en fasse le partage. Il aurait fallu, en lui prenant la main, que je ne frissonne pas, pour rester un minimum raisonnable, il aurait fallu que je me souvienne d'autres grains de peau, voyons, voyons, tu n'es plus tout jeune, tes doigts se sont déjà promenés sur d'autres douceurs. Mais toute mémoire m'avait fui. J'étais comme neuf et c'était le premier matin du monde dans cette course chamboulée du soleil puisqu'on devait approcher de vingt-trois heures.

Il aurait fallu que cesse mon impolitesse, sans doute même peut-on l'appeler goujaterie, de fixer ainsi ses lèvres mais pourquoi aussi les gardait-elle entrebâillées, il aurait fallu que je me décide vite : quel est son meilleur profil ? Autrement, je n'aurais aucune raison de choisir un côté plutôt que l'autre dans notre futur lit commun, 140, c'est trop petit, 2 mètres, on s'y perd, 160 idéal, on peut dormir en croix.

Il aurait simplement fallu que cet imbécile de Gabriel (moi) se retienne de tomber si vite amoureux.

Comment voulez-vous, dès que vos pieds ont quitté terre, vous retenir de tomber ?

Il aurait fallu cantonner mon attention au spectacle offert par l'au-dessus de la nappe et ne pas laisser sa sœur, l'imagination, se promener en dessous, mais pourquoi des pantalons, c'est le genre de fille, oh que j'aime dire fille au lieu de femme malgré mon âge, oh que cette fille-là me rajeunit, c'est, j'en suis sûr, le genre à cacher ses jambes justement parce qu'elles sont belles, ô je vois déjà la minceur des chevilles et, si l'on remonte, l'élancé du mollet, la rondeur du genou, ô le creux d'entre les cuisses !

— Pardon, je réfléchissais à mon deuxième plat, gambas snackées ou tigre qui pleure ? Un peu de vin ? Je ne sais pas vous, moi je déteste les demi-bouteilles, l'arôme a besoin de logement, vous habitez le quartier ? Toujours près d'une porte ! L'envie de pouvoir sortir au plus vite ? Oh comme je vous comprends, moi-même je navigue, mais il vaut mieux que vous nous retiriez le pain.

— Vous ne m'écoutez pas !

— Si vous saviez à quoi je pense.

— Je ne préfère pas.

On peut toujours chercher ailleurs des responsables à la catastrophe. Par exemple, le destin. Ou le maître d'hôtel. Pourquoi ne s'est-il pas interposé quand l'intrus s'est présenté ? C'est son métier après tout de garantir la tranquillité des clients. Il lui suffisait de chasser le passager clandestin :

— Allons, monsieur, c'est une table pour deux. Vous savez compter quand même ? Une table pour deux et pas pour trois !

Pauvre Henri, le maître d'hôtel, je lui fais un mauvais procès. Le seul responsable, c'est moi, et personne d'autre, moi et mon petit Manuel de Séduction pour Timides.

Elle était trop magnifique, vous comprenez, de l'autre côté de la nappe et, j'avais beau être parvenu à lui tenir la main, tout à fait inatteignable, je sentais bien la fragilité du moment. J'avais atteint une certaine étape puisqu'elle avait laissé ses doigts se poser sur les miens. Mais de deux choses l'une : ou je trouvais (vite) le moyen d'accroître l'émotion de cette Suzanne ; ou (bientôt) les yeux de ladite Suzanne s'arrêteraient sur mes doigts et se demanderaient ce qu'ils faisaient là. Avec pour conséquence immédiate :

1. le retrait de sa main ;

2. un net refroidissement de l'ambiance. Heureuse de vous avoir rencontré. On s'appelle un de ces jours ?

Colère sur le trottoir, envie de se frapper : tu as manqué l'amour de ta vie. Retour en taxi, solitude à jamais.

Outre mon apprentissage express des chauves-souris, je m'étais un peu renseigné avant de me résoudre à ce dîner.

Et mes informations n'étaient pas faites pour rassurer.

J'avais appris que cette jolie dame avait passé les douze premières années de sa vie au bord du fleuve Ogooué (jungle gabonaise) et déjà on pouvait voir dans cette jeunesse au grand air mille raisons pour expliquer un comportement qualifié volontiers de « sauvage » par ses proches. Mais quelle activité avait donc exercée son père dans cette « jungle gabonaise » ?

— Parlez-moi de lui…

J'avais plissé les yeux pour donner à l'instant un maximum de solennité et montrer que mon attention tout entière était mobilisée, plus rien n'existait au monde que ce « lui ».

— … Laissez-moi deviner. Pétrole ? Je ne pense pas. Médecine ? On m'aurait parlé d'Albert Schweitzer. Capitaine de bac, concessionnaire automobile, accordeur de piano…

Ce catalogue des possibles vies paternelles amusait fort Suzanne.

— Continuez. Vous ne chauffez pas.

— Maître d'école, chasseur de panthères, protecteur de gorilles…

— Vous commencez à brûler.

Elle me regarda en souriant.

— Allez, j'ai pitié de vous !

Elle se redressa et, tout d'une traite, comme une petite fille à l'école qui récite sa leçon :

— Il-a-dressé-l'inventaire-de-la-forêt-gabonaise. Laquelle forêt s'est vengée : il en est mort.

Je balbutiai des condoléances. Condoléances, pour être franc, moins adressées à elle qu'à moi. Déjà qu'un père vivant règne sur sa fille, alors un trépassé !

Après m'être bien apitoyé sur mon sort, sous couvert de désolation pour elle, je me renseignai sur ce mystérieux métier : qu'est-ce que l'inventaire d'une forêt ?

— Il en a répertorié tous les arbres.

Je dis mon respect.

— Oh, vous n'imaginez pas ce qu'il a enduré.

— Pourquoi imaginer puisque vous êtes là ?

Elle me reprit.

— S'il vous plaît, épargnez-moi vos roucoulades. Nous parlions de lui.

Je compris la leçon. J'en recevrais bien d'autres. Pour apprendre de la vie, à quoi sert d'écrire ? Un amour, un seul amour vous fait plus avancer.

Elle continuait de raconter son héros. Maintenant ses yeux brillaient de larmes. De temps en temps, elle s'interrompait, elle jouait l'inquiète :

— Je ne vous ennuie pas, au moins ?

Et elle reprenait, sans attendre la réponse que de toute

manière elle pouvait lire sur mon visage. Bouche bée, je m'enchantais. Ma mère m'avait élevé dans les légendes. On aurait même pu dire que c'étaient les légendes qui m'avaient élevé. Quand on passe sa première jeunesse dans le si morne XVᵉ arrondissement de Paris, bénis soient Kipling et les chevaliers de la Table ronde pour agrandir la vie. Et l'histoire que j'entendais ce soir-là avait tout pour me ravir : de l'aventure, du savoir et des sentiments. Un éléphant furieux qu'il faut bien abattre. Un chimpanzé, devenu fils de la famille. D'interminables missions en pirogue. Ne laissez jamais traîner votre main dans l'eau. Il y avait encore des crocodiles à l'époque. Un jour, il en a rapporté deux. Un autre jour, ce fut une panthère. Vous imaginez notre terreur et notre joie d'enfants ! Des braconniers lui ont tiré dessus. Ce sont des petits vers qui ont eu sa peau, je veux dire lui ont rongé les reins. Ma mère l'aimait follement. Hélas, c'était réciproque. Si on se revoit un jour, si ce soir je ne vous ai pas trop embêté (brève minauderie), je vous montrerai son livre. Vous savez qu'on l'enseigne à Nancy ?

— Pourquoi Nancy ?

— Enfin voyons, où avez-vous la tête, l'École forestière !

— Vous avez raison : où avais-je la tête ?

— À vous maintenant, j'ai trop parlé. C'est à cause de vous ! Il me manque une enzyme, je ne métabolise pas l'alcool. Il faudra me protéger. Où en étions-nous ? Ah oui, quand nous avons déménagé pour Mouila, sur la N'Gounié…

J'avais atteint mon but. Je n'avais qu'à me féliciter de cette nouvelle présence. Le père jouait à la perfection le rôle qu'on attendait de lui. Non seulement il avait relancé l'émotion à notre table, mais, généreusement, il m'avait fait une petite place dans la passion que sa fille lui portait. « Pardon, mais dès que je me souviens de lui, des larmes me viennent, vous ne m'en voulez pas trop de pleurer en public ? » Parlant de son amour pour lui, elle parlait d'amour. Il ne tenait qu'à moi de m'y glisser. Ce que je fis par petites touches, cherchant à faire comprendre que je n'étais pas loin, à mon très modeste niveau, des glorieuses préoccupations paternelles. Rien à voir, bien sûr, avec l'immensité botanique des forêts, mais puisque l'Afrique tient tant de place dans votre famille, apprenez que j'ai rencontré Léopold Sédar Senghor lors d'un colloque en Normandie. Il venait juste de quitter le pouvoir. Il était intarissable sur la question du point-virgule.

— C'est vrai qu'à part vos fleuves, vous écrivez !

— Oh, il y a si longtemps ! Mais comment savez-vous ça ?

— Je me suis un peu renseignée, figurez-vous.

Les yeux noisette brillaient d'un éclat particulier, Gabriel gagnait en intérêt, à l'évidence.

Enfin fut prononcée la phrase que j'espérais sans oser l'attendre :

— Quel dommage que vous n'ayez pas connu mon père ! Il me semble que vous vous seriez bien entendus.

Après une telle déclaration, comment voulez-vous enchaîner sans décevoir ? Je me lançai dans le vide :

— Voulez-vous être ma femme ?

— Oui.

Rappelons que ce dîner n'était que notre deuxième rencontre.

C'est ainsi que l'auteur du premier inventaire de la forêt gabonaise peut être considéré, quoique déjà mort à l'époque, comme le principal responsable de notre mariage avant d'en devenir l'incontestable meurtrier. Nouvelle preuve que les défunts jouent dans nos existences un rôle largement sous-estimé par des vivants trop fiers et jaloux de leur suprématie temporaire.

— Je meurs d'envie de savoir…

— Je vous écoute. Puisque nous allons nous épouser, je n'ai rien à vous cacher.

— … Suzanne, pourquoi ?

— C'était le prénom de ma grand-mère, une belle personne, poétique et fragile. Nous n'avons pas eu grand temps pour nous protéger l'une l'autre : elle est morte l'été de mes sept ans. Son regard tendre et rieur m'accompagne encore. Mon père était fou de Leonard Cohen. Il m'a toujours appelée comme dans la chanson : Souzann. Vous vous souvenez : *and you know that she's half crazy… But that's why you want to be there, Souzann…* Drôle de prononciation, non ?

— Peut-être un désir d'Angleterre ? Quand on vit sous le climat de l'Équateur, on rêve souvent de brouillard, et de pluie fine, et glacée si possible.

— Peut-être. Et vous, pourquoi Gabriel ?

— Ce prénom-là est plus clair. L'ambition de ma mère. Gabriel est l'archange le plus proche du Très-Haut.

— Rien que ça !

— Oh, j'ai évité pire. À l'état civil, mairie du XVᵉ, le préposé aux prénoms n'a sans doute pas accepté d'inscrire ce que lui indiquait ma mère.

— On peut savoir ?

— Dieu.

Rires.

— Votre mère, vous me la présenterez quand ?

— Il faudra faire vite : l'oubli la rattrape.

— Même l'oubli de son ambition pour vous ?

— Vous lui demanderez. Elle a gardé son sourire. C'est l'avantage des yeux bleus.

— Va pour Gabriel !

— Va pour Souzann !

— Pouvons-nous considérer…

— Quoi donc ?

— … que nous venons de nous embrasser ?

— Nous pouvons, et vous avez raison, le deuxième baiser est toujours plus facile.

Il ne restait que nous.

Le maître d'hôtel s'approcha, celui-là même que j'avais failli insulter pour n'avoir pas fait respecter l'intimité de notre table de deux.

— Tout s'est bien passé ?

— On ne peut mieux, répondis-je, tandis que ma toute récente fiancée gardait les yeux modestement baissés.

Je grimaçai, portai mes mains à ma tête.

— Que vous arrive-t-il ? demanda une Suzanne effrayée. Vous avez mal aux oreilles ?

— Ça se pourrait. Rien de grave. Un reste d'enfance.

*

— Je vous raccompagne ?

(Elle avait sa voiture, moi non. Vieille tactique… dont j'avais appris que François Mitterrand n'avait cessé d'abuser toute sa vie.)

— C'est à l'autre bout de Paris.

— La nuit, les distances ne comptent pas.

— Un jour, je vous nommerai.

(Autre vieille tactique : une affirmation, péremptoire, sans relation directe avec ce qui précède, un projet commun, un petit drapeau planté dans le futur.)

— Me nommer ? Moi ? Mais… je ne suis pas une forêt gabonaise !

— Vous nommer, vous. Le corps et l'âme.

Et c'est ainsi, sur le trottoir, en attendant le voiturier, que je lui ai parlé de blason. Et de ma décision, sans appel, de la *blasonner*. Oui, j'allais célébrer son corps, détail après détail.

— Pour ça, il faudrait le voir, non ?

Le voiturier qui arrivait hocha la tête. Mon assurance lui semblait d'excellent augure pour la suite. Son souhait, habituel aux gens de sa corporation, « Bonne fin de soirée », fut prononcé d'un ton si complice que je devinai chez lui le désir d'être invité. Désir auquel ni Dieu ni moi, bien sûr, n'accédâmes.

Une fois parvenue à destination (ma toute petite maison), elle eut l'audace de demander à voir « d'où me venaient toutes ces idées » (mon bureau).

— Je l'imaginais comme ça.

— C'est-à-dire ?

— Avec plus de cartes géographiques que de livres.

Dès qu'elle fut repartie, je courus vers le cœur de ma bibliothèque : les huit rayonnages de poésie.

Au XVIᵉ siècle, tandis que d'autres, Portugais puis Espagnols, s'acharnaient à découvrir la planète, les Français, plus casaniers, chantaient la femme.

Son pied, par exemple.

> *Pied de façon à la main comparable*
> *Pied ferme et sûr, en assiette honorable*
> *Pied qu'on regarde avant cuisse et tétin*
> *Pied faisant guet de soir et de matin*
> *Pied qui peut faire en maints lieux ouverture*
> *Pied qui poursuit l'amoureuse aventure*
> *Pied qui s'arrête, au besoin, ou qui court*
> *Pied résolu pour bien faire la cour.*
>
> (François Sagon)

Ou le ventre.

> *Ô ventre rond, ventre joli*
> *Ventre sur tous le mieux poli*
> *Ventre qui sait l'homme contraindre*
> *À demander, ou fort se plaindre*
> *Ventre qui a bas la fontaine*
> *Pour recréer nature humaine*
> *Ventre qui es si digne chose*
> *Que dedans toi l'enfant repose.*
>
> (Claude Chappuys)

Ou même le cul.

> *Et tout premier, dès que sans menterie*
> *Le cul au corps a haute seigneurie.*
>
> (Eustorg de Beaulieu)

Cette histoire, madame la Juge, notre histoire n'est peut-être qu'un très long blason. Selon toute probabilité, les enfants de ma future femme vont me lire, et aussi les miens. Je ne voudrais pas les faire rougir. Je la connais, la jeune génération ; elle a beau avoir été abreuvée par le Net d'images salaces, voire ordurières, il n'y a pas plus pudique concernant ses parents.

3

Première nuit

Je passe sur l'enchaînement de paroles et d'émotions qui nous avaient conduits chez elle. Vous connaissez la vie, madame la Juge, et la physique des penchants. On se parle. On s'effleure. On se tait. On ne se quitte plus des yeux. On ne se rend pas compte comme le temps passe. Plus tard, on se gare sur une place interdite. Quelle importance ? Qui parle de s'éterniser ? On s'embrasse dans l'ascenseur. Ne trouvant pas ses clefs, Suzanne renverse le sac sur le tapis du palier, s'accroupit, lève la tête vers vous, se moque de votre étonnement : je cherche mieux comme ça. La minuterie s'éteint. On pourrait s'aimer là. Mais la lumière se rallume. Quelqu'un vient d'appeler l'ascenseur. Et me voici, allongé sur son lit, la regardant faire la nuit.

La tâche semble difficile : elle se bat, mène une véritable guerre contre les rideaux. D'abord dans les airs : elle a grimpé sur un escabeau, sorti prestement d'un placard, pour mieux les étirer sur la tringle, ces fichus rideaux. Ensuite à terre : elle joue des plis pour qu'ils se recouvrent, elle les insulte à voix basse. Il paraît que quelqu'un, au Bon Marché, s'est trompé dans les métrages et qu'en conséquence impossible d'éviter les jours, pardon, j'espère que vous pourrez dormir quand même.

Elle porte pour pyjama, sa tenue de combat, un débardeur mauve très pâle et un petit pantalon blanc et court, de ceux qu'on appelait « corsaires » dans ma jeunesse. Je ne perds rien du jeu des bras nus, parsemés de taches de son, ni de la rondeur des seins sous le coton, ni des demi-mollets tout fins, elle a pris le temps de m'informer qu'elle courait souvent le matin, au bois. Je frissonne : comment aimer une sportive ?

Elle finit par me rejoindre, non sans avoir poussé un soupir déchirant.

— Cet appartement me rendra folle !

Je crois poli de le défendre. Je dis lui trouver du charme et du calme. Elle m'arrête net.

— Vous ne le connaissez pas ! Tout y entre. Bruit, lumière, poussière. C'est bien la peine d'avoir des murs ! On m'avait garanti ces doubles vitrages...

Je me tourne vers elle. Un peu de sueur brille sur sa tempe. Conséquence des opérations de calfeutrage. J'avance doucement le doigt. Puis, prenant mon courage à deux mains et elle dans mes bras, je lui parle.

— On dirait... vous agissez comme s'il fallait protéger cette chambre de dizaines d'ennemis extérieurs.

Elle regarde vers les rideaux, ces fameux rideaux qui lui ont donné tant de mal. Elle se retourne vers moi en riant.

— Vous y allez un peu fort ! Vous me prenez pour qui ?

Je dois rougir et ma mine devenir grotesque car elle éclate de rire.

Elle ferme un instant les paupières, les rouvre :

— Assez parlé, maintenant ! Vous ne trouvez pas ?

*

Après trois bons quarts d'heure d'efforts stériles, je juge plus réaliste, et plus convenable, de présenter mes excuses. Elle me tapote la main. Puis allume la lampe.

— Je ne vous plais pas ?

Elle s'est couchée sur le ventre, redressée à demi. Ses deux paumes enserrent son menton. Elle me considère avec tristesse, presque avec douleur. Elle reprend :

— Je ne vous plais pas ? Ce serait dommage. Car moi, voyez-vous…

Du revers de la main, elle s'essuie le nez, qui coule.

— … en vous voyant, je me suis dit : c'est lui. Ou, pour être plus exacte, s'il doit y en avoir un, c'est lui.

Je la serre contre moi. Elle tremble, et d'autant plus qu'elle se défend de trembler. Je lui sers à l'oreille le galimatias banal : bien au contraire, vous me plaisez trop… l'émotion de la première fois… j'attendais, moi aussi, depuis tellement longtemps… etc. Je m'enferre, elle s'éloigne, l'impression me vient qu'elle s'est à grand-peine, par deux fois, retenue de bâiller. Il s'en faut d'un rien qu'elle évoque le lendemain matin, je me lève tôt, revoyons-nous un autre jour plus calme, nous dînerons moins tard…

La suite – ou l'absence de suite – se joue maintenant, dans les mots que je vais – ou ne vais pas – trouver.

Pour je ne sais quelle raison, quelque bonne action dans ma vie passée, le dieu des hommes en panne a dû penser que je méritais une nouvelle chance. Il me dicte la bonne phrase.

— J'ai l'impression... nous ne sommes pas seuls.

Elle se relève d'un bond.

— C'est la faute à mes fantômes.

— Aux miens aussi !

— Voilà ce qu'il en coûte de recommencer à aimer, un peu tard dans sa vie.

— On n'est jamais tout à fait seuls.

— Jamais tout à fait seuls à deux dans un amour.

— Comme vous avez raison ! Comme je vous aime ! Des fantômes s'invitent. Forcément !

— Forcément !

— Allez, tout va bien ?

— Oh oui !

— Ils finiront bien par nous laisser tranquilles.

— Que croyez-vous ? Vos fantômes à vous, ils craignent la lumière ? Je laisse la lampe allumée ?

— Si nous essayions de dormir ?

— D'accord, si vous me prenez dans vos bras.

— Alors j'éteins ?

*

Du temps passa.

— Gabriel ?

— Oui.

— Un jour, si vous voulez, je vous dirai leurs noms.

— Ça pourrait… : j'aime tant les histoires…

— Vous voulez dire : ça pourrait vous exciter ?

— Ça pourrait.

— En attendant, dormons.

— Dormons !

4

Une odeur pestilentielle

Le jour se levait.

De l'autre côté du boulevard, les arbres du bois sortaient lentement de la nuit et l'hippodrome d'Auteuil résonnerait bientôt des premiers galops.

C'est alors qu'une puanteur, jusqu'à cet instant restée discrète, décida qu'il était temps pour elle d'intervenir.

Je me redressai. Tout allait pour le mieux dans le meilleur des mondes possibles puisque son amour dormait paisiblement à ses côtés, l'index droit posé sur ses lèvres, comme un enfant qui réclame le secret, et un masque de soie sombre sur le visage pour se protéger les yeux.

Mais qu'est-ce qui puait donc tant ?

Se pouvait-il que ce terrible remugle vienne de l'adorable ?

Honte sur moi, un doute me saisit.

À ma décharge, j'avais dû, dix ans plus tôt et le cœur déchiré, me séparer d'une fumeuse. Comment voulez-vous qu'un sentiment se déploie dans une haleine de bout-filtre ?

Honte sur moi, je soulevai la couette, doucement, imperceptiblement, millimètre par millimètre, approchai mon nez et le promenai tout du long de l'endormie. Hormis derrière les oreilles un léger soupçon d'« Insolence » de Guerlain, sur tout le reste du corps un parfum d'enfant, tiédeur de rose, rien à signaler. Le fétide (cocktail œuf pourri/mauvaise haleine) venait d'ailleurs.

Avec la même précaution, je quittai le lit, puis la chambre et, ridicule, tel un chien, les narines palpitantes, je menai mon inspection.

Couloir en guise d'entrée, à droite une salle de bains, puis toilettes, puis cuisine (on se lave, on se soulage, on se nourrit), trois pièces, dont deux communicantes, dont une avec bow-window. Et, personnage principal du très regrettable épisode à venir : une porte. Fermée à clef. Avec un peu d'habitude, enrichie par une longue pratique de la curiosité, on reconnaît aisément la porte seulement close de celle qu'on a verrouillée. La première vous sourit, avenante et disponible : ouvrez-moi quand vous voulez. La seconde a l'air revêche des vertueuses : passez votre chemin, un seul regard de vous m'est déjà insulte.

La porte, la fameuse porte m'appelait. Même en y collant longtemps l'oreille, aucun bruit ne s'échappait. Sauf peut-être de très lointains bruissements, semblables… semblables… La seule comparaison qui me venait était celle d'ailes qui battent. Hypothèse rejetée, votre honneur ! Comment croire à la possibilité d'une volière installée au quatrième étage d'un immeuble normal (bourgeois), 51 rue des Vignes, XVIe arrondissement de Paris ?

Alors mon imagination, dont vous ne connaissez pas encore la folie, se mit en branle.

Qui habitait ces mètres carrés secrets ?

Tandis que, je vous le rappelle, Suzanne sommeillait de l'autre côté de la cloison, ignorante de ce délire, allongé sur le canapé vert du salon, j'envisageais toutes les hypothèses.

Un locataire illégal, réfugié politique, un gangster, une nounou philippine, un enfant difforme, né d'un très ancien péché ?

Un atelier de sculpture, un cabinet de musique, un labo de photographe, Suzanne serait-elle une artiste, une artiste seulement pour elle-même, une artiste timide, terrorisée par le regard de quiconque ?

Un vulgaire débarras ? Oublions. Cette Suzanne n'était pas du genre à gâcher de la surface.

Alors un dressing ? On n'a jamais assez de place pour ses vêtements. Le rêve de toute femme, et de tout homme, s'il l'avoue.

Pas plausible. Suzanne, l'élégante Suzanne n'est pas libanaise, ni espagnole, ni tunisienne.

Coquine plus que coquette.

Des archives personnelles ?

Ah, ah, il me semble que je brûle.

Des portraits de ses ex ?

J'ai trouvé.

Les jours de déprime, ma Suzanne s'enferme dans ses souvenirs.

L'imagination, comme les enfants, déteste l'eau de rose. Elle suggéra un autre emploi de son cagibi. Un conte de fées, ou plutôt d'horreurs.

Comment ai-je tant tâtonné ?

Dans ce local, Suzanne conserve son trésor personnel, le corps de ses amants préférés.

D'où l'odeur !

Pestilentielle.

Suzanne a dû mal les embaumer.

Je me redressai, bondis hors du canapé vert, oubliant toute prudence et le parquet grinçant, courus vers la porte du mystère, écrasai mes narines contre le bois, humai, rien, imbécile, me dis-je, m'allongeai et tentai de glisser mon nez sous la fameuse porte. Hélas, je l'ai rond, le nez. Par chance ! L'aurais-je eu pointu, j'aurais reçu de plein fouet les terribles effluves et sans doute en aurais-je succombé.

À ce moment, une autre porte s'ouvrit, sur sa gauche. Et Suzanne surgit, par chance encore endormie, seulement mue par un besoin naturel. Sans se rendre compte de la situation, elle enjamba son invité trop curieux, gagna, titubante, les toilettes. Le temps pour moi de me redresser, de courir vers le lit, Suzanne revenait, murmura un très poli à tout à l'heure, et dans l'instant retrouva le sommeil, royaume où je ne la rejoignis que bien plus tard, les narines inconfortablement bouchées : les boules Quies ne sont pas prévues pour ces orifices-là.

Ce n'est que plus tard, bien trop tard (midi passé), lors d'un petit déjeuner pantagruélique (œufs brouillés, jambon, pleurotes sautés, tiramisu…), que le puant mystère fut éclairci.

— À propos, Gabriel, il faut que je te présente à mes petites protégées. Seulement, il te faudra jurer…

— Je le jure !

— … jurer que tu ne le répéteras à personne.

— Je le jure.

— Nous n'avons pas encore parlé de mon étrange métier…

— Les chauves-souris !

— Nous en élevons dans notre labo… Mais j'ai préféré en avoir aussi chez moi.

Jamais je n'avais vu ton visage, Suzanne, si lumineux. Tu rayonnais. Rien de plus clair que le message de ces yeux brillants : mon métier est la passion de ma vie. Si tu veux m'aimer, aime-le. Ou du moins, comprends-le, et accepte la place qu'il occupe en moi.

— Dans l'appartement… Tu n'as rien senti ? Pas d'odeur particulière ?

— Une odeur ? Rien du tout. Pourquoi ?

— Je préfère. C'est que… ces petits bébés se soulagent. À n'importe quelle heure. J'ai beau nettoyer tout le temps, elles ne préviennent pas. Il paraît que ça pue… Moi j'ai bien peur de ne plus avoir de nez.

5

L'amour est-il une maladie mortelle ?

— Pour comprendre une épidémie, il faut chercher son origine, mener une enquête, souvent très difficile. Si les dieux ou le hasard vous sont favorables, vous parvenez à remonter jusqu'au *premier malade*. On appelle celui-ci le *patient zéro*. Joli nom, non ? Par exemple, le *patient zéro* de la terrible fièvre Ebola habitait un village reculé de Guinée et on a pu apprendre qu'il avait été mordu par... une chauve-souris. Une chauve-souris en pleine santé alors qu'elle portait en elle, depuis on ne sait combien de temps, le virus tueur. Comment expliquer cette cohabitation tranquille ? Je ne t'ennuie pas ?

Mon regard éberlué lui répondit, un regard exprimant un chamboulement profond qui aurait pu se résumer ainsi : pauvre de toi Gabriel, à l'évidence tu es en train de succomber à l'amour fou reprends-toi mon cher tu n'as plus vingt ans et rappelle-toi tu as déjà connu ça mais jamais avec cette force souviens-toi tu sais bien que tu dis ça chaque fois peut-être mais cette Suzanne as-tu déjà entendu femme si belle en même temps qu'aussi passionnante, comment un petit ingénieur pourrait l'intéresser même si nous sommes d'accord la question des énergies renouvelables n'est pas à négliger quoi qu'il en soit pourquoi mais pourquoi me suis-je cantonné à la technologie des écluses alors que l'entièreté du Vivant m'attendait…

De l'autre côté de la table où attendait patiemment le petit déjeuner, la savante souriait. De nouveau, elle me vou-voyait. Le « vous » devait mieux correspondre au professeur qu'elle était, ce matin-là.

— Gabriel, surtout vous criez grâce dès que vous n'en pouvez plus ! Les virus ont plus de cohérence et plus d'esprit pratique que nous. Quand ils ont trouvé un hôte assez généreux pour leur assurer le gîte et le couvert, pourquoi le tuer ? Pourquoi s'imposer l'effort d'aller chercher quelqu'un d'autre ? Voilà pourquoi les virus ne tuent pas les chauves-souris.

Je tentai une remarque fine :

— Nos mariages pourraient en prendre de la graine !

La savante me jeta un bref coup d'œil soupçonneux (et s'il était un peu lourd ce Gabriel ? et si j'allais très vite ne plus le supporter, enfin, nous n'en sommes qu'au premier matin, continuons, on va bien voir, après tout, expliquer la science fait aussi partie de mon métier…).

— Vous savez ce que sont les protéines, Gabriel, non ? Vous croyez que c'est le bon moment pour l'apprendre ? C'est vous qui l'aurez voulu ! Les protéines sont de grosses molécules fabriquées dans nos cellules. Elles assurent toutes sortes de fonctions essentielles. Parmi ces protéines, les interférons qui entrent en action dès qu'est signalée l'apparition d'un corps étranger, donc potentiellement dangereux. Ces interférons aident les cellules à résister, par exemple en bloquant la multiplication d'un virus envahisseur. Les interférons sont ainsi des agents très actifs de notre système immunitaire. On les utilise pour traiter le VIH, les hépatites, ou certains cancers…

J'avais posé mes deux coudes sur la table, en violation de toutes les règles de politesse qu'avait tenté de m'inculquer ma mère et, mon menton reposant sur mes paumes, je ne quittais pas des yeux la conférencière. Suzanne, imperturbable, continuait sa leçon, troublant professeur ; son peignoir nid-d'abeille s'était entrebâillé.

— Nous, êtres humains, pouvons fabriquer treize interférons. Des chercheurs, hélas australiens (nous étions sur la piste, mais ils nous ont devancés), sont parvenus à mieux comprendre le système immunitaire des chauves-souris. Elles n'ont à leur disposition que trois interférons, mais toujours prêts. Chez nous, ils ne sont activés qu'en cas d'alerte. En résumé, les chauves-souris nous donnent deux leçons. La première, c'est qu'il faut concentrer ses forces. La seconde, c'est qu'il ne faut jamais baisser les armes. Vous comprenez pourquoi ces petites bêtes répugnantes me passionnent ?…

Pour être franc, j'avais décroché. Ma main droite, qui avait toujours été mauvaise élève, ne s'était pas intéressée longtemps à cette leçon de biologie. Elle s'était avancée vers le peignoir nid-d'abeille et, depuis quelque moment déjà, caressait doucement toutes les surfaces qu'elle pouvait trouver.

Plus tard, tandis qu'allongé sur le dos je reprenais souffle, l'étrange interrogation me vint : l'heure n'a-t-elle pas sonné pour moi de devenir chauve-souris ? Certainement j'y gagnerais : grâce à mes trois interférons toujours actifs, je serais en mesure de résister à cette maladie mortelle qu'est l'amour. Mais si, cette fois-là, j'avais envie de succomber ? Et si l'amour n'était pas maladie mais son exact opposé : l'épanouissement le plus complet de la santé ? Quelle est la réaction des interférons face à l'amour fou ? Et qu'advient-il des chauves-souris ? Elles perdent la tête ? Tout comme nous ? Alors quel avantage de me changer en chiroptère ?

Par chance pour ma santé mentale, la fatigue m'empêcha de poursuivre plus avant ces réflexions sans issue. Et je m'endormis pour de bon, oui, la tête sur la table de la cuisine et sourire de l'innocence aux lèvres.

6

Les jardins suspendus

Notre histoire s'emballait, madame la Juge.

Rendez-vous compte : une demande en mariage (acceptée) dès le deuxième dîner. Suivie d'heures et d'heures à parler et pas seulement de chauves-souris ou des colères du Rhône. Comment avions-nous pu vivre si longtemps l'un sans l'autre ?

Et voici qu'au téléphone je venais d'entendre les six petites phrases suivantes dont vous comprendrez qu'elles aient pu me bouleverser : « On dit que vous aimez la mer, Gabriel. Si nous partions samedi prochain ? Je pourrais peut-être même me libérer dès le vendredi. Le lendemain, nous marcherions sur une plage. Même si je suis certaine que vous préférez les bateaux. Je me trompe ? »

Revenu chez moi, je tentai de reprendre mes esprits.

Du calme, Gabriel ! Examine sereinement la situation. Ou tu délires, ou cette Suzanne te propose un week-end. D'un certain point de vue, bonne nouvelle. Vrai miracle, tu veux dire ! Preuve que, peut-être, tu commences à l'intéresser. Demande à ton cœur de battre moins vite. Cela dit, on va où ? La moindre erreur pourrait nous être fatale. Nous sommes quel jour déjà ? Ah oui, mercredi, vingt-trois heures cinquante-trois. Je dois me décider avant demain soir. Les calanques de Cassis ? Trop loin. Le Touquet ? Trop d'Anglais ! La Normandie ? En tout cas, ni Deauville, ni Trouville, ni Honfleur. Destinations typiques de premières fois. On a dû l'y emmener plus souvent qu'à son tour. Et d'ailleurs, moi-même… Déjà qu'avec son père, le nommeur de la forêt gabonaise, les fantômes nous envahissent…

La solution m'est venue par les mots, comme d'habitude.

Sainte-Adresse.

Quelle appellation plus jolie, et plus pertinente, pour un sentiment débutant ? Autre avantage : une discrète vérification m'avait permis d'apprendre que Suzanne ignorait tout du lieu.

« Sainte-Adresse ? Jamais entendu parler ! Ça jouxte Le Havre ? Quelle belle idée ! Et comme ce verbe me plaît !, jouxter ! Il débute comme une joute, et pourtant signifie la proximité. »

La chambre 8 de l'hôtel des Phares nous accueillit, 3 place Clemenceau (téléphone 02 35 54 68 90).

Oh la douce étreinte, trac envolé, bercés par la sourde rumeur du ressac !

Que j'aime les marées hautes, pas vous ?

Oh le sommeil qui vient, la mer vous porte, un courant nous entraîne, pourquoi nager ?

— Gabriel ?

— Oui ?

— Je sens que vous ne dormez pas.

— C'est-à-dire… j'étais en train de me souvenir.

Une bête sauvage bondit hors du lit.

— J'en étais sûre ! Tu es un habitué de cet hôtel ! Ne dis pas non, surtout, surtout ne me mens pas ! La fausse blonde, à la réception, j'ai bien vu son air quand nous sommes entrés.

Je me suis levé à mon tour. Et à tout petits pas, en me gardant du moindre geste brusque, ainsi que le recommandent les manuels de dressage, je me suis approché du fauve.

— Suzanne, s'il vous plaît, revenez. Je voulais juste vous parler de mon grand-père. C'est le moment de faire un peu mieux connaissance, non ?

Le corps tout frais revint se blottir contre moi (pour entendre la mer, nous avions laissé la fenêtre ouverte).

— Pardon, Gabriel ! Je voudrais tellement que, cette fois, le passé veuille bien ne rien pourrir…

Je l'ai prise dans mes bras. Nous nous sommes recouchés. Et je lui ai raconté, comme on berce.

« Il s'appelait Jean. Et je l'aimais. Il avait dépassé quatre-vingt-dix ans et savait bien qu'il allait vers sa fin. Avec calme et méthode, il rangeait ses affaires. Il m'a demandé de l'accompagner pour un voyage. Il ne voulait pas m'en dire plus, mais puisque tu viens d'avoir ton permis… Je suis passé le prendre dans la très vieille voiture qu'il m'avait prêtée, une Aronde. Je n'en menais pas large. Je calais tout le temps.

— Et maintenant, cap au Havre ! »

Puisque j'avais réussi à réapprivoiser Suzanne, je pouvais revenir au tutoiement. Cette alternance du vous et du tu rythmerait notre vie et traduirait, fidèlement, l'état de notre entente.

« Si ton père s'occupait d'arbres, les hommes de ma famille vivaient de commerces divers avec l'Amérique latine. Jean s'était spécialisé dans la vente de locomotives à l'Uruguay.

Une fois arrivés, nous avons déjeuné au restaurant des Grands Bassins. Ce grand-père était un gourmet. Il ne s'était pas marié pour rien avec une Lyonnaise. Je me souviens de l'escalope normande et de la tarte au pont-l'évêque. Pour digérer tout ça, une longue marche s'imposait. Nous avons arpenté les quais. Un gros cargo s'amarrait...

— Tu ne remarques rien ?

— Je ne sais pas, moi... Ah si, l'armateur est allemand.

— Toutes ces boîtes sur le pont et qui débordent des soutes. Toutes ces boîtes toutes pareilles. On les appelle des containers. La nouvelle invention américaine. Maudits soient ces gens-là ! Les bateaux d'aujourd'hui cachent ce qu'ils transportent. À croire qu'ils en ont honte. D'ailleurs, souvent, ils ont raison d'avoir honte !

— C'est si grave ?

— Plus que ça, Gabriel. Le monde se désenchante.

— Que peut-on y faire ?

— C'est la mission que je te confie avant de quitter ce monde. À toi de raconter ce qui dort dans les boîtes. Tu n'imagines pas les musiques, sur le port de Montevideo, quand on voyait arriver, sur le pont d'un bateau, l'une de mes locomotives. Alors qu'une boîte... Comment veux-tu qu'une guitare chante pour une boîte ? À toi de jouer, Gabriel ! À toi de révéler le secret des boîtes.

Tout le long de notre retour vers Paris, il a murmuré des airs de son enfance cubaine.

Ay candela, candela, candela, me quemo aé...
De Alto Cedro voy para Marcané...

Sa fausse gaieté serrait le cœur. Je savais ce qu'elle signifiait. Il abandonnerait sans regret cette planète où les merveilles du monde avaient été enfermées.

Il est mort le mois suivant. Je lui avais promis. Jusqu'à ce jour, je n'ai pas tenu parole. Je n'avais jamais raconté à personne cette histoire de ma trahison. »

Suzanne m'a remercié pour ma confiance et m'a embrassé. Puis elle s'est écartée pour mieux me voir.

— J'ai lu tes deux romans.

— Tu es bien la seule !

— Le premier, un peu embrouillé, nous sommes d'accord. Et ce titre, franchement ! Comment veux-tu vendre quelque chose qui s'appelle *La Sournoiserie* ? Mais le second, j'ai bien aimé, vraiment. Quel beau portrait de la Guyane et de son fleuve Oyapock ! Pourquoi n'as-tu pas continué ?

— Continué ?

— Continué à écrire. C'est le meilleur moyen pour ouvrir les containers, non ? Et ainsi demeurer fidèle à Jean le Cubain.

J'ai baissé les yeux.

— Gabriel, seriez-vous du genre à vous décourager ?

Son œil n'était pas tendre. J'ai frissonné.

— Me décourager ? Je ne crois pas. Je ne crois vraiment pas. Seulement, dans certains domaines de ma vie, et j'en ai peur, les domaines principaux, le temps prend tout son temps.

Le lendemain, nous sommes repartis trop tard. Suzanne ne voulait plus quitter *les jardins suspendus*, ceux que le paysagiste Samuel Craquelin a installés sur les hauteurs du Havre, dans le vieux fort de Sainte-Adresse. Nous avons dû visiter par le menu les deux serres, rendre hommage à l'Amérique du Nord, avec ses sumacs et ses cornouillers, avant de partir explorer l'Asie (bambous, rhododendrons, érables japonais) puis l'Australie (eucalyptus, cordyline, callistemon, grevillea).

En dépit de la beauté des lieux, j'avoue que je m'impatientais un peu. J'ai la phobie des embouteillages et je savais ceux qui nous attendaient.

— Je ne te connaissais pas une telle passion pour la botanique.

— Oh, les chauves-souris ne suffisent pas à épuiser une vie. Et puis un jardin raconte si bien, surtout celui-là, je devrais plutôt dire ceux-là. Il y a tellement de jardins dans un jardin. Comme en amour, Gabriel. Il y a tellement d'amours dans un amour. Tellement de vies dans la vie. Profitons-en. Avant qu'on ne les enferme, avant qu'on ne nous enferme dans des boîtes. Et tant pis si on attend un peu au péage de Mantes.

Comme prévu, nous avons roulé au pas. Sans entamer une seconde la bonne humeur de Suzanne. Pour un peu, elle aurait remercié Dieu d'avoir bloqué l'A13.

Elle a défait sa ceinture, aucun risque, n'est-ce pas ?, vu notre vitesse, et s'est blottie contre moi.

— Allez, Gabriel, continue de te raconter. C'est le meilleur de l'amour, non ? ces premiers jours où l'on se découvre. L'eau, c'est vaste. Tu pourrais m'en dire un peu plus sur ton métier ?

— Les écluses. J'ai commencé par les barrages. Un jour, je t'expliquerai le canal de Panama.

— Pourquoi pas ce soir ? Nous avons tout notre temps, les panneaux annoncent deux heures dix jusqu'au périphérique.

À peine m'étais-je lancé, il était une fois Ferdinand de Lesseps, oui, celui de Suez, qu'elle s'est endormie, tout sourire.

7

L'annonce

Comment un père doit-il s'y prendre pour annoncer à ses enfants l'arrivée dans sa vie d'un nouvel amour ?

Cette question le torture. Pauvre père ! À peine ébloui par l'ineffable joie d'aimer, l'angoisse lui tord le ventre, raccourcit ses nuits, obscurcit ses jours, et, pire, inquiète sa très récente amante : tu sembles préoccupé, quelque chose ne va pas ? On n'est pas bien, là, tous les deux, et rien que nous deux sur cette terrasse ensoleillée, avec la Giudecca juste en face ? Mais on n'est jamais « rien que deux » quand on est père de famille. Quel lieu préférer pour leur faire part du bouleversement survenu dans l'existence dudit géniteur ? Un endroit pas trop solennel, OK, mais pas quotidien non plus ! Que le cœur d'un père ait recommencé de battre, ce n'est tout de même pas une information sans importance ! Et d'ailleurs, quels mots employer, quels « éléments de langage », pour user du doux vocabulaire des diplomates ? En de telles occasions sentimentales, on devient facilement ridicule, ou obscène, ou les deux, terrible image du père. Et surtout, quel moment choisir ? Ce n'est jamais le bon, l'aîné prépare ses oraux, quel égoïsme de vouloir lui chambouler la tête avec tes bluettes, décidément tu ne penses qu'à toi ! Et ta fille, soi-disant adorée, si tu la regardais mieux au lieu de l'adorer, tu aurais remarqué qu'elle frôle déjà l'anorexie, alors un choc pareil…

Au fil du temps, je m'étais épargné ces désagréments. Ayant changé beaucoup (trop souvent) d'amour, j'avais, sans m'en rendre compte, installé un rituel. Et le propre des rituels, leur raison d'être, est de mécaniser l'existence et, ce faisant, d'en apaiser les douleurs. Chaque fois qu'ils recevaient de leur père une invitation à dîner dans un certain restaurant russe de la rue Vavin (VIᵉ arrondissement de Paris), ses enfants savaient ce qui les attendait.

Sans attendre les zakouskis mais juste le temps quand même d'avaler un miniverre de vodka au poivre, ils passaient à l'attaque :

— Papa, vraiment…

— Mais quand vas-tu te calmer ?

— Tu as vu ton âge ?

— Tu crois que ton cœur va tenir ?

— Alors, c'est fini, Hélène ?

— Tu sais qu'on l'aimait bien, elle…

— Pas comme celle d'encore avant !

— Papa, tu penses un peu à nous ?

— Ces perpétuelles ruptures d'affection…

— Comment veux-tu qu'on se construise…

— Affectivement parlant…

— Comment veux-tu qu'on ait confiance au mariage ?

— D'ailleurs, avec Hélène, on fait quoi ?

— On arrête de la voir ?

— Comme avec l'urgentiste Anouk ?

— Comme avec la diplomate paraguayenne, comment elle s'appelait, déjà ?... Ah oui, Graziella !

— Papa, on t'aime...

— Dieu sait !

— Mais vraiment, tu fais chier !

Ce rituel familial avait perdu en fluidité depuis que le restaurant Dominique, rue Vavin, avait fermé. Impossible de trouver dans Paris une semblable atmosphère propice aux révélations difficiles et sentimentales. Repli sur le Select, bien plus sympathique que, juste en face, l'impersonnelle Coupole.

— Alors, papa, cette fois ?

— Cette fois, et pour toujours...

— C'est qui ?

— Suzanne.

(Quelle douceur de prononcer ces trois syllabes, et surtout la dernière, la muette !)

— Magnifique ! Un prénom de chanson.

— Oui, bon point. Continue !

— Si on commandait d'abord ?

— Et que fait-elle dans la vie, ta nouvelle conquête ?

— Ce n'est pas une « conquête » et je n'aime pas du tout ton ironie, ma fille. Je crois pouvoir dire que l'attirance fut immédiate et réciproque.

— OK, va pour l'attirance. Mais son travail ?

— Oui, papa, s'il te plaît, gagnons du temps ! Si on te pose la question, tu comprends, c'est pas pour t'embêter. On veut juste savoir si on va s'ennuyer en l'écoutant.

— Comme avec celle qui était dans la finance, les fusions-acquisitions, tu te souviens ?

— Ou l'économiste agricole qui ne parlait que par filière, filière du lin, filière du lait, ce Noël d'horreur, heureusement qu'elle n'a pas duré.

Je jugeai qu'il fallait les interrompre. Une fois lancés sur le sujet des fiancées antérieures, on ne les arrêtait plus.

— Suzanne est vétérinaire. Spécialiste des chauves-souris.

Les bouches bées de mes enfants faisaient plaisir à voir.

— Papa, on te félicite !

— Oui, tu auras mis du temps, mais enfin quelqu'un d'intéressant va entrer dans la famille.

Mon fils se leva, tout de suite imité par sa sœur, tous deux à l'évidence soulagés de mettre fin à cette excellente soirée.

— Au revoir, notre papa !

— Merci pour ce bon dîner !

— On a un peu trop bu, on dirait. Donc je laisse mon scoot et taxi ! Ma sœur, je te raccompagne ?

— En tout cas, bon courage, notre papa !

— Tu as raison, ma sœur, c'est ça le principal.

— Quoi donc ?

— Le courage.

— Pour nous !

— Pour lui aussi…

8

La surprise

La route avait quitté la plaine et commençait à grimper, Suzanne se rappelait son enfance.

— Comment as-tu deviné ? Tu ne pouvais me faire plus plaisir ! Oh merci ! Mais une fois là-bas, peut-être vais-je pleurer ? J'ai vécu dans ce chalet les moments les plus heureux. Nous y revenions chaque année, au retour d'Afrique, « pour nous y refaire des globules rouges », c'était l'expression de ma mère. Je croyais que la Terre n'était faite que de jungle et de montagnes. J'aime le ski plus qu'aimer.

— Plus qu'aimer ?

— D'après mon expérience, ça dure davantage.

Propos qui, vous l'avouerez, n'était pas fait pour me rassurer.

Lorsque nous avons dépassé l'embranchement d'où partait la bonne départementale, celle qui conduisait au pays des souvenirs, Suzanne a sursauté, a failli protester et puis s'est tue. D'abord déçue, je l'ai bien vu. Puis soulagée.

— Où avais-je la tête ? C'est vrai, tu m'avais promis une surprise. Pas de la nostalgie. Merci. Maintenant, je ne sais plus où nous allons.

Elle s'est étirée.

— Je m'abandonne. C'est délicieux !

Elle a seulement remarqué que ma vieille Megane dédaignait les hauteurs enneigées et leurs stations de ski. Souffrait-elle de vertige pour ne plus quitter les vallées ?

Les deux amis nous attendaient juste en aval d'une localité charmante, Châteauroux-les-Alpes. Je les ai présentés l'un après l'autre, sans oublier leurs titres. Je voulais impressionner Suzanne, vous comprenez ? Yves Masson, champion du monde, 1987, Mâcot-la-Plagne. Et Frank Adisson, médaille d'or olympique 1996 (Atlanta).

Je leur dois la découverte du kayak. En matière de sport je dois avouer souffrir d'une paresse certaine : j'aime les bateaux parce que l'eau et le vent font le plus gros du travail.

Devant nous coulait la Durance. Je n'avais pas prévu sa violence. De longues pluies, la nuit précédente, l'avaient mise en verve. Elle dévalait, blanche et grise. Une fois de plus, je me suis émerveillé devant tant de beauté sauvage. J'ai suggéré de reporter la descente, demain par exemple, j'ai regardé la météo, l'eau sera plus tranquille, n'oubliez pas, Suzanne débute.

Laquelle Suzanne dansait d'un pied sur l'autre. On voyait bien à ses yeux brillants qu'elle mourait d'envie de se lancer. Les deux champions se sont moqués de moi.

— On dirait que tu ne connais pas encore la vraie nature de la dame.

Ils nous ont tendu les outils de l'aventure, casques rouges et longues pagaies noires. Je me suis glissé dans le fuseau de plastique bleu. Frank a sauté derrière moi. Yves, dans l'autre bateau qu'il partageait avec mon intrépide spécialiste des chauves-souris.

Et nous voilà partis, illico submergés et chahutés par des remous terrifiants. À cet endroit de la rivière, son lit se resserre. Les flots se concentrent, leur vitesse accélère, il naît une vague, célèbre dans le monde entier chez tous les amateurs de sensations nautiques et fortes.

C'est dans cette vague du Rabioux que mes soi-disant camarades nous avaient jetés. L'épreuve fut brève mais violente. Pour ma part j'y perdis la vue, puis le souffle, nous avions plongé. À peine eus-je le loisir de découvrir que la mort était moins froide qu'attendu, mais beaucoup plus humide, la lumière nous revenait. Sous des applaudissements nourris. Car les spectateurs viennent nombreux, et en famille, à cet endroit réputé pour ses naufrages.

Nous avons fêté notre survie à la buvette du camping voisin, le dénommé New Rabioux, clientèle internationale oblige.

Yves et Frank ont levé leurs chopes de mousse.

— À nos kayakistes !

— Suzanne, chapeau !

— On reconnaît la descendeuse…

— Le sens du rythme…

— Le talent de l'équilibre !

S'ils continuaient, ma jalousie n'allait plus tarder, qui gâcherait cette belle journée. Ils n'ont pas poursuivi sur cette voie dangereuse. Ils ont obliqué vers l'avenir.

— Maintenant que vous voilà conquis, pourquoi ne pas aller plus loin ?

— Bonne idée ! La Slovénie s'impose, vous verrez la Soca, la plus émeraude des rivières.

— Et bien sûr le Grand Nord, entre les glaces. C'est le vrai pays des kayaks !

Suzanne battait des mains et ses joues restaient rouges, comme celles des enfants. Je me souviens d'avoir ri jusqu'au soir. Je donnais mon accord à tous les voyages.

9

Les deux bâillons

Parler ou coucher ?

Veuillez nous pardonner, madame la Juge, ce langage direct. Mais comme votre métier a pour objet et pour noblesse la recherche de la vérité, c'est bien de cette alternative qu'il s'agissait. Parler ou coucher ? Pour mieux nous connaître, nous nous parlions, nous ne cessions de parler. Et cette cataracte de paroles a bien failli nous noyer. Car nous parlions aussi pour reculer le moment où il faudrait nous taire. Et passer le flambeau à nos corps. Pour qu'eux aussi apprennent à se connaître. Et figurez-vous que, malgré notre âge et la multiplicité de nos « expériences » antérieures, la joute sexuelle continuait de nous intimider alors que les deux dîners fondateurs commençaient à s'éloigner dans le temps : six mois, déjà. Ma crainte ne m'étonnait pas. Mais la sienne ?

Vers trois ou quatre heures du matin, comme des coureurs épuisés par un marathon, nos mots, titubants, s'arrêtaient.

Dans le lit s'installait un lourd silence.

L'un de nous concluait :

— Quel bonheur d'échanger avec toi ! (sous-entendu : avec le précédent, la précédente, on avait tellement moins à se dire).

Et d'un commun enthousiasme nous célébrions notre exceptionnelle entente intellectuelle, la diversité de nos sujets d'intérêt, la complémentarité de nos formations, décidément, vive nous !, les unions bavardes sont les meilleures, etc., etc.

Dans un dernier effort, nous prenions l'engagement pour le lendemain qui, d'ailleurs, était déjà le jour même, d'annuler le dîner avec nos amis X ou Y, oui nous allons nous consacrer à nous, rien qu'à nous.

Bonne nuit !

Bonne nuit !

Je ne sais plus qui, elle ou moi, eut le courage de dire un soir qu'il fallait en finir avec nos bavardages. Les mots sont en train d'étouffer notre amour naissant.

Nous le voyions bien, à leurs regards d'abord inquisiteurs et vite perdus : nos (rares) visiteurs s'étonnaient deux fois en pénétrant dans notre salon.

— Aucune trace d'écran plat.

— Que sont, dans cette vitrine vieillotte, ces deux morceaux de tissu rouge ?

Ils tournaient autour, faisaient semblant de l'ignorer, y revenaient, supputaient, soupçonnaient, se perdaient en conjectures, de guerre lasse donnaient leur langue au chat. Nous restions muets puis avouions, rougissant : c'est le musée de notre amour.

Les plus audacieux de nos amis poursuivaient l'interrogatoire :

— Ces deux foulards rouges… pardon, mais… servent-ils à vous lier les poignets aux barreaux du lit ?

— Vous aveuglez-vous l'un l'autre ? Et dans ce cas, demeurez-vous deux seulement ou conviez-vous des étrangers ?

Nous les laissions à leurs questionnements. La réponse nous aurait obligés à révéler l'un des secrets les plus embarrassants de notre relation : l'empire de la parole.

La vérité est la suivante : ces deux foulards sont des bâillons.

Qui en eut l'idée ?

Aucun doute sur ce point crucial : le mérite, l'entièreté du mérite en revient à ma femme.

Un soir que je rentrais tôt, semblable à tous les autres soirs où nous avions repoussé les invitations pour « nous consacrer à nous » (ce soir-là, célébré soit-il dans les siècles des siècles), je venais d'ouvrir d'un même élan la porte et ma bouche et je m'apprêtais à converser sans fin comme tous les autres soirs, lorsque je vis Suzanne poser son index droit sur ses lèvres puis se glisser derrière moi. Et, tandis que je sentais ses doigts légers s'agiter derrière mon crâne, une bande de tissu rouge s'appliqua sur la région de ma tête comprise entre le nez (au Nord) et le menton (au Sud), bref, un bâillon.

Suzanne réapparut et, me tendant le même foulard, me pria, par gestes, d'agir de même avec elle.

Entraînés par la pente douce de l'habitude, nous nous

retrouvâmes assis face à face, dans la cuisine miniature, sous le regard moqueur du gazpacho Alvalle : à quel dîner peuvent prétendre deux bâillonnés ?

Nous nous regardâmes. Le même rire nous prit, qui ne dura pas. Je sentis que mon visage se figeait. Il me semble bien que j'ai commencé à trembler. Car Suzanne avait planté ses yeux dans les miens et se débarrassait de ses vêtements, l'un après l'autre.

De cet instant, enfin libérés de l'empire des mots, nous commençâmes notre vie d'amants.

Dès lors on comprendra la gratitude que nous avons, Suzanne et moi, envers ces deux foulards rouges et la place unique qu'ils occupent au cœur de notre reliquaire.

10

Le blason général

Chez d'autres, j'avais aimé telle ou telle région.

Chez elle, que voulez-vous, j'aimais tout, détail après détail, de ses pieds (que je n'aurais cessé de caresser si, les déclarant « trop sensibles », elle ne me les avait chaque fois refusés) au sommet de son crâne (« pardon, mais je déteste qu'on me touche les cheveux »).

11

La liste

Ma future femme avait décidé d'en convenir : parmi tous les hommes que j'étais amené à rencontrer, savoir lesquels avaient été ses amants ajouterait à mon confort de vivre.

Restait à choisir l'heure et le lieu où ce récit de ses passions précédentes me serait offert (Tu es bien sûr ? Oui. Tu l'auras voulu ? Oui. Après, tu ne me reprocheras pas ? Non. Et tu ne crois pas que… ? Non.)

Pour l'heure, l'accord fut facile. Et rapidement écartée la solution lâche : chuchotis dans le noir du lit, blottis l'un contre l'autre.

— Pas question ! On dirait que je me confesse.

— Tu as raison !

— Il faut d'abord que tu le saches : j'ai aimé chacun d'eux.

— Oh, de cela je suis sûr. Je commence à te connaître. Pas de sentiment, pas de sexe.

— Si tu deviens vulgaire, on arrête tout. Je suis fière

de ces amours, fière d'avoir été aimée par chacun de ces hommes. Je leur dois qui je suis, la personne que tu aimes. Alors je veux prononcer leurs noms et prénoms les yeux dans les yeux. On verra si tu supportes.

— Pari tenu !

— Mais… quelle est cette lueur malsaine dans tes prunelles ?

— Je te l'ai déjà dit. Il se pourrait bien que cette liste m'excite.

— Pervers !

— Pourquoi pas ?

— Alors un dîner. Puisque c'est par un dîner que tout a commencé entre nous !

— Parfait ! Un vendredi soir, avec le temps libre qui suivra, le lendemain matin.

Ce premier point réglé, il fallait aborder l'épineuse question du lieu.

Pourquoi l'idée du Japon me vint-elle ? Avec le recul et l'honnêteté qui généralement m'accompagne, j'avancerais quatre raisons :

1) cet archipel porte un culte à la précision. Et dans cette affaire, je n'attendais pas du flou mais des données exactes, des noms et des dates ;

2) ce pays aime les rituels, l'extrême sophistication des cérémonies. Il n'était pas question que ces amours soient jetées comme ça, sans prendre son temps, tels des noms d'un bottin. Non, non, cette liste méritait de la lenteur et de la solennité ;

3) grand amateur de la littérature japonaise, et de Junichiro Tanizaki en particulier, j'y avais goûté certains vertiges dont le trouble plaisir de la jalousie, l'émotion

d'apprendre le caché, les contagions de la honte, le délice de la complicité surprise. À travers les shoji, ces panneaux de bois et papier de riz qui, au Japon, font office de cloisons, on ne voit pas, mais on distingue, on devine et on entend tout ;

4) la gastronomie de ce pays ne pouvait être plus pertinente pour ce genre de révélations : minutie, petitesse et diversité des bouchées, subtile alternance du cuit et du cru, du croquant et du mou, du liquide et du sec, avec une dominante de fruits de la mer, bref l'allégorie parfaite des promenades de ce qu'on appelle vulgairement : le sexe.

Va pour ton Japon, me fut-il répondu, sans imaginer les trésors que j'y mettais.

Le Toyo s'imposait, 17 rue Jules-Chaplain, juste à l'écart du bruyant Montparnasse. Dans une ancienne vie, Gabriel en avait connu le patron, Toyomitsu Nakayama, alors qu'il était chef personnel du couturier Kenzo. C'est là qu'un vendredi, tout de robe bleu nuit vêtue, Suzanne se présenta peu après l'heure dite, aussi rougissante que déterminée.

*

Toyomitsu n'offre pas de carte. Sitôt assis, après vous avoir présenté des serviettes brûlantes, le serveur vous demande si vous souffrez d'allergies. Les deux convives, intimidés par les récits à suivre, secouèrent la tête en rythme : non, aucune allergie.

Et la cérémonie put débuter.

Soupe de tomate et fraise, légumes et racines.

— Toujours d'accord ? demanda Suzanne.

— Plus que jamais, répondit Gabriel d'une voix pas complètement ferme.

— Très bien. Tu l'auras voulu.

Un premier prénom m'arriva, personnage d'une belle histoire. Vous ne saurez ni l'un ni l'autre : ils sont la propriété exclusive de Suzanne. Elle me les a juste prêtés pour ce dîner-là.

— Je continue ?

— Bien sûr. L'avantage d'un bateau parti, c'est qu'on ne peut sauter en marche.

Des révélations, précises, qui suivirent, point ne convient non plus que je vous parle. Une chaleur m'était venue, par tout le corps. Je commandai une autre bière.

— Tu bois trop !

Dans sa vaste gamme de sourires, elle se choisit le plus innocent.

— Ce n'est que le début. Tu dois tenir jusqu'à la fin. C'est-à-dire jusqu'à toi.

— Merci.

— De rien.

On apportait le deuxième plat : *Flan de soja et caviar* (plus 20 euros, au diable l'avarice). Un deuxième prénom l'accompagna.

— Que tu manges vite ! Tu te présentes comme gourmet. Tu n'es qu'un glouton.

Je ne l'avais jamais vue si, comment dire ?, rêveuse. Les souvenirs de ses amours étaient à l'évidence ses réservoirs de voyages.

Pour quelles raisons mesquines Gabriel l'en aurait-il privée ?

— Mais je le remarque, nous n'en sommes pas encore au père de tes enfants.

— Pourquoi veux-tu hâter l'allure ? On n'est pas bien, là, tous les deux ?

Elle me prit la main, que je retirai violemment.

— Justement, nous sommes déjà une foule.

Son visage se ferma d'un coup.

— C'était TA décision !

Et elle regarda ailleurs, vers un couple de gros étrangers, sans doute scandinaves. Ils s'essayaient aux baguettes et gloussaient de leurs maladresses.

Il me fallut toute ma diplomatie pour que les yeux de Suzanne daignent revenir vers moi.

— On continue.

— Ah, sûrement pas !

— S'il te plaît.

— Bon ! Et puis après tout... Celui-là, je l'ai vraiment, quand je dis vraiment, c'est vraiment, aimé.

— Sans doute que l'Afrique et son âge te parlaient de ton père...

Le serveur apportait l'*espuma de céleri et pleurotes*.

Ainsi, scandée par le menu du maître Nakayama, se poursuivit la triple liste de plats, de prénoms et de romans d'amour :

Huître panée sauce tartare

Saint-jacques et purée de potiron,
parmesan

Homard à la plancha (+ 20 €)

Paella au poulet de Velay

Espuma de banane,
glace caramel et poudre café

Chou au chocolat à la crème sorbet yaourt

Dans la salle maintenant déserte, je tentais de reprendre mes esprits. Moi qui d'ordinaire méprise les infusions, j'avais trouvé refuge dans l'eau chaude qu'on nous présentait. Son goût acidulé devait venir du fruit tout rond reposant au fond du verre : un kumquat.

Et moi, me murmurais-je, entre deux gorgées, et moi qui ne me croyais pas puritain !

Suzanne en face de moi souriait, apitoyée.

Pauvre Gabriel, devait-elle penser, même si c'est toi qui as voulu cette petite cérémonie. Elle se taisait. Heureusement.

Je n'aurais pas supporté un prénom de plus.

C'est alors que, cassé en deux, parut le maître Toyomitsu Nakayama.

— Tout s'est bien passé ?

Nous l'assurâmes de notre admiration.

Pourquoi fallut-il que je lui demande à quelle fréquence il changeait de menu ?

— Tous les sept jours, répondit le maître.

— Parfait. À la semaine prochaine, lança Suzanne avec son sourire le plus lumineux.

Avant d'enchaîner :

— Je dois raconter à celui qui va devenir mon mari une série de belles histoires.

Le maître se courba encore plus bas.

— Nous serons honorés de l'accueillir. Le Japon aime les histoires.

— Et moi donc ! grinçai-je.

12

La maladie de l'espérance

— Puisque ce soir on se dit tout, je continue. Qu'y puis-je, moi ? Qu'y puis-je, moi, si des hommes m'ont aimée ? En m'aimant, ils m'ont, chacun, donné un peu de l'amour qui m'avait manqué. L'enfance peut être un gouffre. Chaque fois, j'ai attendu, chaque fois, j'ai espéré que ce manque soit comblé. Et puis revenait le manque. Et continuait la ronde.

— Qui continuera après moi.

— À toi d'être toujours après toi. Toi et après toi.

— Sois franche, vraiment franche. Chaque fois, chaque fois vraiment, tu te disais : c'est pour cette fois ? Tu n'entendais pas une petite voix qui te susurrait en sourdine la chanson du doute : il a beaucoup de qualités, mais… ce n'est peut-être pas tout à fait lui ?

— Je n'ai jamais été si franche. Chaque fois, la « petite voix », comme tu dis, se taisait. L'amour la faisait taire. Et puis après un mois, cinq ans, je m'en allais. Car la petite voix était revenue. La petite voix et moi, il y en avait une de trop. Je laissais la place.

*

Un jour, un journaliste interrogea l'actrice Ava Gardner.
— Combien de maris avez-vous eus ?
— En comptant les miens ?

13

L'insomniaque et le confort de ne pas aimer

— Suzanne ?

— Gabriel ?

— Puisque la voisine du dessus vient de se réveiller et, par suite, nous empêche de dormir, autant parler, non ?

— Tu as raison. Quelle heure est-il ?

— Quatre heures vingt-sept.

— De plus en plus tôt ! Alors de quoi veux-tu parler ? J'allume, ou nous restons dans le noir ? Tout dépend du thème que tu choisiras.

— Le confort des amours impossibles.

— Dans ce cas, mieux vaut l'obscurité !

— Je me suis dit hier qu'étant donné la longue, longue liste de nos amours précédentes, nous devions préférer l'échec.

— Pas moi !

Suzanne s'était redressée.

— J'y ai TOUJOURS cru !

— Combien de temps ? Soyons honnêtes. Nous sommes de la même race, Suzanne. Rien ne nous attire plus que la certitude que ça ne marchera pas. Et pire…

— Je te vois venir...

— Si une petite voix détestable, celle de la vérité, nous murmurait que cette fois, oui cette fois, enfin, il se pourrait bien que la possibilité advienne...

— Alors ?

— Nous nous arrangerions pour que cet amour possible rejoigne au plus vite la poubelle des impossibles.

Le plafond s'était tu. Peut-être la vieille s'était-elle allongée sur son parquet pour y coller son oreille et nous écouter ? Cette perspective égaya notre conclusion, pourtant peu rassurante.

— Gabriel ?

— Oui ?

— L'impossible est un confort.

— Ou une paresse.

— Tu sais bien que c'est la même chose. Gabriel ?

— Oui ?

— Tu as raison. Jusqu'à présent, nous avons préféré les amours impossibles.

— Avoir raison, je m'en moque. L'important, c'est de savoir si nous sommes guéris.

— Suis-je guérie ? S'il faut être franche... pas tout à fait. De temps à autre, je sens que la rechute menace.

— Idem pour moi. Suzanne ?

— Oui, Gabriel.

— Je pense à notre auditrice, la vieille du dessus.

— Moi aussi ! Quelle fin de notre amour allons-nous lui offrir ? Une happy end ?

— Ça elle n'aimera pas ! C'est le genre à ne plus se nourrir que de tristesse.

— En conséquence, et ne serait-ce que pour nous venger de cette tueuse de sommeil, sortons du confort de l'impossible. Cette fois, réussissons notre amour, Gabriel ! Rien que pour l'embêter !

14

Et encore, et toujours, d'autres animaux

Nous avions décidé de chambouler la chronologie :
d'abord un voyage, ensuite la Noce. D'où cette plage de
Corse où je regardais se préparer ma future femme.
— Où vas-tu ?
Silence de Suzanne.
— Rencontrer qui ?
Silence.
— Je t'interdis…
Je me sentais devenir le plus jaloux des futurs maris.
Vérification méticuleuse de son masque et des courroies
de ses palmes. À petits gestes brefs, elle ajuste son maillot
même si à l'évidence, dès qu'elle aura gagné la pleine mer,
elle s'en débarrassera et nagera nue.
— Tu reviens quand ?
Pas de réponse.
— Attention aux hélices des bateaux !
Haussement d'épaules.
Alors qu'elle aurait pu très bien répondre : sa bouche n'a
pas encore mordu l'embout du tuba.

Petit signe de la main droite. Suzanne se jette à l'eau.

À la voir plonger ainsi dans la mer, chaque matin, avec tant de joie, Gabriel ne cessait de constater l'évidence : sa future femme rejoignait son milieu naturel. Conclusion : malgré les apparences, confirmées par son état civil (plusieurs fois vérifié), il allait épouser un poisson.

C'est alors que lui revint en mémoire le conte très troublant de David Garnett.

Un jour, vers la fin du XIXe siècle, Mr. et Mrs. Tebrick, Richard et Silvia, se promènent dans une forêt d'Angleterre. Passe une chasse à courre. Richard se retourne. Silvia est devenue renarde. Le couple continue, tant bien que mal, sa vie de couple. Lorsque Silvia accouche de renardeaux, Richard, toujours amoureux, ravale sa jalousie et accepte d'en devenir le parrain…

Quel dommage de n'avoir pas connu David Garnett pour savoir l'origine de son histoire, à n'en pas douter autobiographique ! Bien plus qu'un psychiatre, ce monsieur était de nature à donner de bons conseils. Comment tenter de mener une vie normale avec une personne telle que Suzanne ? Hélas, après toute une existence consacrée aux livres (conservateur au British Museum puis libraire), à l'amitié (dont celle de T. E. Lawrence et Virginia Woolf) et aux femmes (on cite, parmi ses innombrables conquêtes : la fille du peintre Duncan Grant, Angelica ; la romancière Dorothy Edwards ; le modèle nu Betty Edwards), David Garnett était mort en 1981 dans le département français du Lot.

Je ne quitte pas des yeux la mer, maintenant envahie par de grosses vedettes prétentieuses d'où plongent et replongent des enfants criards. Et c'est ainsi que se passent mes matinées corses, à songer à l'arche de Noé que je me prépare à épouser.

Que Suzanne soit créature marine, aucun doute. Mais d'autres visions d'elle confirment qu'elle est aussi chamois (quand elle court en montagne, plutôt saute de rocher en rocher). Et oiseau, dans le genre hirondelle ou sterne, tellement sa pensée virevolte, jamais linéaire, jamais continue, absolument imprévisible. Et chat, pour la rondeur enfantine de son visage et son indépendance sourcilleuse, défendue jours et nuits, toutes griffes dehors. Un chat de Kipling, je vous l'ai dit, un chat qui s'en va tout seul. Et lion pour l'orgueil, et guépard pour la vitesse de ses courses et l'invraisemblable souplesse de ses reins… Et comment oublier les reines de la famille, nos si chères, si passionnantes, si présentes et si puantes chauves-souris, nos sœurs puisque mammifères, en même temps qu'incarnation d'un de nos rêves les plus fous : devenir oiseau.

Quand elle réapparaît ravie, ruisselante et hors d'haleine, non d'avoir nagé trop longtemps, mais de retrouver un milieu qui n'est pas le sien, auquel, en conséquence, elle doit se réhabituer, troquant ses branchies contre des poumons, je me dis en frissonnant que s'il arrive malheur à ma future femme, la biodiversité de la planète en prendra un sacré coup : à elle seule, Suzanne incarne pas moins de dix espèces animales.

Pour satisfaire chacune, durant la sieste qui suivait, je faisais de mon mieux. Sans certitude de résultat malgré les soupirs dont mon poisson-cabri-oiseau-chat-lion-guépard (etc.) voulait bien me gratifier. Déjà qu'une femme *humaine* reste pour tout homme une étrangère, malgré son amour et malgré son attention… Comment voulez-vous deviner les attentes véritables de cette mosaïque animale réunie sous la peau d'une telle épouse ? Et comment y répondre ?

*

Plusieurs fois, Suzanne s'inquiéta :

— Pourquoi me regardes-tu ainsi, Gabriel ?

— Parce que je me décourage.

Elle me prenait dans ses bras.

— Idiot ! Après un tel voyage, je ne me suis jamais sentie mieux. À nous, la Noce !

— Tu es trop diverse pour moi. Tu n'as pas remarqué ? Je cours de l'une à l'autre des Suzanne constituant Suzanne.

Et tandis que l'amante plonge dans le juste sommeil qui récompense les journées accomplies, l'hypocondriaque amant, l'index droit posé sur l'envers de son poignet gauche, mesure le rythme trop rapide de son cœur et tente de le ralentir par une lecture attentive du *Chant général*, Neruda.

> *Avant la perruque et les justaucorps*
> *il y eut l'eau, les fleuves artériels*
> *et il y eut l'onde lustrée des cordillères :*
> *le condor ou la neige y semblaient immobiles.*

15

Les ascenseurs de Panama

Cette nuit-là non plus, nous n'avons pas fait l'amour. Et de cette abstinence, la voisine du dessus n'était, pour une fois, pas la cause. Il faut accuser seule la curiosité soudaine de Suzanne. Toutes affaires cessantes, elle voulait en apprendre un minimum sur mon métier.

— Gabriel, je voulais te dire : tu t'améliores nettement en chauves-souris. Lors de ma dernière leçon, la pertinence de tes questions m'a stupéfiée. Tandis que moi, j'ai honte.

Mon silence a dû lui faire croire que j'avais déjà rejoint le pays des songes. Elle haussa la voix.

— Gabriel ?

Je parvins à vaincre mon envie de dormir pour réussir à balbutier une réponse :

— Oui, Suzanne.

— Poursuivons-nous notre projet de mariage ?

Oh là ! En dépit de l'heure avancée, nous entrions dans le vif du sujet. Je remis à plus tard mon projet, légitime, de sommeil et décidai de me réveiller tout à fait.

— Pour ce qui me concerne, plus que jamais !

— Moi aussi. En conséquence, pour former un couple équilibré, il importe que je m'améliore au plus vite.

— Ce genre de modestie ne te ressemble pas.

— Je précise : il importe que je devienne aussi bonne en navigation fluviale que toi maintenant en immunologie animale.

Cela solennellement dit, elle saisit sur sa table de nuit un bloc de papier et un crayon, retapa ses oreillers, se redressa et :

— Commençons par le commencement. Qu'est-ce qu'une écluse ? J'ai beau être scientifique, je n'en ai jamais vraiment compris le principe. Je t'écoute.

Je convoquai en toute hâte mes neurones disponibles puis, ayant décidé de choisir pour exemple le franchissement *vers le haut* d'une dénivellation, je me lançai : 1) hardiment vous avancez, ton bateau et toi, dans l'écluse ; 2) tu demandes qu'on veuille bien a) fermer les portes, b) remplir ladite écluse ; 3) tu observes que, peu à peu, l'eau monte et que, ce faisant, par on ne sait quelle magie, elle vous élève, toi et ton bateau ; 4) et lorsque, finalement, s'ouvre la porte amont, tu te découvres, émerveillée, au niveau supérieur souhaité, sans aucun effort de ta part.

Un silence profond suivit d'abord mon explication. Avant qu'une main ne se pose sur mon bras nu.

— Merci, Gabriel ! Mais… ces images de portes luisantes qui se ferment et puis s'ouvrent, cette histoire de navigation douce vers les sommets, cette force qui vous hausse sans qu'on l'ait vraiment décidé, cette élévation sans heurt et régulière, j'allais dire ce… ce miracle d'assomption… n'est-ce pas de l'amour que tu viens de faire le portrait ?

Que répondre ? Mettez-vous à ma place. J'hésitais. Ironie, dont je savais déjà Suzanne fort coutumière ? Remarque philosophique ? Émotion franche ? Je préférai ne pas trancher.

— Complétons par un peu de vocabulaire. Un *bollard* est une grosse pièce de bois ou d'acier fixée verticalement sur les quais pour capeler l'œil des aussières. Les *bajoyers* sont les parois latérales. Le *radier,* c'est le fond. Le *pertuis* est l'ouverture qui permet de retenir l'eau ou de la laisser passer. Il peut être à *planchettes,* à *aiguilles* ou à *tampes.* Je ne t'ennuie pas ?

— Je te découvre.

Et il est vrai qu'elle me regardait d'un air éberlué que je ne lui connaissais pas.

— Les portes étaient d'abord *busquées,* c'est-à-dire pointées vers l'amont pour résister à la poussée des eaux. Puis sont venues les *portes marinières...*

J'ai continué un long moment par toutes sortes d'explications techniques. En bonne élève elle prenait des notes ou me passait le bloc pour que j'y dessine un schéma.

— Nous pourrons aller saluer l'écluse de Réchicourt-le-Château, sur le canal de la Marne au Rhin. Dénivelé : 15,70 mètres. C'est le record de France. Pas de quoi se hausser du col. Ailleurs, on a fait beaucoup mieux. La palme revient au Kazakhstan. Écluse d'Öskemen : 42 mètres. La fierté occidentale veut que Léonard de Vinci ait inventé les écluses. Beaucoup de dessins prouvent son intérêt. Mais la véritable origine est chinoise, comme d'habitude. Au Xe siècle. Sur le Grand Canal, qui relie Pékin à Hangzhou : 1 794 kilomètres. Un jour, je te raconterai sa construction.

Ses premiers tronçons datent du Vᵉ siècle. Cinquième siècle AVANT Jésus-Christ...

Si l'on m'avait dit qu'une nuit, dans un lit, j'entretiendrais d'écluses une belle dame et, ce faisant, lui donnerais ce qui ressemblait fort à de la satisfaction...

— À propos, ne me devais-tu pas un petit exposé sur Panama ? J'ai comme un souvenir de m'être un jour endormie au mauvais moment...

Je ne pouvais mieux conclure ! Cette histoire-là, c'est un monument élevé à la gloire des écluses. 1882. Ne doutant plus de rien après son triomphe égyptien, mon confrère ingénieur Ferdinand de Lesseps décide de percer l'Amérique. Tout droit. Sans quitter le niveau de la mer. De l'Atlantique au Pacifique. Ce n'est pas une petite cordillère qui va intimider le vainqueur de Suez ! Bientôt, la morgue française doit se rendre à l'évidence géologique et tropicale. La fièvre jaune et les accidents s'en mêlent. Vingt-deux mille morts. Scandale financier. Reprise du chantier par les États-Unis. Et retour au projet d'un autre ingénieur, Adolphe Godin de Lépinay, hautainement rejeté par Lesseps : créer, par des barrages, un lac artificiel au cœur du continent. On y montera les bateaux par un système d'écluses. Avant de les redescendre, une fois leur navigation achevée, par d'autres écluses. Le célèbre canal est d'abord une collection d'ascenseurs.

Oh les yeux de Suzanne ! Oh la dame stupéfaite ! Et oh la belle occasion de changer de statut !

— Je voulais justement te dire. Je serai absent la semaine prochaine.

— Quel rapport ?

— Notre Compagnie a été choisie pour participer à la conception de nouvelles écluses. Chacune est longue de 320 mètres, et large de 33,53. Il faut 100 000 mètres cubes pour en remplir une. Nous avons trouvé un système pour économiser l'eau. Avec le dérèglement climatique, le lac artificiel peine à se remplir. S'il s'assèche, fin du canal. Les bateaux seront contraints de repasser par le cap Horn. Avec, pour conséquence, l'effondrement du commerce mondial.

— Gabriel... l'eau, quel métier passionnant ! Je n'imaginais pas !... Pourquoi ne m'as-tu pas raconté tout ça avant ?

— Avant quoi ? Tu sais ce que répondent les rois qui se promènent incognito : je rêve d'être aimé pour moi-même.

Rires, suivis d'effusions.

16

Une angoisse immobilière

Les sentiments sont liés aux lieux, qui le niera ?

Alors une question me hantait : où allions-nous habiter ?

À l'âge que nous avions, fallait-il prendre le risque de nous installer *ensemble* ? Quelle existence *commune* est possible pour deux épris de liberté ? Mais si nous ne partagions pas assez, pas assez d'heures, pas assez de présence, pas assez de silence, pas assez de petits déjeuners, pas assez de joie d'entendre une clef tourner dans la serrure, comment voulez-vous que naisse ce terreau qui s'appelle intimité ? Et sans terreau, même les nuls en botanique savent ça, comment voulez-vous que naissent et se fortifient des racines, comment voulez-vous que pousse quelque chose de *vivant* ?

Et puis j'avais deux logis, en fait. Mon appartement et le reste de la Terre, je veux dire les voyages. Était-ce ma faute si les hommes avaient saupoudré la planète d'écluses sans penser à ceux qui devraient en prendre soin ?

Suzanne m'avait prévenu. De temps à autre, elle devrait *se rendre sur le terrain,* notamment en Guyane où pullulaient ses animaux chéris. Mais son laboratoire était parisien.

Ne t'inquiète pas, Gabriel, je sens que je vais me découvrir femme de marin. Marin d'eau douce, d'ailleurs. Si j'ai bien compris ton métier, rares sont les écluses en mer.

Ne pas m'inquiéter, elle en avait de belles ! Quelle manière plus efficace d'inquiéter que vous dire de ne pas s'inquiéter ?

Ne t'inquiète pas, Gabriel : à chaque jour suffit sa peine. Marions-nous d'abord. C'est le choix principal, non ? Tu verras, la décision immobilière s'en déduira toute seule.

17

Le mariage

— Vous marier ?
— Quelle drôle d'idée !
— Ce n'est pas un peu ridicule ?
— Et pire que ridicule, inutile ?
— Qu'est-ce que ça changera ?
— Et toi qui avais toujours refusé !
— Et toi qui as divorcé déjà deux fois !

Avouons-le, aucun véritable enthousiasme n'avait, chez nos proches, accueilli la décision. Mais réflexion faite, et les occasions de bonne humeur devenant de plus en plus rares, après tout, pourquoi pas ?

*

— Et pour vous, soyez francs, pourquoi ce mariage ? Commençons par toi, Gabriel. Je t'écoute.
— Souvenez-vous, je l'avais proposé dès le deuxième dîner. Je me devais de tenir ma parole.
— Pas très amoureux, comme explication !

— Suzanne est si nombreuse. Je me disais qu'un mariage la rassemblerait.

— Bon. Cette raison-là, je peux l'entendre. À toi maintenant, Suzanne, arrête ton air de petite fille boudeuse. Pourquoi avoir accepté ce mariage-ci, après en avoir refusé tant d'autres ?

— Je me disais : avec Gabriel, j'ai trouvé mon refuge, j'ai trouvé ma paix, mon mari me protégera des tempêtes. Et d'abord des miennes.

— Et alors, ce mariage, avec le recul ?

Suzanne et Gabriel se regardent. Ils se sourient.

— Il y avait en chacun de nous une voix. Je crois pouvoir dire : la même voix.

Suzanne approuve.

— Tu peux.

— Une voix timide, qui peinait à se faire entendre parmi tous les vacarmes de nos vies.

— Et que disait-elle, votre voix ?

— Elle ne *disait* pas, elle chantait.

— Chantait. Comme vous y allez !

— Vous avez entendu parler de Pablo Neruda ?

— Le Chilien stalinien et prix Nobel de littérature ?

— Surtout l'un des plus grands poètes qui furent jamais. (Il se trouve que Suzanne et moi aimons le Chili et avions lu le *Chant général*.) Alors vous allez rire…

— Je vous écoute.

— Une nuit, nous avons parié : et si la petite voix, si fragile, que chacun de nous entend au plus profond de soi, et si nous lui donnions sa chance de grandir. Alors elle pourrait devenir chant.

— Vous voulez dire, pardon mais ça me souffle, vous aviez, comment trouver le mot juste, vous aviez l'ambition, c'est cela, vous aviez l'ambition de faire de ce mariage un chant, même modeste, mais qui rejoigne le *Chant général* ?

— C'est ridicule, n'est-ce pas ?

— Tout dépend. Avez-vous réussi ?

— Ne brûlez pas les étapes.

*

En cette fin de journée du début juillet 2007, toujours lumineuse malgré l'accumulation préoccupante de cumulo-nimbus annonciateurs d'orages, lesquels, comme l'on sait, n'ont pas leurs pareils pour gâcher une fête de plein air, même si, malgré la forte dépense, une tente a bien sûr été prévue au cas où, encore faudrait-il que les hommes n'embourbent pas leurs chères voitures dans un parking devenu cloaque et que leurs dames n'arrivent pas à leur table, trempées et gelées, tenant furieuses à la main leurs talons juste rescapés des flaques de la pelouse, bref croisons les doigts et prions Dieu qu'Il n'ouvre qu'après minuit les portes de son Déluge hélas plus que certain, en ce 3 juillet, tandis que l'armée pakistanaise s'apprêtait à lancer l'assaut contre la Mosquée rouge d'Islamabad, que la banque new-yorkaise Lehman Brothers maquillait une dernière fois ses comptes, que le défi suisse Alinghi remportait la 32ᵉ coupe de l'America en battant Emirates Team New Zealand par cinq victoires à deux et que la France tout entière ne songeait qu'aux vacances prochaines, qui, hormis la petite troupe d'invités blottis les uns contre les autres, comme pour se rassurer, dans l'imposant salon de la mairie d'un arrondissement parisien (le XIIIe), qui, je vous le demande, pouvait prêter la moindre attention aux petits mots semblables que venaient de prononcer deux personnes de sexes différents mais tout aussi endimanchées, costume bleu marine pour lui, pour elle robe blanche à profonds godets et fin bustier ? Heureusement qu'un agent municipal avait pris sur lui de fermer l'immense porte-fenêtre donnant sur la si bruyante place d'Italie, on n'aurait même pas entendu l'acquiescement double.

Car à la question rituelle posée par le maire de la capitale française, un Bertrand Delanoë étrangement intimidé, « Voulez-vous prendre pour épouse », « oui », avait murmuré le costume bleu, « bon maintenant Suzanne, voulez-vous prendre pour époux », « oui », avait chuchoté la robe blanche à godets.

Chez les adultes de l'assistance, les pensées allaient de la nostalgie à l'aigreur, des souvenirs émus de leurs propres épousailles (te rappelles-tu l'élan de ce jour-là, cette confiance joyeuse ?) à la comptabilité des couleuvres qu'il avait fallu avaler pour rester fidèle à notre engagement solennel.

Et, notons-le, la plupart des femmes portaient des chapeaux. On ne voyait que ça, au-dessus des costumes et des tailleurs, une canopée de chapeaux. Bertrand Delanoë, de la paume ouverte, se protégeait les yeux tant le spectacle était coloré. Chapeaux verts, jaunes, rouges. À fleurs, à fruits, à plumes, à voilettes…

Pourquoi la mode des chapeaux n'est-elle demeurée que pour les mariages ? Par souci d'élégance, par goût de la compétition ou, plus prosaïquement, pour garder les têtes au frais, les empêcher de trop s'échauffer, condition nécessaire au déroulement paisible de la cérémonie ? Une fois déclenchée, qui peut savoir où s'arrêtera la colère d'une épouse déçue ?

Quant aux plus jeunes des enfants, jusqu'alors assis sagement entre leurs parents, l'échange des consentements avait dû leur piquer les fesses. Car maintenant, indifférents aux ordres et aux menaces de représailles, ils couraient partout. Du matin au soir, on les ensevelissait sous tellement de « non ! ». Les deux « oui » des mariés devaient leur être apparus comme la preuve qu'une autre vie, de liberté, était possible.

La cérémonie était finie mais personne ne se levait. Sauf les enfants, toujours en cavalcade.

Il faut dire que Bertrand Delanoë souriait. Souriait au costume bleu et à la robe qu'il venait d'unir pour la vie. Mais peut-être s'était-il évadé, peut-être pensait-il à tout autre chose ? Ce devait être à sa Tunisie natale qu'il souriait, un coucher de soleil à Bizerte, un parfum de menthe. D'ailleurs, sait-on seulement à qui, à quoi on sourit quand on sourit ?

Derrière lui, deux conseillers, membres de son cabinet, s'amusaient fort. De leurs gestes de maquignons dans une foire (cinq doigts fermés puis ouverts, suivis d'une poignée de main virile) n'importe quel spectateur attentif aurait pu déduire qu'en marge de la cérémonie un marché venait de se conclure entre eux.

Confirmation m'est venue plus tard de l'un d'eux, Thomas San Marco, alors chef de cabinet du maire. Dans l'antichambre du pouvoir, on s'amuse à toutes sortes de jeux. Ce jour-là, il s'agissait bien d'un pari. Combien de mois allait durer ce couple-ci ? Il avait été remarqué que le maire de Paris avait la poisse. Aucune des unions scellées par lui ne passait l'année.

Un homme en gris s'approcha, beaucoup plus sérieux, sans doute son officier de sécurité ou plutôt d'emploi du temps. Il se pencha vers le maire de Paris. La noce tendit l'oreille :

— Votre sourire dure trop longtemps.

Alors que sa phrase exacte, selon toute vraisemblance, ne pouvait être que factuelle, « monsieur le maire, nous sommes déjà en retard ».

Mais il est dans la nature de telles cérémonies d'entretenir des relations lâches avec la vérité. Il y a trop d'espérance dans une noce pour s'embarrasser de la distinction vulgaire entre le vrai et le faux.

Quoi qu'il en soit, Bertrand Delanoë continua de sourire et c'est toujours souriant qu'il quitta le salon d'honneur, non sans avoir souhaité bonne chance à tous, en bon politique, c'est-à-dire en homme qui connaît la vie et la forte probabilité que des trahisons la parsèment, et nombre de désillusions.

18

Une fête à quatre temps

Dès le lendemain mais aussi les jours d'après, appels, messages électroniques ou lettres manuscrites à l'ancienne, les remerciements affluèrent au domicile des nouveaux époux. Certains avaient particulièrement apprécié l'orchestre (cubain), d'autres le chanteur (malien), d'autres encore le souper (gros succès du dessert, à savoir la bombe glacée) mais tous concluaient de la même manière : encore merci pour cette fête exceptionnelle, beau cadeau dans la morosité ambiante, et bonne chance à vous deux ! Nul doute sur ce point. On pouvait considérer l'objectif atteint : les invités s'étaient bien amusés.

Mais l'histoire de la soirée pouvait se raconter différemment. Et pour cela, il fallait distinguer quatre parties ou, si l'on préfère, quatre actes.

Acte I : la joie s'installe

Merci la musique ! Car c'est elle qui avait fait l'essentiel du boulot. On connaît la gageure de ces manifestations, tous les organisateurs professionnels de mariages vous le confirmeront. Par définition, une noce réunit deux personnes différentes, mais aussi deux parentèles et deux groupes d'amis. Comment faire pour qu'au pire ils se supportent, et au mieux s'accordent assez pour prendre ensemble du bon temps ?

Sitôt l'orchestre en action, tous les visages s'étaient détendus. Tous les visages, qu'ils appartiennent à l'un ou à l'autre côté de la noce. Tous joyeux, sauf un dont je reparlerai.

Acte II : *la double trahison*

Romero Diaz, le manager des musiciens, avait pour eux les attentions d'une mère mâtinée d'un syndicaliste. En négociant le contrat, il nous avait expliqué comme ces artistes sont fragiles, bien plus encore que leurs instruments, leurs âmes se fendent pareil, eux aussi se désaccordent, ils perdent la note et bien malin celui qui la leur fera retrouver. Bref, une pause toutes les demi-heures, à prendre ou à laisser.

À intervalles réguliers, la musique s'arrêtait…

Et c'est alors qu'il fallait parler.

À chaque table, les deux côtés de la noce, les invités de la mariée et ceux du marié, avaient été mélangés, comme c'est l'usage, pour que des liens se nouent.

Entre ces étrangers, les sourires continuaient, plus contraints, bien sûr, que les précédents, ceux que la musique avait fait naître, mais des sourires tout de même, tous ces gens-là étaient polis.

Mais une fois ce minimum d'amabilité accompli, chacun

se tournait vers celui ou celle qu'il connaissait, ceux qui appartenaient à son côté de la noce.

Et quel sujet abordait-on ? Le sujet qui envahissait tous les esprits dès que s'éteignait l'orchestre. Je vous le donne en mille : ce mariage et ses chances de réussite.

Chaque côté de la noce n'entendait pas l'autre puisqu'on ne se parlait qu'entre connaissances.

Quelle importance que cette division entre deux grandes conversations parallèles ? Elles aboutissaient à la même conclusion : aussi bien les invités de l'épouse que ceux de l'époux, les deux côtés de la noce condamnaient à mort ce mariage à peine né.

Et la musique reprenait.

Acte III : l'espérance

Mme Claudine, l'organisatrice de la fête (agence Les Rois Mages), jubilait. Comme le savent les traducteurs d'espagnol, la salsa est une *sauce* qui accueille, pour les mélanger, les ingrédients les plus divers, par exemple les deux morceaux d'une noce. Les corps des invités n'avaient pas longtemps résisté aux rythmes des Caraïbes. Dès les premières notes, tout le monde s'était levé et mis à danser, même les plus vieux, même les plus perclus de diverses douleurs. Un, deux, trois, un, deux, trois, on se trompait dans les pas, alors on s'étouffait de rire, on commençait à s'appeler par son prénom, on changeait de partenaires, les visages rayonnaient, la sueur perlait aux tempes, bientôt les robes s'auréolaient de sombre aux aisselles, le bonheur !

Qu'importe son origine, le côté de Gabriel ou celui de

Suzanne, on se découvrait les meilleurs amis du monde, merci la salsa !, vous voulez que j'aille vous rechercher un doigt de rhum, pourquoi, pourquoi avoir tant tardé pour se rencontrer ?

Si les parties de la noce allaient si bien ensemble, pourquoi celle et celui qui les avaient conviées ne pourraient-ils pas trouver un terrain d'entente ? Debout, l'un contre l'autre, ne se tenant pas la main mais leurs bras se touchant, la robe blanche et le costume bleu marine suivaient émerveillés la salsa de leurs amis. Allons, cette harmonie joyeuse sera la nôtre !

Hélas.

Acte IV : le verdict

À peine leurs sièges retrouvés et juste le temps de s'éponger le front, les invités reprenaient leurs prophéties mauvaises. Un an, je ne leur donne pas plus. Peut-être moins. L'avantage, c'est qu'ils échapperont ainsi à la crise des sept ans. Ah, ah. Les mauvaises herbes ont la vie dure. La salsa n'avait rien pu faire contre l'ironie.

Et comme maintenant les deux pays de la noce n'en faisaient plus qu'un, personne ne se gênait.

— Je la connais depuis la classe de sixième. Et je l'adore. Il faut avouer qu'elle est en beauté ce soir…

— On l'adore tous, et grandes sont ses qualités de cœur mais avec les hommes…

— Quant à lui, il souffre d'une maladie, la curiosité…

— Je continue : avec les hommes, elle espère tellement…

— Elle en est touchante…

— Elle est forcément déçue.

— Même si elle pleure en les quittant.

— Tout comme lui. Il ne résiste pas à l'appel du pourquoi pas.

— Au moins, cette instabilité les rassemble.

— Alors, pour ce mariage, quel est votre dernier chiffre ?

— Six mois.

— Moins. Je dirais deux.

— Vous savez si ça marche au lit ?

*

La colère de la mariée montait. Elle fut à deux doigts d'arrêter la musique et de chasser tout le monde.

— On va les jeter dans la jungle !

Vous le savez, elle avait vécu toute son enfance au cœur du Gabon, sur les bords de la rivière Ogooué. Quand elle s'énervait, des expressions de ce temps-là lui revenaient (et aussi certains comportements sauvages).

Cette menace était la favorite de sa mère : si tu n'es pas sage, je t'envoie dans la jungle.

Plus faible de caractère et plus soucieux des convenances, le marié répétait : « Il faut les comprendre. » La mariée s'obstinait : « Ce ne sont plus mes amis et j'espère qu'ils ne sont plus les tiens. » Le marié argumentait : « Ils veulent nous protéger. » La mariée s'emporta vraiment : « Protéger de l'amour ! Protéger de l'amour ! Nos amis sont des préservatifs ? » Pour un peu, elle s'en allait et le quittait, avec la fête. Alors le marié trouva les seuls mots qui convenaient :

— On va leur donner tort !

C'était une promesse, une promesse touchante, une promesse déterminée mais si fragile ! Pour devenir un engagement véritable, elle aurait eu besoin d'un soutien, au minimum d'un écho.

Par malchance, la mariée, au bout de sa fureur, en était venue à écouter une autre voix, au plus profond d'elle, qui depuis quelques moments lui répétait, aigrelette et tourmentée : et s'ils avaient raison ? Après tout ce sont mes amis, ce sont tes amis les plus chers, nous ne les avons pas choisis pour rien, et ils nous connaissent mieux que personne !

*

Dans la gaieté générale, un invité faisait exception : la tristesse n'avait pas quitté son visage. Et des deux côtés de la noce, quand on se rappelait ce soir-là, son image revenait. L'image d'un homme désespéré. J'appris plus tard qu'il se battait depuis trente ans pour lancer en Chine la voiture qui lui semblait la mieux adaptée à l'Empire du Milieu, à savoir notre bonne vieille 2CV Citroën. Croisade à l'évidence vouée au même échec que le mariage auquel il assistait. Qu'est-ce qui pousse un être à se lancer dans une entreprise tellement dépourvue de bon sens et d'espérance sinon un chagrin d'amour ? L'hypothèse me fut confirmée par Suzanne, plus tard, lors d'une de ces nuits où la confiance est si grande, après l'amour, qu'on raconte tout de soi. Oui, le chevalier à la triste figure, comme tu l'appelles à juste titre, a compté pour moi. Non, il n'a pas toujours eu ce visage endolori. Oui, je l'ai quitté. Non, je ne crois pas que je sois la cause de son air inconsolable et un peu grotesque, tu ne trouves pas, après tant d'années, même si tout le monde me dit que oui.

Je profite de ce récit pour saluer ce chevalier. Et lui dire comme je comprends son envie, ô combien légitime, de tuer ce mariage. Lui, au moins, n'avait pas l'hypocrisie d'applaudir les héros de la fête et, sur un air de salsa, scander sans fin leurs prénoms. Gabriel, Gabriel, Suzanne, Suzanne, Gabriel et Suzanne, Suzanne et Gabriel.

19

Une histoire de guerre froide

— Crois-tu qu'une femme, une femme qui aime…

Nous venions de quitter la noce, notre noce. Même si j'avais réservé tout près, dans un petit hôtel de Château-fort, je n'aurais jamais dû conduire : rien de plus traître pour les réflexes qu'une suite de mojitos. Heureusement, je connaissais comme ma poche cette partie des Yvelines, je savais les endroits où se postent les gendarmes pour vous faire souffler dans l'alcootest et pas de mariage qui tienne, au revoir votre permis, et à quoi ressemble un époux sans permis ? Alors, pour me faire pardonner à l'avance, je roulais doucement, si doucement. Je garde un souvenir étonnamment précis de cette lenteur. Les rares voitures déjà réveillées nous assourdissaient de klaxons et nous éblouissaient de phares. Le jour se levait. J'ai senti comme un papillon sur ma joue. Un papillon si large qu'à la réflexion, il devait s'agir d'une main. Une main aussi légère qu'un papillon.

— Gabriel ?

— Oui ?

— Mon Gabriel ?

— Celui-là même.

— Crois-tu qu'une femme qui aime puisse aider l'homme qu'elle aime ?

— C'est un peu large comme question, non ? À quelle sorte d'aide penses-tu ?

— Eh bien… mais l'aider à réaliser son rêve le plus cher. Par exemple pour toi, Gabriel, j'en suis certaine, recommencer à écrire. On n'achève pas deux romans pour, soudain, s'arrêter.

Jusqu'à cet instant, et quoique séduit corps et âme, je n'aurais pas cru Suzanne capable de *douceur*. Toutes les qualités, oui. Mais pas la douceur.

— Oh pour ça, recommencer, j'ai essayé. Dix fois. Vingt fois. Parce que j'ai une histoire, je sais que j'ai en moi MON histoire. Une histoire qui m'a été donnée pour qu'un jour je la raconte. C'est ça, le plus rageant, le plus désespérant. On a beau faire, ramer des années et des années, il y a des histoires qui restent au loin de nous, inatteignables. Des histoires trop grandes, ou des auteurs trop petits.

— Des auteurs qui ne sont pas à la hauteur.

— Très drôle ! Je ne suis pas le seul. Regarde Moïse. Il s'était battu corps et âme, il avait libéré son peuple mais ce n'est pas lui que Dieu a choisi pour entrer dans la Terre promise.

— Mais peut-être vas-tu, allons-nous grandir ?

— Que ce même Dieu, ou je ne sais pas qui, t'entende !

— Et alors, tu pourras la raconter, ton histoire.

Cette fois, j'ai préféré m'arrêter complètement. Je me

rappelle : juste devant l'entrée de Toussus-le-Noble. Drôle de nom pour un aéroport.

Et plus tard, quand nous nous sommes réveillés, avant même d'appeler pour un café, Suzanne est revenue sur le sujet douloureux. Dès la première seconde de notre rencontre, et la suite le prouverait au-delà du raisonnable, sa venue folle en Alaska, je savais qu'elle était du genre à ne rien lâcher, jamais.

— Cette histoire...

— Et alors ?

— Cette histoire trop grande, tu pourrais m'en dire un peu plus ? Moi aussi, tu sais, je dois m'affronter à des histoires trop grandes pour moi...

Elle s'est tue. Puis a repris :

— La vie, par exemple. Figure-toi que, chaque année, elle est au programme de mon cher Centre national de la recherche scientifique.

Nous avons éclaté de rire. Comment, dans cette gaieté, aurais-je pu lui refuser quelques pistes ? Je me suis lancé :

— Voilà ! Mon histoire parle de guerre froide.

— Une guerre froide ! J'espère que ce ne sera pas notre histoire !

Je vous rappelle que nous venions juste d'entamer la première journée de notre mariage. Je n'ai pas relevé. J'ai poursuivi :

— Nous sommes le 20 février 1980. L'URSS et les États-Unis s'affrontent...

— Je devine ! Le problème, c'est d'écrire après Le Carré.

— Tu as tout compris.

— Ça m'arrive.

Elle m'a souri.

— Je ne sais pas toi, moi je suis morte. Je vais m'offrir un petit complément de nuit. Et si tu me prenais dans tes bras, il me semble que je n'aurais plus peur de rien. Et peut-être toi non plus.

20

Feuille de route

L'un des inconvénients d'un deuxième, troisième, voire quatrième mariage, c'est l'absence de cadeaux. Vous avez beau interroger votre concierge, admonester votre facteur, vous n'êtes destinataire de RIEN au lendemain de vos noces. Vous voilà privé de cette joie enfantine de déchirer des emballages multicolores, d'ouvrir des boîtes, le cœur battant.

Non sans raison, vos amis et relations ont considéré :

1) qu'ils avaient déjà donné ;

2) qu'il fallait vous punir de votre désinvolture : aviez-vous *rendu* les présents reçus lorsque vous aviez divorcé ? Non, n'est-ce pas ? Alors de quoi vous plaignez-vous !

3) et qu'enfin, étant donné votre âge, vous ne manquiez de rien, pas besoin de vaisselle, de luminaires ou de mobilier, votre ménage était constitué.

C'est donc sans espérance particulière que, le matin du 5 juillet, j'ouvris ma boîte aux lettres. Parmi le courrier habituel, un tout petit paquet avait été jeté. Sa forme plate et rectangulaire laissait prévoir un livre. L'instant d'après, je découvrais sa couverture rose et ne pus réprimer un cri.

Quelques mots l'accompagnaient, d'une écriture ferme :
« Ces gens-là m'ont aidé. Je te souhaite bonne chance.
Affectueusement. R. »

Cette fois, des larmes me sont venues. Dans mes moments
de bienveillance, je souhaite à l'humanité entière de rencontrer René de Obaldia. Ce prince panaméen, peut-être parce
que né à Hong Kong, est constitué d'un alliage des plus
rares : 30 % malice, 30 % pertinence, 80 % générosité. Je
sais, je sais, la somme dépasse 100. C'est l'une des libertés
de ce René : ne pas se laisser réduire à des arithmétiques
ordinaires. Voilà pourquoi il est devenu centenaire, en attendant mieux. J'avais fait sa connaissance du temps que je

me croyais écrivain. Et, malgré ma défection, il ne m'avait jamais abandonné.

Je suis remonté quatre à quatre jusqu'au domicile conjugal. Et toute la journée qui suivit, l'entièreté des rendez-vous de l'épouse comme ceux de l'époux ayant été prestement annulés, nous avons pris connaissance de ce portrait.

Tous deux aimèrent des gens de leur propre sexe, mais pas exclusivement. Non seulement leur mariage survécut à l'infidélité, à l'incompatibilité sexuelle, à de longues absences, mais il en devint, en fin de compte, plus fort et plus beau. Chacun en vint à donner à l'autre une liberté totale, sans indiscrétion d'aucune sorte et sans le moindre reproche... Leur mariage réussit parce que chacun d'eux trouvait un bonheur permanent et sans mélange uniquement dans la compagnie de l'autre. Si l'on veut considérer leur mariage comme un port, leurs liaisons furent de simples escales. Et c'est au port que chacun retournait ; c'est là que se trouvait leur base.
... l'une des unions les plus étranges et les mieux réussies dont aient jamais profité deux êtres de qualité.

Après la mort de sa mère, un certain Nigel Nicolson avait découvert son journal intime.
C'était ce journal qu'il présentait, accompagné de ses commentaires.

Je jetai un dernier coup d'œil sur son salon, dans la tour de Sissinghurst (une pièce où je n'étais entré qu'une demi-douzaine de fois dans ma vie, au cours des trente dernières années), et je remarquai un sac Gladstone fermé à clé, jeté dans le coin d'une petite chambre dans la tourelle adjacente. Le sac contenait quelque chose – un diadème dans son écrin, pensai-je. Faute de clé, je découpai le cuir autour de la serrure pour l'ouvrir. À l'intérieur, je trouvai un grand cahier à couverture souple, recouvert au crayon, page après page, de son écriture si nette.

C'est l'histoire de ma mère Vita et de mon père Harold, deux personnes qui se marièrent par amour et dont l'amour s'approfondit d'année en année, malgré leur infidélité mutuelle, constante et consentie.

Dès les premières lignes, nous avions compris que ce portrait nous était destiné.

Harold : Tu es d'accord pour trouver aussi qu'un mariage réussi représente le plus grand avantage humain ?

Vita : Oui.

Harold : Et qu'il doit être fondé sur l'amour guidé par l'intelligence ?

Vita : Oui.

Harold : Et que les seules choses capables d'apaiser la nervosité conjugale sont la discrétion, la bonne humeur et, par-dessus tout, l'activité ?

Vita : Oui.

Harold : Et de donner et de prendre ?

Vita : Et de donner et de prendre.

Harold : Et de s'estimer l'un l'autre. Je ne crois pas à la permanence d'un amour fondé sur la pitié, la protection, ou sur l'instinct maternel. Cela doit être fondé sur le respect.

VITA : Oui, je suis d'accord. La théorie de l'homme des cavernes uni à la charmante-petite-chose est dépassée depuis longtemps. Cette théorie était une insulte aux meilleures qualités des deux.

21

Hommage à nos lits

Affalés sur le dos, les nouveaux mariés regardaient le plafond. La peinture s'y décollait (un très ancien dégât des eaux, paraît-il, que le syndic, malgré dix rappels, refusait de traiter).

Voilà encore vingt ans, ils auraient allumé chacun une cigarette et cherché dans la fumée du tabac la prolongation de leur félicité. Cette pratique étant de nos jours interdite, ils devisaient de choses et d'autres. Soudain Suzanne l'interrogea.

— Comment l'as-tu trouvé ?

Quelle drôle de question ! Qui pouvait porter à confusion.

— Qui donc ?

— Mais mon matelas ! Il m'a coûté un œil.

— Ce n'est pas à lui que je pensais en priorité mais bien, vraiment bien.

— J'espère que tu aimes ! Un BEST de La Redoute ! Rien de moins ! Et pour la largeur, 180. Qu'en penses-tu ? Idéal, non ? Tu te souviens du précédent ? Un ridicule 140 ! Tu vois, j'ai investi. Et toi qui penses que je ne crois pas en notre mariage…

Madame la Vice-Présidente aux affaires familiales, vous êtes (mal) payée pour savoir comme la vie à deux est difficile. Alors vous ne serez pas surprise d'apprendre que nous étions loin, bien loin d'en avoir fini avec la cruciale question du couchage.

La première semaine sur le BEST 180 fut idyllique.

— Enfin, gloussait ma femme en s'étirant. Dormir ensemble sans se gêner ! Le rêve ! Maintenant, je peux te le dire…

— Je crains le pire.

— … Nous avons trouvé nos marques. Ensemble, mais sans empiéter. Amoureux, mais libres. Alliés, mais autonomes. Je ne sais pas toi. Moi, une fusion m'étoufferait. N'oublie pas que j'habite une porte de Paris. Oh, que je t'aime ! Je n'ai plus aucune inquiétude.

— Inquiétude de quoi ?

— Sur notre couple. Il est parti pour durer.

Avec le 180, nous avions le bateau parfait pour nous transporter, dans les meilleures conditions de confort partagé, jusqu'au terme (le plus reculé possible) de nos existences.

Hélas, cet accord entre le 180 et nous ne dura pas, preuve supplémentaire, s'il en était besoin, que les mariages à trois sont fragiles.

— Inutile !

Je sursautai. Un coup d'œil à l'horloge électrique me

donna l'heure : deux heures quarante-trois. Il y avait long-temps que je n'avais pas été tiré du sommeil par la petite voix contrariée de ma femme. Au plus vite je rassemblai mes esprits. La navigation m'avait habitué aux réveils en sursaut : une main vous frappe sans douceur sur l'épaule et vous devez, dans la seconde, capeler votre ciré, sauter dans vos bottes et rejoindre l'air glacé du cockpit.

— Qu'est-ce qui est inutile, ma chérie ?

Le marin présente l'avantage sur les autres humains de poser d'un ton calme des questions raisonnables, même au milieu de la nuit.

— Inutile de dormir ensemble, si le lit est trop grand !

Comment ne pas acquiescer, même au milieu de la nuit, à cette logique imparable ?

— Quelle conclusion en tires-tu ?

— Changer !

— Changer quoi ?

— Le couchage. Nous avons eu tort.

— Comment réparer ?

— Facile ! Prendre le 160 !

Et d'une reptation rapide elle blottit son petit corps dans mes bras.

Je dois avouer que la perspective de quitter ce BEST 180 me déchirait le cœur. On s'attache à un lit. Avec qui entretient-on des liens d'une telle régularité, d'une telle intimité ? Peu à peu se forge une véritable amitié, nourrie par la confiance, la gratitude et une collection, sans cesse enrichie, de beaux souvenirs communs.

J'espérais que ma femme découvrirait les joies de cette grande largeur.

C'était compter sans un autre défaut du BEST de La Redoute.

Car dès la fin de la première semaine, et en dépit du renfort garanti sur la zone lombaire, ma femme se lamenta : « trop mou, ce lit ne va pas, il est bien trop mou ». Cette litanie continua toute la nuit. Vers quatre heures du matin, la régularité de son souffle m'annonça la bonne nouvelle : elle avait fini par s'endormir. Je m'apprêtais à l'imiter quand ses plaintes reprirent, d'autant plus gênantes pour moi que je ne pouvais pas ne pas me demander si elles ne s'adressaient qu'au matelas : « Trop mou, bien trop mou. »

22

Hommage à nos lits (suite)

Le lendemain matin, sitôt émergée du brouillard qui prolonge sa nuit deux heures durant, Suzanne bondit sur le parquet et courut vers un secrétaire d'où elle revint une feuille à la main.

— Lis ! Un Constellation de chez Simmons. C'est LUI qu'il nous faut ! « Offrez une constellation à vos nuits » : pour un couchage de 140 sur 200, pas moins de mille cent cinquante ressorts Duetto indépendants (aux ignorants je rappelle que le système Duetto comporte un double ressort : un ensaché supérieur contre un ensaché inférieur), le cadre est renforcé en acier laminé, la face hiver est garnie de pure laine vierge un kilo par mètre carré et d'un voile de soie 100 grammes par mètre carré, la face été est garnie de pur coton blanc un kilo par mètre carré, les plateaux sont piqués en grands damiers sur ouate hypoallergénique 300 grammes par mètre carré…

Plus j'avançais dans la fiche que, impérieuse et toujours aussi nue, Suzanne m'avait tendue, plus je ressentais d'admiration. Ma femme avait raison. Tant pis si je m'endettais.

IL NOUS FALLAIT UN CONSTELLATION.

Je venais de vérifier sur la notice que La Redoute, qui nous connaît mieux que personne, avait toute indulgence pour ces revirements, humains, trop humains. Elle reprenait sans frais tout achat ne convenant pas.

J'étais confiant, le lundi matin, en composant le numéro magique 01 48 61 56 97. Je chantonnais encore gaiement le slogan bien connu, « Avec La Redoute, c'est simple comme un jeu d'enfant », allègrement je tapai le cinq, comme proposé par une voix aussi charmante que synthétique, assez semblable à celle de la SNCF, puis mon code offre spéciale 72338.

Alors retentit la chanson. Une mélodie troublante. Une chanson sans autre parole que la voyelle A indéfiniment répétée. « Ah, Ah, Ah... »

Tout ce matin-là, les ah, ah voluptueux se poursuivirent, interrompus de temps à autre par une autre voix m'ordonnant de ne pas quitter, ce que je fis pourtant à treize heures, pour me détendre en écoutant sur France Inter le journal de la mi-journée.

Je remontai à l'assaut l'après-midi même et rappelai 01 48 61 56 97. Miracle ! Un être humain me répondit, de sexe féminin. L'être humain féminin, avec douceur et précaution, comme si j'étais un grand malade, m'avertit de mon erreur. J'avais tapé le 01 48 61 56 97 qui concernait le suivi des commandes au lieu du 0810 00 20 29, le SAV. Pardon ? Le Service après-vente. Et l'être humain féminin me souhaita bonne chance. Aujourd'hui encore je ne me rappelle pas avoir décelé la moindre ironie dans ses intonations.

Sachez seulement que le 0810 00 20 29, porte du SAV, débouche sur un autre univers, celui du transport, souveraineté de la société SOGEP, et parfaitement indépendant de La Redoute. C'est la SOGEP qui envoie les dizaines de camions allant récupérer aux quatre coins de la France les lits BEST jugés trop mous.

Loin de moi l'idée de jeter la moindre pierre à la SOGEP (0811 01 00 31). Je sais comme la logistique (art de combiner tous les moyens de transport, de ravitaillement et de logement des troupes) est complexe, tributaire d'innombrables hasards entremêlés, l'exemple même de la science inexacte.

Mon indulgence lui est acquise. D'autant qu'au cours de nos échanges qui durèrent jusqu'à la fin de la semaine, j'appris à mieux connaître les difficultés de cette corporation. Outre les impondérables de la route (verglas, brouillard, embouteillages), outre les ennuis mécaniques de ses véhicules (véritables ou inventés par les chauffeurs), outre les humeurs, imprévisibles, desdits chauffeurs, la SOGEP devait supporter les effets d'un conflit auquel elle ne pouvait rien : la guerre, toujours relancée, entre le suivi des commandes et le SAV.

À quel moment exact s'arrête le suivi, à quel autre commence l'après-vente ?

Et de qui dépend la reprise, notamment celle des lits trop mous ?

Nous étions devenus presque frères, à force, le directeur commercial adjoint (zone région parisienne Ouest) et moi. Maintenant, c'est lui qui m'appelait pour me donner mauvaises (hélas, le camion que j'avais prévu vient de m'être réquisitionné pour la semaine du blanc) et bonnes nouvelles (j'ai retiré un Ford des listings, celui-là est pour vous).

Tout est bien qui finit bien. Un ultime appel de mon ami SOGEP, un beau jour, m'apprit que le Ford promis était « à l'approche ». L'avenir s'annonçait radieux. Vive ce joli mercredi ! Je n'arrêtais pas de chanter *Gabrielle* (chef-d'œuvre de Johnny Hallyday).

Le client de La Redoute, s'il ne devient pas fou dès les premières heures de dialogue impossible avec le standard automatique, acquiert pour la vie une distance, un calme, un fatalisme qui le rendent l'égal des sages orientaux.

À cet égard, une commande à cette maison vaut tous les stages en Inde de méditation sur le vide, toutes les contemplations du jardin de mousse à Kyoto.

Après le divorce, mes amis m'ont souvent demandé : comment t'a-t-il été possible de supporter aussi longtemps un mariage aussi douloureux ?

Au lieu d'expliquer, je préférais me taire. Qui aurait compris que j'invoque La Redoute ? Mais l'heure est venue pour moi de le proclamer : c'est La Redoute qui m'a fait tenir ! Sans ses leçons d'équanimité, jamais je n'aurais résisté.

Je suis sûr que la longévité des couples est proportionnelle à leur pratique de la vente par correspondance. Quand on a survécu à de tels parcours, l'expérience matrimoniale, même la pire, n'est qu'un chemin de roses.

23

Le mystère de ses nuits

Comme à mon habitude, je m'étais réveillé avec le jour. Et dans la lumière naissante, je la regardais dormir, émerveillé et plus encore stupéfait de me retrouver auprès de tant de beauté. Car la couette, comprenant qu'elle gênait, avait glissé sur le parquet.

Même si, de nos jours, cette révélation pourrait se retourner contre moi, vous devez savoir, madame la Juge, que vers treize ans, une curiosité ravageuse s'était emparée de moi et n'allait plus me quitter. Qui étaient les femmes ? Hormis ma mère, aucune de ces créatures magiques ne partageait ma vie. Pas de sœur (elle viendrait beaucoup plus tard, fruit d'une des innombrables tentatives de mes parents pour se réconcilier). Pas de camarades de classe (par je ne sais quelle cruauté, les établissements scolaires n'étaient pas mixtes à l'époque). Pas de cousines. Un vrai désert, masculin, à perte de vue.

C'est ainsi que je demandai au père Noël, et obtins de lui, le 25 décembre 1960, un abonnement annuel et reconductible au journal *Elle*. Merci à lui. Je lui dois mes premières promenades dans l'univers enchanté, mes premiers pas dans le royaume inconnu, mes premières découvertes des secrets vertigineux de la salle de bains, le maquillage, l'épilation...

*

Ce matin-là, Suzanne était nue.

Qu'est-ce qu'une femme ?

Qui est ma femme ?

Après long temps de ma contemplation, j'avançai lentement, lentement la main. Loin de moi l'intention de caresser. Mon éblouissement tuait dans l'œuf toute audace. Voulais-je seulement me convaincre de la réalité d'une telle merveille ? À peine du bout des doigts avais-je doucement, doucement frôlé son épaule que je recevais une volée de coups. Ma femme me frappait des deux poings, avec violence et précision.

Précipitamment, je me rencognai à l'autre extrémité du lit.

Après un moment qui me parut éternité, je me tournai, non sans d'infinies précautions, et risquai un œil.

Qui aurait pu imaginer un tel ange, au visage encore si plein d'enfance, capable de ces sauvageries ? J'écoutais sa respiration, paisible et régulière.

Je me crus victime d'un cauchemar mais me gardai bien, avant longtemps, de renouveler ma tentative de tendresse.

Il faut croire que j'oubliai cette mésaventure. Ou plutôt, puisque ma mémoire est bonne (surtout des agressions dont j'ai été victime), le désir l'emportait cet autre matin-là sur le souvenir cuisant.

Je m'étais éveillé depuis une heure, roulant dans ma tête toutes sortes de pensées sans intérêt (le Grand Emprunt, l'avenir de France Galop…), quand me prit une sauvage envie. Perdant toute prudence, j'enlaçai ce corps sans défense (il faut savoir que Suzanne commence toujours sa nuit en grelottant de froid malgré la protection d'au moins deux pyjamas enfilés l'un sur l'autre et l'achève dévêtue et moite, réchauffée par on ne sait quel courant tropical).

À peine mes bras s'étaient-ils refermés sur elle que la même grêle de coups s'abattit, plus violents encore que la fois précédente, car assénés pour blesser : genoux frappant le bas-ventre et coude martelant le nez.

Je m'écartai.

Je saignais des deux narines.

Ma femme avait repris son immobilité de grande dormeuse.

Quel était donc ce trésor nocturne qu'elle défendait ainsi avec tant de détermination ?

Dès le lendemain j'allai consulter le docteur Lembeye, oui, le Réparateur officiel de LA LISTE, le psychiatre qui prenait soin de tous ceux que Suzanne avait lâchés. Il penchait pour une explication d'ordre cinématographique. D'après lui, ma femme se projetait chaque nuit dans sa tête des spectacles érotiques d'une grande intensité. On pouvait comprendre qu'elle déteste être dérangée. Même s'il est plus large d'esprit que la plupart de ses confrères psychanalystes, il pense que le sexe est l'alpha et l'oméga de la conscience.

Le docteur Lembeye s'obstina, pour l'honneur. Puis céda :

— Seule la frustration explique d'ordinaire ces violences et ta Suzanne ne me semble pas trop en souffrir, même si avec les femmes, on ne sait jamais.

C'est alors que je lui développai mon hypothèse :

— Le plus fort désir d'une femme n'est pas le sexe.

— Tu m'intéresses !

— La véritable obsession des femmes, c'est le temps.

— Que me contes-tu là ?

— Oui, le temps, le temps qui coule, le temps qui passe et ne revient pas, LE TEMPS qui ne leur permet bientôt plus d'avoir des enfants. Le temps qui les rend moins belles. Pardon pour cette généralité, d'ordinaire je les hais, mais toutes les femmes que j'ai à ce jour rencontrées n'ont qu'un rêve : arrêter les horloges.

— Sur ce point, je peux te suivre. Continue.

— Je crois que ma femme a découvert dans la nuit le lieu où le temps s'arrête. Car si tu voyais son corps, c'est celui d'une jeune fille.

Cette explication de la conduite violente de ma femme, je la tiens encore aujourd'hui pour la plus convaincante. On comprend qu'elle m'ait gâté le sommeil.

Comment voulez-vous dormir tranquille dans le même lit qu'une machinerie de cette importance ? Comment trouver le repos alors qu'à vos côtés, peut-être à 10 centimètres, se tient le secret le plus longtemps et le plus frénétiquement cherché par l'espèce humaine, plus encore que la pierre philosophale censée changer le plomb en or : le moyen d'arrêter le temps ?

Plus jamais le mari ne tente d'intrusion. Il se contente d'allumer sa minuscule lampe frontale (60 grammes, piles comprises, l'irremplaçable compagne de ses voyages). Son faible éclat ne dérange pas Suzanne puisque, faute de fabriquer assez de noir avec ses rideaux maudits, elle porte un masque de soie. Gabriel passe des heures à la regarder.

Et il ne peut que constater l'évidence, la victoire de sa femme contre le temps. Des seins haut placés et ronds à souhait, épargnés par le double fléau de la ptose et des vergetures. Un ventre plat.

Ventre qui jamais ne recule
Pour coup d'estoc ou bien de taille
En escarmouche ou en bataille

Idem les cuisses, longues et fermes, douces à pétrir, à embrasser ou à dévorer. Il a beau chercher, balayer sa femme de la lumière bleue de la lampe, il ne constate aucun outrage.

Alors, faute des bras de sa femme, il se rendort dans la fierté. À voix basse, il se répète, peut-être cent fois, eh oui, c'est ma femme, eh oui, c'est moi qu'elle a choisi. Il doit sourire car, plus tard, lorsque l'heure vient de se réveiller pour de bon, il se sent quelques courbatures aux muscles de la mâchoire.

Je me rendais bien compte que cette affaire bouleversait ce cher docteur Lembeye. En lecteur passionné d'Arthur Schnitzler, l'ami de Freud, le souvenir de Mlle Else, l'une de ses héroïnes, ne peut que vous troubler. Cette jeune fille, d'une pureté sans tache, accepte, pour libérer son père d'une dette insupportable, de se dévêtir devant son créancier.

Cher docteur ! Il se serait damné pour voir le corps éternellement jeune de Suzanne.

Pour épargner ce bon thérapeute, je préférai lui cacher ma tentation : ouvrir ce petit corps admirable, le disséquer si vous préférez, dans le fol espoir de découvrir enfin les mécanismes à l'œuvre capables d'arrêter les heures, les mois, les années et les dégâts associés. Quels engrenages aurais-je trouvés ? Quels filtres compliqués, quels sédiments de sable, quels manèges à rebours ? Aurais-je cédé à cette tenaillante curiosité, et, conséquemment, éventré mon épouse, la Cour d'assises m'aurait-elle condamné à la perpétuité ? Ou, considérant mon apport à la Science, m'aurait-elle accordé le sursis : c'est bon pour cette fois, mais n'y revenez pas, contentez-vous de votre abonnement à *Elle* !

II

TREMBLER D'AIMER

1

Amis

Un an passa, puis deux, puis trois.

Chers amis, vous vous inquiétiez tant.

Chers, si chers amis !

Il faut savoir qu'on n'aime jamais seuls. À côté des amoureux, au-dessus, en dessous veille et surveille une foule. Outre les fantômes, le chœur de la tragédie grecque : vous, les amis.

Vous aviez bien deviné que, sous les apparences du bonheur, des forces néfastes œuvraient.

Les *pourquoi* avaient changé de camp. Ceux-là mêmes qui, lors de notre rencontre, s'étaient épuisés en pourquoi vous mariez-vous, elle et toi, si différents, pourquoi, mais pourquoi ?, psalmodiaient maintenant des pourquoi opposés : vous séparer ? Allons donc ! Vous vous êtes si bien trouvés !

Sans cesse, à toute heure du jour et de la nuit, vous preniez des nouvelles. Comme on s'enquiert d'une météo instable ou d'un bébé malade.

— Alors ?

— Alors quoi ?

— Vous… elle et toi…

Vous peiniez, vous vous empêtriez, vous rougissiez. Même au téléphone, on devinait vos fards.

— Qui, elle ?

— Enfin, tu sais bien…

— Et alors ?

— Vous… enfin… vous êtes toujours… enfin, vous voyez ce que je veux dire… en relation ?

Pour un peu, vous auriez employé la très étrange expression des jeunes :

— Vous sortez toujours ensemble ?

Chers amis, vous aviez tant besoin de notre amour ! Vous arriviez à cet âge où, quand on se préoccupe encore de vivre, on ne vit plus que la vie des autres : la vie adoucie des souvenirs, la vie bruyante et désordonnée des enfants, la vie chimique des coureurs du Tour de France, la vie grandiloquente et agitée du personnel politique, la vie impitoyable d'un requin de la finance, la vie sexuelle, enfin racontée par le menu, de feu Noureev… Chaque matin, en parcourant le journal, on se choisit une vie d'emprunt.

Ainsi entriez-vous pas à pas et sans heurt dans cette longue et progressive mutilation qu'on appelle la vieillesse.

Qu'un homme et une femme fussent saisis par la passion bouleversait cette stratégie de retraite. Depuis longtemps, les possibles avaient disparu pour vous, la possibilité d'éclater de rire à tout instant, la possibilité de partir pour l'Italie une seconde après en avoir rêvé, la possibilité, blottis l'un contre l'autre, d'évoquer telle ou telle caresse et d'en trembler, la possibilité de repartir à l'assaut à peine le plaisir atteint, cette fameuse récidive, insouciante capacité de la jeunesse, bref, toutes les possibilités de bonheur amoureux.

Notre rencontre et notre mariage immédiat vous avaient donné la preuve que ces possibles étaient (peut-être) encore possibles.

Chers amis !

Certains, les plus conservateurs, allaient même jusqu'à juger grotesques, voire obscènes, nos enthousiasmes adolescents. Sans le savoir, nous nous attaquions au principe même de toute organisation sociale harmonieuse : la résignation. Privé soudain de sa dose quotidienne de résignation, l'ouvrier se révolte, le mauvais sportif se dope, le pêcheur ouvre les vannes et vide l'étang, l'écrivain qui n'est pas Stendhal se suicide (quelle hécatombe !), le prêtre prend femme, le mari quitte la sienne, etc.

Mais tous n'avaient cessé de se nourrir de notre bonheur supposé. D'où leur désarroi lorsqu'il devint évident que notre mariage battait de l'aile. Et les mêmes amis qui avaient le plus ricané le jour du mariage, parié le plus gros sur sa fin (ultrarapide), étaient ceux qui s'acharnaient à le vouloir durable. Suzanne et Gabriel, des tensions, des odeurs de roussi ? Allons donc ! Quel couple n'a pas traversé de tempête ? Vous deux, croyez-moi, croyez-nous, vous êtes faits l'un pour l'autre ! Rendez-vous dans trente ans, dans quarante, voyageurs comme on vous connaît, vous parcourrez notre planète main dans la main.

Chers amis, d'où vous venait cette conviction qui depuis longtemps nous avait fuis ? Quel amour voyaient-ils en nous que nous n'avions plus d'yeux pour voir ?

2

Les pare-brise de notre enfance

Pourtant, les bons moments ne manquaient pas. À ma femme je ne cessais de raconter mes fleuves qu'elle me répétait vouloir au plus vite aller saluer, comme autant de membres de ma famille. Pourquoi ne m'as-tu pas encore présenté le Brahmapoutre, Gabriel ? Et le delta du Paraná ? J'ai vu des photos. Je rêve d'une maison dans le Tigré. Et moi, j'apprenais tellement de ses recherches. Dans Apprendre, dans Comprendre, il y a *prendre*. Le savoir est une sensualité. Je peux donc affirmer que les chauves-souris ont sauvé notre couple, ou du moins l'ont prolongé, autant qu'elles ont pu.

Après une route interminable, dont la moitié dans la nuit, les yeux sans cesse percés par la lumière de phares adverses, doux, si doux pour l'oreille du voyageur est le léger crissement de graviers sous les pneumatiques de sa voiture. Cette musique délicate annonce qu'on en a fini avec les désagréments de la voiture. Derrière la façade doucement éclairée de l'hôtel, choisi pour son appartenance à la chaîne du silence, un dîner vous attend, prélude à un sommeil réparateur qu'il ne sera pas interdit d'interrompre, vers le matin, par quelques câlins tendres.

Notre week-end commençait. Contentieux et fantômes laissés au péage de Saint-Arnoult. Deux jours et deux nuits rien qu'à nous. Idéal pour se refaire une santé conjugale, non ?

À peine avais-je coupé le contact que Suzanne bondit hors de la voiture et passa la main droite sur le pare-brise :

— Tu n'as rien remarqué ?

— Il est cassé ? Ce camion, quand nous roulions derrière... Il a dû nous projeter un caillou.

Au lieu d'aller chercher son sac sur la banquette arrière, première activité d'une femme normale parvenue à destination, elle revint s'asseoir près de moi. Et les yeux fixés vers l'objet de sa colère :

— As-tu souvenir des pare-brise de notre enfance ? Il suffisait de rouler une heure et, même en plein jour, ils devenaient poisseux...

— Tu as raison, ça me revient, une confiture d'insectes...

— Qui tartinait le plexi !

— Tu te rappelles les pauvres essuie-glaces ? Ils avaient beau faire et s'évertuer, ils ne parvenaient qu'à étaler la bouillie.

— On n'y voyait plus rien.

— Il fallait aller chercher un broc plein d'eau et un balai-brosse.

— C'était la belle époque !

— Arrête de rire, ce n'est pas drôle.

— Explique-moi.

Un solide gaillard s'approcha, le préposé aux bagages.

Suzanne ne lui prêta aucune attention, déjà toute au récit du drame : du fait des insecticides répandus dans les campagnes, une atmosphère nouvelle enrobait désormais la Terre. Notre planète se vide, Gabriel. Au revoir les espèces vivantes ! Qui se nourrit d'insectes, d'après toi, Gabriel ? Les oiseaux. Donc bientôt, adieu les oiseaux ! Et encore ?

— Tes chauves-souris.

— Exact !

Et tandis que l'homme des bagages attendait patiemment à trois pas de notre Citroën (fréquentes étant les disputes des couples en début de week-end, le personnel des hôtels de charme a des consignes : mieux vaut laisser crever l'abcès en dehors de l'établissement), Suzanne continua sa leçon d'écologie.

— Tout se tient, Gabriel ! Une certaine espèce de chauves-souris américaines n'a pas supporté le cadeau d'un petit champignon involontairement transmis par une consœur européenne. Elles sont mortes par dizaines, par centaines de milliers. N'ayant plus personne pour les dévorer, les insectes se sont mis à proliférer. Et à ravager les champs. Les agriculteurs n'ont eu d'autres ressources que faire un appel massif à la chimie. Coût estimé, seulement financier : 4 milliards de dollars par an. Quand il t'arrivera, en mari banal, d'un tant soit peu mépriser l'activité de ta femme, repense à ce chiffre. Il t'aidera à nous valoriser un peu mieux, moi et mes confrères et consœurs chercheurs, chercheuses, et nos répugnantes amies ailées.

Ils sortirent tout sourire de leur véhicule, en présentant

leurs excuses à l'homme des bagages. Lequel se révélait philosophe.

— L'important, c'est de se parler, n'est-ce pas ? La chaîne du silence est là pour ça. Bienvenue chez nous !

3

Le secret des mammifères qui volent

Ils reposaient sur le lit, immobiles, côte à côte, tels deux gisants. Le plus discrètement possible, Gabriel se prenait le pouls. Sa femme sourit.

— Tu crois que tu vas survivre ?

— Quatre-vingt-seize. Un peu rapide. Mais ça devrait aller.

— Bonne nouvelle. À propos, j'ai une idée.

— Honoré de participer au progrès de la Science !

— Je viens de réaliser l'énergie nécessaire pour monter au septième ciel.

— Merci pour moi ! Tu veux dire que c'était poussif ?

— Imbécile.

— Et alors, ton idée nobélisable ?

— Les chauves-souris volent…

— Encore elles ! Plus envahissantes que des enfants, et pires pour tuer l'amour !

Elle haussa ses épaules nues. Et poursuivit.

— S'arracher à la pesanteur ! Quoi de plus consommateur d'énergie ? Pour voler, il est évident qu'elles doivent mobiliser l'essentiel de leurs forces, et donc économiser toutes les autres. Et si...

Elle se leva d'un bond et se rhabilla au galop.

— Mais où vas-tu ? À cette heure !

Dans leur fougue récente, le réveil avait valsé. Il gisait à un bout de la pièce, ses piles à l'autre bout. Quelle heure pouvait-il être ? Une évidence : on allait vers le matin.

— Ici, je ne peux pas réfléchir.

— Et à Pasteur, on vous ouvre la nuit ?

— À Pasteur, on ne dort que d'un œil.

De la semaine suivante on ne peut dire qu'un mot : désespérante.

Suzanne ne répondait aux questions que par le silence, un mutisme total assorti d'un sourire vague. Tu avances dans vos recherches ? Sourire vague. Pas trop fatiguée ? Sourire vague. Tu ne crois pas qu'une petite récréation ne te ferait pas de mal ? Et si nous allions au cinéma ? Je te rappelle que c'est en regardant un film que François Jacob fut traversé par l'illumination qui lui valut le Nobel. Toujours le même silence.

Le mari dédaigné rejoignit une mission qui s'en était allée inspecter le glacier de la Furka. Comme tous ses confrères glaciers, il fond à vive allure. Or le Rhône vient de là. Qu'en restera-t-il, dans vingt ans, dans trente ans ?

À peine Gabriel, passablement déprimé par les informations recueillies, avait-il glissé sa clef dans la serrure du domicile conjugal que la porte s'ouvrit et qu'une Suzanne rayonnante, après l'avoir embrassé, lui colla sous le nez sa dernière production : quinze pages, égayées de nombreux schémas incompréhensibles.

— Nous sommes en lecture. *The Lancet* et *Nature* (prononcer à l'anglaise : Naitcheur). S'ils pouvaient ne pas trop traîner, ce serait mieux.

Cette félicité ne dura pas.

Une semaine plus tard, Suzanne rentrait dévastée, mi-larmes, mi-fureur.

Comme Gabriel s'enquérait délicatement des raisons de ce malheur, elle lui montra du doigt les feuilles qu'elle avait en arrivant jetées sur le paillasson de l'entrée.

Il s'en saisit.

Comparative analysis on bat genomes provides insight into the evolution of flight and immunity. Guojie Zang et al. N° 339 de la revue *Science*.

— Tu ne vas rien y comprendre. Je t'explique quand même. En l'absence d'agression par un virus, les mammifères ne sécrètent pas d'interféron alpha, une molécule qui déclenche la réponse immunitaire des cellules aux attaques extérieures. Chez les chauves-souris seules, cette production d'interférons alpha est permanente. Maudits soient ces chercheurs chinois ! Ils ont réussi à décrire les mécanismes biologiques que doit mobiliser une chauve-souris pour voler. S'ensuivent toutes sortes de réactions en chaîne. Dont… la possibilité de réparer son ADN quand il a été blessé.

— Quelle horreur ! C'est l'idée même que tu avais explorée !

— Jamais je n'aurais dû confier notre article au *Lancet* !

Leur comité de lecture dort ! Ou s'est fait acheter. Plus de trois mois que j'attendais leur réponse…

— Je ne savais pas que la recherche était une course de vitesse.

— La Science est une course. Malheur à ceux qui se font doubler.

Dans ce genre de situations à fort potentiel explosif, un mari doit s'amenuiser, rétrécir, occuper le moins possible d'espace. Il doit comprendre à la fois que sa présence exaspère mais que son absence ce jour-là, justement, et dans ces circonstances, ne pourra que lui être reprochée jusqu'à la fin des temps, et même au-delà. Gabriel, dont nous commençons à connaître les innombrables défauts, avait au moins ce talent, celui de disparaître à volonté. Peu soucieux de lui-même, il se fondait dans l'air ambiant.

Le soir venu, Suzanne sursauta :

— Mais tu étais là ?

— Où voulais-tu que je sois, sinon près de toi ? J'ai pensé à une chose.

— Dis toujours, au point où j'en suis…

— Le vol des chauves-souris…

— Tu veux vraiment tuer ma nuit ?

— Le vol des chauves-souris, c'est pour elles un élan formidable, un rêve depuis l'enfance, voler alors que tous les autres mammifères sont condamnés à ramper.

— Où veux-tu en venir ?

— Et si le vol était pour les chauves-souris ce que l'amour est pour nous : une évasion hors des contraintes de leur condition, une légèreté, une liberté ?

Elle le regarda, stupéfaite. Le genre d'étonnement qui vous prend quand on découvre chez l'autre, pour le meilleur ou pour le pire, un trait de personnalité qu'on ne soupçonnait pas.

— Se pourrait-il que tu les fasses tous mentir ?

— Qui donc ?

— Mes chers collègues ! Mes amis scientifiques ! Je les entends encore ricaner quand ils ont appris ton métier. Vous ne savez pas la nouvelle ? La dernière passion de notre Suzanne ! Je vous le donne en mille : un *éclusier* ! Ah, ah, ah. Tout Pasteur en a vibré. Jusqu'aux souris des laboratoires. Impossible d'en tirer quelque chose avant une semaine : trop agitées !

Alors Gabriel, le cœur battant de trac, se lança dans une longue histoire, pour être franc pas mal embrouillée malgré son apparence de logique.

— L'amour bouleverse le fonctionnement de notre corps. OK ?

— OK !

— L'amour n'arrive jamais seul.

— Que veux-tu dire ?

— L'amour transporte avec lui des virus qui pourraient lui être mortels. Il vit avec eux. Comme avec des colocataires. Peut-être même qu'il ne pourrait pas vivre sans eux.

— Par exemple ?

— Le terrible virus de la peur. Rien de plus charmant que la timidité mais rien de plus dévastateur que le manque de confiance. Il y a aussi la peste de la jalousie, la polio de l'avarice, aussi bien mentale que pécuniaire, le vertige de la dépossession… L'amour ne peut survivre qu'en repoussant les assauts permanents de ces colocataires qui sont autant d'ennemis. De même, tes chauves-souris ne supportent que grâce à leur passion pour le vol leur cohabitation avec toutes les saloperies qu'elles accueillent. Tu veux ma conclusion ?

— Je l'attends avec intérêt.

— Les chauves-souris sont des maquettes de l'amour.

— Vu comme ça…

Ne convient pas, pudeur oblige, que je vous raconte la suite de cette journée si mal débutée par ce Guojie Zang. Sachez seulement que dans ce récit, hélas interdit, vous auriez approché l'un des mystères des larmes. Comment, sans que rien ne change dans leur composition chimique, ces perles d'eau peuvent exprimer tantôt la peine et tantôt le plus grand bonheur possible, au-delà même de ce que l'imagination s'autorise ?

On a beau faire, la Science ne peut occuper TOUT votre temps.

Et pour votre malheur, la vie vous oblige à croiser d'autres êtres que les chauves-souris, et bien plus redoutables.

4

Le pied de Jean d'Ormesson

C'est peut-être ce soir-là que le ver est entré dans le fruit. Ou, s'y trouvant déjà, c'est peut-être ce soir-là qu'il s'est réveillé et a commencé son œuvre de ronge et de pourrissement.

Pourquoi la très mauvaise idée m'était-elle venue d'emmener Suzanne aux Étonnants Voyageurs ? Pour lui donner, une bonne fois pour toutes, le goût de la Géographie ? Pour renouer avec le temps de ma jeunesse, quand je me croyais écrivain ? Peut-être avais-je en moi l'espérance secrète de retrouver cet élan mystérieux qui vous entraîne à raconter de longues histoires ?

Ce festival Étonnants Voyageurs a été inventé il y a longtemps par Michel Le Bris, le seul étudiant des Hautes Études commerciales emprisonné pour cause de maoïsme.

Chaque week-end de la Pentecôte, les autoproclamés Étonnants, en fait de simples écrivains, se réunissent à Saint-Malo (Bretagne) et racontent leurs périples à des milliers d'étonnés, ces bonnes poires de lecteurs. Les débats donnant soif, on boit. Et les horizons lointains ouvrant l'appétit, on finit par aller dîner. Tard. Et le plus souvent entre soi : les étonnants. Ce rendez-vous, chaque année plus prisé, se tient sous le haut patronage de François-René de Chateaubriand, alias l'Enchanteur. Sa tombe installée au sommet d'un îlot voisin jette sur l'entièreté du site une lumière intimidante. Car dans la hiérarchie généralement admise, Enchanter l'emporte sur Étonner.

Même si certains ne se privent pas d'enchanter, lorsque l'occasion s'y prête.

Et justement, ce soir-là...

Mais les étonnants auront beau faire, jamais ils n'atteindront la cheville de l'Enchanteur tutélaire, Chateaubriand. Pas même Jean d'Ormesson à qui, pourtant, personne ne contestera le titre d'Enchanteur adjoint.

C'est ainsi qu'un 22 juin nous nous retrouvâmes, ma femme Suzanne et moi, vers vingt-deux heures à la même table que Gilles, Héloïse, quelques autres amis, et... l'Enchanteur adjoint en personne. Suite à quels hasards (la vérité m'oblige à écrire : quelles manigances) m'étais-je fait inviter ? Je préfère l'oublier. Sans me l'avouer, je caressais toujours des ambitions littéraires. Et je pensais, sans originalité, que la fréquentation du roi Jean, l'Enchanteur adjoint, pourrait les faciliter. Fidèle à sa réputation, il nous émerveilla de sa conversation, jusqu'à ce qu'il se mette à grimacer.

— Encore ton pied ? s'inquiéta sa fille (Héloïse).

— Encore, acquiesça l'Enchanteur adjoint.

Celui-là même que, depuis le tourteau décortiqué (je veux dire l'entrée), ma femme buvait des yeux. Rien de tel qu'une timide pour se lâcher en regard.

Cette annonce, le pied, lui permit dans le même instant de se ressaisir et de retrouver son autorité.

— Votre pied ? Montrez-le-moi.

Je ne pus m'empêcher de m'écrier :

— Mais enfin ! Tu es vétérinaire.

— Je suis aussi médecin.

L'Enchanteur a de bonnes oreilles. Il avait entendu notre passe d'armes.

— Quoi qu'il en soit, nous sommes tous des animaux !

Il commençait à s'amuser beaucoup. Malgré ses douleurs. Et le voici qui écarte sa chaise de la table. Voici qu'à grand-peine et nouvelles grimaces, il se déchausse. Ses mocassins un peu trop clairs pour être honnêtes m'ont tout l'air de fabrication italienne. Il ne porte pas de chaussettes. Voici qu'apparaît, tout nu, un pied gauche gonflé et violacé.

Suzanne s'en saisit, oui, vous avez bien lu, sans préambule ni cérémonie, elle se penche et le prend dans le creux de sa main et le palpe de toutes les manières douces possibles. La table les regarde, sidérée. Ils sont seuls au monde. L'Enchanteur souffre, mais ronronne. Ma femme roucoule.

Plus tard, Suzanne et moi reposons côte à côte dans la nuit, chambre 12 du Novotel, mon silence vient de la réveiller. Il paraîtrait que certains de mes silences sont plus bruyants qu'un train de marchandises et font davantage vibrer les murs. Comme vous savez, de toutes les activités de ma femme, y compris l'amour, y compris son travail sur les chauves-souris, le sommeil, son sommeil, est sinon la préférée, du moins la plus *importante*.

— Qu'est-ce que tu veux ?

Je continue de me taire. Mais mon silence a changé de nature. Il faut savoir que je joue de mes silences comme d'autres de la musique. Ce silence-là n'a pas l'agressivité du précédent. C'est un silence qui se veut raisonnable, un silence qui dit qu'il veut comprendre, qu'il est prêt à comprendre, même si ce n'est pas vrai, pas vrai du tout.

Alors ma récente épouse m'explique, le plus rapidement possible, style télégraphique. C'est sa seule chance d'espérer se rendormir.

— Je voulais éliminer une thrombose.

— Et tu as vu ses yeux pendant que tu lui caressais le pied ?

— Un, je ne lui CARESSAIS pas le pied, je l'examinais. Si tu préfères, je cherchais ses pouls. Deux, je ne lui regardais pas les yeux. Puisque je m'occupais de son pied.

Rompre le silence fut une première stupidité. La seconde pire encore : avancer la main vers sa femme assise dans la nuit.

Mais que faire avec cette main ? Elle a sa vie propre et dès qu'elle devine à sa portée le corps de cette personne, elle s'approche. Jusqu'à toucher.

Aucune réaction.

La main revient à l'endroit d'où elle était partie.

— Je me sens humiliée.

Que répondre ? Ce n'est pas une question.

— Je me sens humiliée. Et je ne me suis jamais, tu m'entends ?, jamais laissé humilier. Jusqu'à ce soir.

Cette fois le silence a la sagesse de m'intimer l'ordre de me taire.

Et j'obéis.

Au bord des routes, on voit souvent des bouquets de fleurs. Pas besoin de grande intelligence pour deviner qu'un accident s'est produit là, et que quelqu'un en est mort, quelqu'un d'assez aimé pour qu'on le regrette et qu'on dise ce regret avec des fleurs.

Où notre mariage a-t-il été brisé dans son élan ?

Ce soir-là, le soir du pied de Jean d'Ormesson.

Et c'est pour cela que le lendemain du divorce, prononcé par votre jugement, madame la Juge, j'ai pris le train pour Saint-Malo juste pour déposer une rose à droite de l'entrée du Novotel.

Cela dit, rouvrons le dossier si vous le permettez, madame la Juge.

Et plaidons à la fois les circonstances atténuantes et la légitime défense.

Comment voulez-vous que se conduise un très récent et très épris époux lorsque sa très récente et très charmante épouse croise le pied d'un Enchanteur, même Enchanteur adjoint ?

La Raison voudrait que le très récent époux s'émerveille de l'humanité et de la compétence de sa très récente et très charmante épouse. La Raison voudrait que ce très récent époux, étouffant de fierté, cherche le regard de tous ceux et toutes celles qui assistent à la scène, Héloïse, Gilles et leurs amis avant de proclamer : cette femme si belle penchée sur le pied de Jean, c'est ma femme, ma femme officielle par mariage en date du 3 juillet de l'année 2007, celle qui m'a dit OUI de préférence aux autres soldats de son armée de prétendants. La Raison voudrait que le très récent et très épris mari n'oublie pas qu'il est un admirateur de l'Enchanteur adjoint. Comment, s'interroge la Raison, comment un ami sincère pourrait-il ne pas se réjouir de voir son ami si bien pris en charge par un membre éminent du corps médical inopinément rencontré ?

Mais tous les psychiatres et même leurs ennemis neurologues vous le répéteront : la Raison n'est pas la seule habitante du cerveau. Surtout lorsque le cerveau appartient à un très récent et très épris mari.

La Raison n'a jamais pu chasser d'aucun cerveau les *petites voix*. Les petites voix sont les rats du cerveau. Elles se faufilent partout. Elles se nourrissent de tout. Et personne, et pas la Raison, ne peut les faire taire.

Parmi ces petites voix, l'une couvre ce soir-là toutes les autres. Et voici les paroles de sa crispante ritournelle : pas plus filou qu'un Enchanteur, même adjoint. Enchanter est peut-être un don mais d'abord un métier, avec ses techniques, son marketing, ses manigances, ses pièges à capturer les gogos. Le corps d'un enchanteur est une scène de théâtre. Vous imaginez qu'elle lui est venue par hasard, sans projet, sans travail, l'invraisemblable et hypnotique couleur bleue de son regard, qui les fait toutes tomber comme des mouches ?

Alors quoi de plus simple pour un tel magicien que de jouer de son pied pour subjuguer une toute récente épouse ? Attention, précise la petite voix, je n'affirmerais pas que l'Enchanteur adjoint a *joué* sa douleur. Je lui fais confiance. Les simagrées ne sont pas de son niveau. Son sang trimballe VRAIMENT un excès d'acide urique, avec toutes les conséquences qui s'ensuivent, notamment pour les articulations. Mais la différence entre un enchanteur goutteux et tous ses collègues aussi malades, c'est qu'il choisit le moment de la crise et qu'au lieu de souffrir en pure perte il tire de sa douleur profit. Et la petite voix de conclure (provisoirement) : cher récent et très épris mari, méfie-toi des Enchanteurs, même adjoints. Ce sont des personnalités redoutables car faites d'un alliage improbable : 50 % indifférence, 50 % intéressement. Intéressement car on enchante pour un but, toujours le même et, comme la mer, sans fin recommencé : séduire, encore et encore séduire. Et indifférence car l'Enchanteur séduirait même un réverbère, et non par méprise due à on ne sait quelle ivresse, on ne sait quel trouble de la vision : pourquoi les réverbères ne mériteraient-ils pas d'être aussi charmés ?

L'Enchanteur adjoint, né de bonne famille, avait reçu une excellente éducation. À peine de retour à Paris, il fit livrer au domicile de ma future ex-épouse dont il avait obtenu l'adresse (par quelle tortueuse mais efficace manière ?) un bouquet de pivoines blanches, comme par hasard les préférées de Suzanne, et d'une taille que je ne croyais pas possible, commenta-t-elle, éblouie.

Ayant bénéficié de la même excellente éducation, ma future ex-femme me tanna des jours et des jours pour que je lui communique l'adresse *privée* de l'homme aux yeux si bleus et aux pivoines si blanches, aussi blanches que ses intentions sont pures, décidément Gabriel, tu vois le mal partout.

Je ne lui répondais que 23 quai Conti, le palais où siège

l'Académie française que l'Enchanteur adjoint honore de sa présence chaque jeudi.

Pourquoi ma future ex-femme s'obstinait-elle ? Je veux le *remercier* chez lui. Décidément, tu n'as aucun sens de la politesse !

Quant à la bouche tant aimée de Suzanne, c'est d'elle que sortirent les deux conclusions, contradictoires, de cette histoire.

La première est aussi méprisante pour l'Enchanteur adjoint que pour moi : « Mais enfin, mon pauvre Gabriel, tu as vu son âge ? »

La seconde, prononcée le mois suivant d'un ton tout aussi dédaigneux : « Mon pauvre ami, l'amour n'a que faire des différences, surtout de l'écart des années. Chaque amour est TOUJOURS une exception. Et c'est même de cette exception qu'il naît et se nourrit. »

5

Reproches

J'aurais voulu que tu m'aimes pour ce que je suis et pas pour ce que tu aurais voulu que je sois.

J'aurais voulu que tu m'aimes pour ce que j'aurais voulu être et pas pour ce que je suis.

J'aurais voulu que tu m'aimes pour ce que je suis et pas pour ce que j'aurais voulu être.

6

Deux humilités

Face aux accès brutaux de désespoir qui, soudain, dévastaient Suzanne, j'aurais dû apprendre :
— à ne pas m'en croire toujours responsable ;
— à ne pas m'imaginer capable de l'en guérir (malgré mon exceptionnelle intelligence et la détermination rare de mon amour).

7

Où placer Spinoza ?

On peut nous accabler, nous noyer sous les insultes, à commencer par « enfants gâtés », la plus souvent entendue : «Vous rendez-vous compte de votre chance ? Une rencontre, de cette… intensité ? Vous n'avez, vous n'aviez PAS LE DROIT de la gâcher. »

On peut tout, sauf nous reprocher de la paresse. Aucuns époux n'auront autant travaillé que nous pour tenter de sauver notre mariage. Aucuns autant parlé, autant interrogé, autant lu.

Sur le principe, nous étions tombés d'accord. Cinq phrases d'un très vieux monsieur hollandais nous avaient convaincus que lui seul était à même de sauver notre couple car lui seul semblait pouvoir nous guérir de notre double et symétrique maladie : la détresse récurrente et dévastatrice de Suzanne, ma gaieté (excessive et permanente et donc suspecte). Ces phrases refondatrices étaient les suivantes, tirées, par le plus grand des faux hasards et par son allié (moi), d'un livre qui, pourtant, ne payait pas de mine : *Spinoza. Philosophie pratique*, auteur Gilles Deleuze. J'étais tombé sur la page 42, m'étais rué dans la cuisine où ma femme Suzanne, pour se détendre, préparait un curry.

— Écoute.

Et dans le grésillement des oignons en train de fondre avait retenti ce qui allait bientôt devenir notre programme de mariage (le manuel de son possible sauvetage).

L'*Éthique* est nécessairement une éthique de la joie : seule la joie vaut, seule la joie demeure, nous rend proches de l'action, et de la béatitude de l'action. La passion triste est toujours de l'impuissance. [...] *Comment arriver à un maximum de passions joyeuses*, et, de là, passer aux sentiments libres actifs (alors que notre place dans la Nature semble nous condamner aux mauvaises rencontres et aux tristesses) ? *Comment parvenir à former des idées adéquates*, d'où découlent précisément les sentiments actifs (alors que notre condition naturelle semble nous condamner à n'avoir de notre corps, de notre esprit et des autres choses que des idées inadéquates) ?

— Qu'en penses-tu ?

Et elle s'était mise à pleurer. Avant de balbutier :

— La joie... en finir avec les passions tristes... Serait-ce possible ?

— Oui c'est possible ! avais-je clamé, clamé du ton le plus convaincu, là, devant le curry mijotant.

— Oui, suivons ton Spinoza. Mais qui est-ce ?

Les études, mêmes poussées, sur la chauve-souris ne comportent pas d'initiation à l'histoire de la pensée.

Vous, vous savez qu'il s'agit du philosophe juif né à Amsterdam en 1632, bientôt excommunié par sa communauté et réfugié dans le métier de polissage spécialisé (les lentilles pour microscopes).

C'est ainsi que fut posée la question : où placer cet ouvrage sur Spinoza, ami du couple ?

— Pourquoi pas dans la cuisine ?

Cette suggestion de Suzanne, je la considérai d'abord avec fureur, « Spinoza dans les odeurs d'oignon ? » Quel mépris pour la philosophie, hélas si fréquent chez ceux qui se proclament « scientifiques » des sciences « dures ». Ma petite colère achevée, j'acquiesçai. Après tout, n'était-ce pas devant un curry d'agneau que nous avions décidé, conformément au programme de l'*Éthique*, de sauver notre couple en déclarant la guerre aux *passions tristes* ?

La question du lieu étant réglée, dans l'honneur et le respect des préférences de chacun, demeurait le choix, plus épineux, du moment : dans notre emploi du temps, surchargé, morcelé, où allions-nous trouver deux heures hebdomadaires et fixes pour étudier la pensée *joyeuse* du polisseur de lunettes ?

Chacun d'un côté de la table de cuisine, nous tenions nos agendas ouverts, au mieux comme des cartes à jouer prêtes à s'affronter, au pire comme des armes.

Lundi, mardi… vendredi.

Il fut bientôt clair que la frénésie des jours de semaine était incompatible avec l'obligatoire sérénité philosophique.

Bon, le samedi ?

Il n'y fallait pas non plus raisonnablement compter.

Un être normal, après cinq jours de labeur effréné, se repose le sixième. Spinoza n'est pas si simple. Il faut l'esprit frais pour l'aborder avec profit.

Restait le dimanche.

C'est alors, toujours dans la cuisine, que s'ouvrit la terrible négociation avec l'ogre Jogging.

Timidement, je tentai :

— Avant que tu ne partes courir ?

— Impossible ! répondit Suzanne. Je ne suis moi-même qu'après.

— Après quoi ?

— Après ma course.

— Alors d'accord, après !

Ma voix était douce, si douce, si vous saviez. Adolescent, après avoir lu *La Promesse de l'aube*, je me rêvais nouveau Romain Gary, moi aussi ambassadeur de France. Alors dans la glace, je m'étais longtemps entraîné aux manières policées des diplomates : phrasé calme, lent, et ampoulé.

Peine perdue.

— Après mon jogging ? Tu n'y penses pas, s'écria ma femme, je ne jogge pas qu'à demi, figure-toi, je vais au bout.

— Au bout de quoi ?

— De moi-même. Après, je suis crevée. Et ma douche, je la prends quand, ma douche ? Je suis sûre que ton Spinoza, le polisseur, n'aurait pas accepté une disciple aux joues rouges, cheveux et reste du corps poisseux de sueur. De toute manière, le dimanche je n'ai pas l'esprit tranquille.

Je me souvins à temps que ma chère épouse, dès le samedi, se considérait en stand-by ou, si vous préférez, en état d'alerte rouge. Sitôt que le téléphone sonnait et que deux certains numéros s'affichaient, ceux de ses enfants, elle abandonnait tout, même l'amour, et s'envolait vers l'autre extrémité de Paris pour les aider, à monter la bibliothèque, choisir l'électroménager, obtenir les meilleurs prix sur les placards, préparer la fête d'anniversaire du soir (cent dix invités, deux cent cinquante attendus, etc. etc.).

Le vrai diplomate sait reconnaître non sa défaite mais la nécessité d'une retraite en bon ordre et le report de l'initiative à des jours meilleurs.

Ainsi fis-je, en bon élève du maître Talleyrand. Je rangeai l'*Éthique* au plus profond d'un placard.

Et je rêvais du jour où ma femme, ayant pris de l'âge, serait débarrassée de son besoin vital de jogging hebdomadaire. Alors je réinviterais Spinoza dans notre cuisine et c'en serait fini des passions tristes, même si les rhumatismes et l'arthrose les auraient remplacées.

8

La passe à poissons de Xayaburi

Apprenez, madame la Juge, pour ne plus rien ignorer de ma vie et, par suite, pouvoir éventuellement me condamner en toute connaissance de cause, apprenez que, parmi mes responsabilités à la Compagnie nationale du Rhône, se trouvent la conception, l'installation et la maintenance des passes à poissons.

Comme son nom l'indique, un barrage barre. En d'autres termes, pour animer les turbines et produire cette électricité sans laquelle notre monde s'arrêterait, sa muraille fait obstacle au libre parcours de la rivière et de tous les êtres vivants qu'elle charrie avec elle.

Préoccupation subalterne, me direz-vous, souci louable de la biodiversité, mais quelle importance comparé à notre besoin maladif d'énergie ?

Erreur.

Dans certaines régions, la chair des poissons est la seule ressource de protéines animales. Et sachez que ces imbéciles de poissons ne conçoivent de se reproduire qu'en des lieux situés vers la source des rivières. Si on leur interdit ces pèlerinages essentiels, ils n'enfantent plus, l'eau devient déserte, et les riverains meurent de nourritures incomplètes.

Voilà pourquoi les constructeurs de barrages responsables (il en est) creusent dans leurs hautes murailles bétonnées toutes sortes de chemins permettant aux migrants aquatiques de poursuivre leurs voyages vers les origines. À côté des *échelles*, que les poissons peuvent gravir en sautant de niveau en niveau, mes confrères ingénieurs ont prévu de véritables ascenseurs. Et pour que les poissons veuillent bien s'en approcher, il suffit de brasser l'eau : le taux d'oxygène augmente. On appelle ces flux artificiels des *courants d'attrait*. Quelque chose me dit que cette expression vous plairait.

Bref, j'étais parti pour le Laos. Un nouveau barrage y était en cours de construction sur le fleuve Mékong, dans la province de Xayaburi. Et diverses organisations réclamaient notre expertise. Dans ce pays, le gouvernement, autoproclamé communiste, a trouvé le bon moyen de s'enrichir vite : saupoudrer de turbines le moindre cours d'eau. Aucun souci de clientèle : le grand voisin thaïlandais achète sans barguigner le moindre kilowattheure.

Plus tard, je devais dix fois, cent fois me reprocher cette trop longue absence (deux mois). Mais quel mariage vaut de s'empêcher de vivre ? Et serais-je demeuré chez nous, en France, quelle présence du mari empêche une épouse d'inventer des excuses pour rencontrer qui elle veut, à commencer par un ex ? Qui l'en accusera ? On connaît la nostalgie, ce courant d'attrait qui vous force, bien malgré vous, à remonter vers le passé, vers ce royaume enchanté où flotte la ritournelle entêtante bien connue : *c'était tellement, mais tellement mieux* AVANT. On oublie les raisons qui ont fabriqué la rupture. On veut croire possible de *repartir à zéro*. En d'autres termes, empruntés aux arts de la table pour ne pas faire mention du lit, *on remet le couvert.*

Votre dossier se devant d'être complet, madame la Juge, il me faut avouer que cette escale laotienne m'avait, moi aussi, quelque peu éloigné de la magie des chauves-souris. Quoique prisonnier d'un travail très prenant, chaque jour de sept à vingt heures, et physiquement éprouvant, je me sentais rajeuni, comme en vacances. Je découvrais que ces trois années de mariage m'avaient épuisé. Quel apaisement d'avoir laissé au loin nos discussions interminables, ces nécessités, lancinantes, de « faire le point », ces alternances de « mieux vaut en finir » et de réconciliations dont la fièvre, à la longue, ne débouchait que sur de croissantes lassitudes. Une solution nous tendait les bras : lâcher prise. Reconnaître l'évidence de notre amour et nous y abandonner. Mais pour cela, il aurait fallu extirper en chacun de nous le plus mortel des poisons, la peur d'aimer, et la remplacer par quelque chose de tout simple : la confiance. Au contraire, et pardonnez-moi d'employer le langage de mon métier, nous n'avions pas cessé d'élever des barrages. Dans ces conditions de *retenues* perpétuelles, comment voulez-vous que s'exprime une rivière et qu'elle irrigue un tant soit peu les territoires traversés ?

Et lorsqu'un dimanche vous débarquez dans cet îlot de paix céleste qui s'appelle Luang Prabang, comment résister au sourire d'une guide qui, entre autres qualités, parle toutes les langues, sauf la vôtre ?

À mon retour, rien ne fut avoué de nos récréations mutuelles, aucune trace ne fut oubliée sur une table ou dans un tiroir, aucune note d'hôtel ou de restaurant, aucun message sur un portable, aucun vague à l'âme manifeste, aucune confusion sur les horaires et lieux. Notre discrétion fut parfaite. À la mesure de notre politesse. Ou, plutôt, de notre manque de courage. Mais nous nous connaissions assez pour savoir à quoi nous en tenir. Et nous sommes repartis à l'assaut (inutile) de ce mariage (condamné).

Durant toutes ces années, le très épris de Suzanne n'a cessé de batailler en moi avec l'ingénieur (ou le timide : c'est le même). Pour produire de l'énergie, il faut barrer les rivières. Pour que prospèrent les sentiments, il faut qu'ils dévalent et puis s'apaisent : à l'exemple des oiseaux, ils n'habitent vraiment que les deltas, les étendues calmes, juste avant la mer.

Peut-être vous agacerez-vous de mon permanent recours à l'eau, l'eau qui coule ou l'eau gelée, pour raconter notre amour ? Mais auriez-vous oublié que toute vie vient de l'eau ? Toute vie, toutes les vies et donc toutes les histoires. Il-était-une-fois, c'est l'autre nom des fleuves. Et quand un amour meurt, c'est que le gel a gagné.

9

La méthode Vauban

— As-tu, avez-vous TOUT essayé ?

Lorsque, selon l'expression de la langue populaire, l'eau se mit à déferler dans le gaz, lorsque, autre manière de dire, la cabane écrasa le chien ou, si vous préférez les allégories médicales, lorsque ce mariage malheureux atteignit sa phase terminale, lorsqu'il fallut bien décider, pour abréger les souffrances, d'y mettre un terme, cette interrogation ne quitta plus le futur divorcé, telle une grosse mouche verdâtre qui ne vous lâche pas car attirée par l'une de vos odeurs, la plus fétide.

Autour de nous, chacun, chacune y allait de cette même et lancinante inquisition. Parent, ami, amie, relations de travail et de sport, y compris les journaux féminins jonchant les tables basses des salles d'attente :

— Êtes-vous certains qu'il ne reste plus rien à faire ?

*

Le roi Louis XIV avait l'âme combattante mais aussi communicante. Comme il avait décidé que sa personne et sa vie seraient spectacles, il voulait que ses guerres fussent appréciées par le plus grand nombre. Si les batailles et leurs mouvements sont peu faciles à suivre, le siège d'une ville répond à l'objectif : unité de lieu, durée suffisante du drame, possibilité de rassembler des invités en grand nombre et de les installer à des endroits choisis où ils peuvent, sans risque, suivre les opérations.

Rien ne flatte plus un courtisan qu'être convié. Et un courtisan flatté ronronne : il est muselé. C'est ainsi que les sièges de Lille (9 au 27 août 1667), de Besançon (19 avril, 22 mai 1674), de Namur (2 juillet au 5 septembre 1695) devinrent autant de théâtres en plein air (notez que le roi ne choisissait pour ces fêtes que des saisons agréables : printemps ou été).

Le dictionnaire appelle *poliorcétique* l'art de défendre ou de prendre une place forte. Et la langue française précise : on peut *faire le siège* d'une personne tout autant que celui d'une ville.

Sitôt que j'avais senti branler mon mariage, je m'étais replongé dans les Mémoires de Sébastien Le Prestre, maréchal Vauban, maître incontesté des fortifications, par suite mon saint préféré puisque patron des timides. Il me dicta ma conduite. Assiège, Gabriel, ne cesse jamais d'assiéger.

*

En conséquence, j'entrepris de me faire aimer par les plus proches de ma femme. Avec méthode, et patience infinie, car telle est ma nature de taupe (les poliorcètes sont des creuseurs : pour prendre une ville, il faut avancer des tranchées jusqu'au plus proche des remparts, il faut se protéger des boulets en forant des tunnels...).

Je commençai par l'amont, je parle de ma belle-mère. Manière pour moi, tant la ressemblance était frappante, d'observer le portrait de ma femme trente ans plus tard. Comment les rides lui viendraient et à quels endroits, sur ce même visage rond. Comment la démarche féline se ferait plus hachée. Comment le même sourire, ensorcelant, se voilerait de plus de brume. Comment les mêmes jambes de randonneuse se ponctueraient de traces rouges.

Mais attention, n'allez pas croire qu'en cette femme de quatre-vingts ans je ne cherchais que des ressemblances. J'admirai vite des forces qui n'appartenaient qu'à elle : l'audace de tout abandonner si tôt, si jeune, pour suivre dans l'un des cœurs de l'Afrique l'homme qu'elle aimait ; la beauté de cet amour fou pour cet agronome qui s'était donné pour mission de dresser l'inventaire botanique de la forêt gabonaise ; la politesse de sa vaillance, la continuation de son sourire lorsque les pires drames de la vie s'abattirent sur elle dont l'assassinat simultané par l'OAS de son père et de sa mère.

Tant et si bien que cinq ans plus tard, lorsque le prévisible arriva, le divorce, cette amitié avec ma belle-mère se poursuivit, nourrie de nombreuses et joyeuses rencontres, en dépit des avertissements répétés de la fille à sa mère : si tu le revois, je te tue. Une menace que ce genre de personne était tout à fait capable de mettre à exécution.

Même facilité, mêmes délices avec l'aval de Suzanne (ses enfants).

Soyons un beau-père idéal, ouvert, disponible, encore sportif malgré son âge, intéressé par la musique jeune, auteur de deux livres, donc ouvert à la Culture (domaine de sa fille, critique de cinéma) mais aussi ingénieur hydrologue, en conséquence vite devenu l'un des interlocuteurs préférés du fils (financier de croissances vertes), alors que maman, dès que je tente de lui parler de mon métier, me regarde avec des yeux de veau, merci oui ! merci maman d'avoir abandonné les précédents pour l'épouser lui !

Imbécile ! Le marié malheureux avait cru que le spectacle de ses relations de qualité avec ses beaux-enfants ne pouvait que réjouir l'âme de leur mère.

En surface, Suzanne s'en réjouissait. Ah si mes relations avec tes enfants étaient de la même eau !

Au fond, elle s'en irrita vite. Mon fils t'a appelé ? Tu en as de la chance ! Ma fille t'a montré son interview d'Almodóvar ? Tu crois que moi aussi j'aurai bientôt le droit d'en prendre connaissance ? Cette stratégie de séduire les enfants pour se faire aimer de la mère aurait pu être vue comme banale mais touchante (ne fait-on pas risette au chien pour emballer la dame qui le promène au parc ?). Enjôler la mère en séduisant ses deux enfants. J'avais voulu trop en faire. Le Trop, vous l'avez constaté, étant ma maladie majeure.

10

La méthode Vauban (suite)

Bientôt, je fus obligé de constater un changement de l'atmosphère qui entourait ma vie. Par une sorte de compensation étrange, alors que montait la tristesse d'un mariage douloureux, une chaleur nouvelle et croissante m'accompagnait. Des hommes que je ne connaissais pas, ou seulement par leurs prénoms, m'invitaient à déjeuner dans des restaurants de qualité, repas durant lesquels ils faisaient semblant de se rappeler mon passage (décisif) à la DATAR, me priaient d'honorer de ma présence des manifestations de haute mondanité, sollicitaient mon avis sur des dossiers complexes et tout à fait hors de mes compétences, ou même me proposaient des missions gentiment rémunérées… En résumé, on se battait pour devenir mon ami.

Je luttai contre la tendance, bien humaine, de considérer comme normal, quoique tardif (enfin on reconnaît mes qualités), cet afflux de popularité.

Je fis taire en moi cette petite voix de la suffisance et enquêtai : pourquoi tant d'égards ?

Certes l'inquiétude grandissait quant au manque d'eau croissant dans la plupart des régions du monde. Mais ma compétence en ce domaine était-elle une raison suffisante pour expliquer ma faveur nouvelle.

Une autre piste s'imposait : depuis mon mariage, on s'intéressait davantage à ma petite personne. Et plus encore depuis que la rumeur enflait selon laquelle ledit mariage battait de l'aile.

De même que, pour tenter de me faire apprécier de Suzanne, j'assiégeais ses proches, de même, et pour une raison encore à découvrir, j'étais moi-même assiégé.

Le mystère s'épaississait.

Pourquoi un tel besoin de Gabriel chez les anciennes connaissances de ma femme ?

Voulaient-ils apprendre comment, par quelles secrètes maîtrises, je réussissais à dompter celle qu'ils considéraient comme indomptable et dont ils gardaient des souvenirs cuisants, fractures ou contusions ?

De même les cavaliers, jetés au bas de leur monture, se glissent-ils discrètement dans le manège pour voir l'écuyer maîtriser de quelques coups de talon la bête qui les a ridiculisés.

Après mûre réflexion, qui, de nouveau, me fit trouver mon mariage passionnant, je m'aperçus que je faisais fausse route.

Pourquoi tous ces ex, à peine étions-nous assis dans l'excellent restaurant choisi par eux (je n'ai, de toute mon existence, jamais aussi bien déjeuné que lors de ces rencontres avec mes prédécesseurs ; ils m'auront fait découvrir la gelée aux poivrons de Pierre Gagnaire, la volaille de Bresse, sauce Albufera d'Alain Ducasse, les langoustines croustillantes de Senderens, les betteraves au sel de Passard, la tarte fine au chocolat de Bernard Pacaud...), pourquoi se montraient-ils tellement attentionnés, pourquoi si gourmands de nouvelles de mon bonheur conjugal ?

À force de réfléchir, je finis par comprendre. Et tant pis si, une fois de plus, je prenais exemple sur l'eau : ils m'aimaient comme on aime un rempart. J'étais leur grande muraille, la garantie d'être protégés (peut-être) d'une nouvelle invasion.

D'où l'intérêt passionné de ces malheureux pour notre mariage. Une part d'eux-mêmes le haïssait, ce mariage, comme ils me haïssaient. Et ils m'auraient volontiers tué, oh comme ils m'auraient, avec délices, piétiné, égorgé, émasculé, etc. Mais une autre part d'eux, la raisonnable, les adjurait de les prendre comme amis, Gabriel et son mariage : ils étaient leurs alliés, le seul remède contre la rechute, leur seule chance de survie.

Puisqu'ils étaient devenus mes amis, il m'arrivait de prendre l'appareil pour leur annoncer mon prochain divorce.

Après un court silence dans lequel je pouvais entendre de la revanche (« Enfin ! Malgré ses grands airs, il n'a pas réussi à la dompter plus que moi, le salaud ! ») et de l'espoir (« Serait-il possible ?... », « Puisqu'elle le quitte, va-t-elle me revenir ? »), l'ex se reprenait et s'écriait :

— Ne fais pas ça ! Son caractère est difficile. Mais que de qualités sous sa brusquerie !

S'ensuivaient dix minutes célébrant Suzanne. Panégyrique que je ne pouvais stopper qu'en jurant d'arrêter le jour même les procédures de séparation.

Vous auriez dû entendre le soupir soulagé de l'ex dans le combiné, redoublé en écho par celui de sa nouvelle épouse.

— Il ne manquerait plus qu'il retombe dans ses filets !

*

Une nuit, je me réveillai au beau milieu du noir. À mes côtés, le froid du vide. Je cherchai. Personne. Le lendemain, j'appelai, j'écrivis. Silence. Suzanne ne revint que cent vingt-deux jours plus tard.

— Gabriel. Laisse-moi ma vie. Je vais être plus claire. Je t'interdis, tu m'entends ? (toujours le même calme effrayant de cette même voix glaciale), désormais je t'interdis le moindre contact en mon absence avec tout membre de ma famille. Semblable interdiction, formelle, pour tous mes amis, toutes mes relations. Laisse (silence) moi (silence) ma vie. Bon. Si nous allions dîner ?

11

Rencontre avec un espoir du cyclisme

— Alors, tes amours ?

— MON amour !

J'avais presque crié. Nos voisins des Cailloux, drôle de nom, d'ailleurs, pour un restaurant !, s'étaient retournés. Éric présenta ses excuses.

— Où avais-je la tête ? Bien sûr, TON amour. Alors ?

Silence.

— Je n'ai rencontré qu'une seule fois ta Suzanne. Aucun doute : fascinante. Mais en te quittant, je t'avouerais que je t'ai autant jalousé que plaint. Pauvre et chanceux Gabriel ! Dans quelle navigation il s'embarque ! Vers quelles tempêtes !

Il s'est remis à engloutir ses pâtes à la crème de citron.

Je l'avais connu alors que tout jeune, à peine seize ans, il écumait le Poitou-Charentes. Aucune course n'échappait à ses accélérations soudaines, cette invraisemblable capacité à mouliner les jambes au moment où tout se joue : l'implacable *dernier kilomètre*. Dans le milieu de la *petite reine*, on voyait Éric passer très vite professionnel et, pourquoi pas, *faire un jour un podium* au Tour de France, à défaut de le gagner. Mais Éric avait décidé d'arrêter net ses exploits lorsqu'un entraîneur, quelque peu pharmacien, lui avait proposé certain traitement intramusculaire de nature à accélérer encore la vitesse de ses pédalées.

Il avait rejoint l'affectueuse famille du journalisme de sport. Avant, toujours impatient, de créer son propre journal. Et tandis que chacun entonne la chanson gémissante du « déclin de la presse », de « la mort du papier » et de « l'inexorable disparition des kiosques », lui n'arrête pas de créer de nouveaux organes comme autant de fenêtres de toutes tailles, autant d'optiques de tous spectres pour tenter de comprendre l'évolution chaotique de notre société.

— Cesse de larmoyer, Gabriel ! Ce que tu vis, nous l'espérons tous, non ? Si j'ai bien deviné, elle n'arrête pas de te surprendre, de te chambouler. Et tu protestes ? Regarde tous nos amis, comme ils s'ennuient dans leurs couples. Tiens, les mariages me font penser aux algorithmes de nos chères plateformes numériques, Amazon ou autres. Ils ont défini notre « profil ». Ils ne nous proposent que ce que nous attendons. Idem les industriels de la bouffe. Nous voulons du sucre. Ils nous donnent du sucre. Et on chope le diabète. Idem, Netflix. Les séries. Tu jettes un œil, tu vires addict ! À propos, tu ne veux pas m'écrire un petit papier pour *Le 1* : « Comment ma femme impossible me libère du possible ». Deux mille cinq cents signes ? Tu n'écris plus ? Justement ! Ça te remettrait sur le chemin.

On ne s'attarde jamais avec lui. Ses projets l'attendent. À peine assis, deux cafés, oui l'addition en même temps ! L'amitié peut être lente. Avec lui, c'est une suite de coups de vent. Lesquels, comme chacun sait, décoiffent.

Il était déjà parti, notre voisine, une métisse sublime, a commenté, un peu nostalgique m'a-t-il semblé, votre ami, quel tourbillon ! Il était déjà revenu, pour enfoncer le clou.

— Gabriel, un dernier mot : méfions-nous du numérique ! L'idiot ! Il est tout fier de tout « dématérialiser ». Comme un jour tu raconteras ton histoire d'amour impossible, ne dis pas non, j'en suis sûr, un conseil, plutôt un ordre : évite les tablettes ! Si tu veux sortir du piège et ne pas dématérialiser ta Suzanne. Pour écrire libre, sans que les algorithmes te prennent la tête et te guident la main, choisis le bon vieux papier, je te rappelle qu'il vient des arbres, ah, la sauvagerie de la forêt !

Il a sauté sur son vélo. L'instant d'après, il avait disparu. Dans sa jeunesse, je vous l'ai dit, il gagnait des courses. Le Tour de France lui tendait les bras. Il a préféré expliquer son pays. Mais les jambes sont toujours là.

12

Les fauteuils et la seconde phase japonaise
de leur amour

Dans l'échec de ce mariage, madame la Juge, quelle part de responsabilité doit-on attribuer au logement qu'ils avaient choisi ?

C'est ainsi qu'ils avaient décidé (elle avait décidé) de vivre plutôt chez elle, malgré les risques déjà évoqués. Cette installation près d'une gare (cet exemple de gens qui ne cessent de partir) joua-t-elle un rôle dans la catastrophe finale ? De manière plus générale, n'avons-nous pas eu tort de sous-estimer le facteur *immobilier*, voire *géographique* ? Combien de mariages résisteront-ils à l'envolée des prix des loyers ? À vous de conclure, madame la Juge, qui disposez forcément des dernières statistiques.

Toujours est-il que Suzanne honorait rarement de sa présence l'ex-domicile de son époux. Il suffit d'une fois.

Alors qu'elle venait d'arriver, Gabriel vit briller ses yeux. Il suivit la direction de son regard et tomba sur l'un de ses fauteuils favoris. Ils sont en cuir, genre paquebot, Gabriel s'y installe souvent, tantôt dans l'un tantôt dans l'autre, pour dialoguer silencieusement avec les marionnettes, africaines et géantes, accrochées au mur d'en face.

Il pria son invitée, par ailleurs son épouse, de bien vouloir lui donner la raison de cette lueur.

Une semaine durant, à toute heure du jour ou de la nuit, il torturait Suzanne. Ces fauteuils, que te rappellent-ils ? Ces fauteuils, qu'as-tu reconnu en eux ? Allez, parle-moi franchement de ces fauteuils (etc.).

Un soir, n'y tenant plus et l'envie de dormir aidant, elle finit par céder.

— Tu veux vraiment ?

— Je le veux.

— Tu ne vas pas... oh et puis tant pis !

Sans le quitter des yeux, elle expliqua qu'aux temps de sa folle jeunesse...

— Es-tu bien certaine qu'il ne s'agit pas d'une époque beaucoup, beaucoup plus récente ?

— Si tu me coupes encore, j'arrête !

— Pardon, continue.

La suite de cette histoire de fauteuils n'était pas claire. De deux choses l'une.

Première hypothèse.

Suzanne avait lu dans *Sexus* (d'Henry Miller) une scène torride où les deux amants prennent vif plaisir de gymnastes avec un fauteuil de leurs amis. Ces images l'avaient visitée souvent sans qu'elle trouve l'occasion, ou l'audace, de leur donner corps.

Seconde hypothèse ; l'occasion s'était justement présentée.
À la réflexion, cette deuxième hypothèse étant la plus probable, Gabriel quitta le lit, furieux.

Il y revint le lendemain.

Et leur vie reprit, enrichie de la nouvelle relation (haineuse) que Gabriel avait nouée avec ses fauteuils. Chaque fois qu'il s'approchait d'eux, il lui semblait qu'ils le narguaient.

Un domicile, même dédaigné, est un refuge. On ne peut y accepter la présence de traîtres. Gabriel prévint les fauteuils qu'à son vif regret, croyez-le, il allait devoir se séparer d'eux. Leur stupéfaction faisait peine à voir. Au fil des années, des relations de tendresse, d'abandon, de confiance s'étaient tissées entre ces deux meubles et leur propriétaire, même si sa certaine tendance à l'embonpoint, l'âge venant, pesait sur leurs ressorts. C'est donc avec accablement que les deux fauteuils accueillirent la triste nouvelle :

— Ainsi nous ne vieillirons pas ensemble ?

— Hélas !

— Et peut-on savoir les raisons de cette décision ?

— Vous plaisez trop à ma femme. Je ne peux pas vous en dire plus. Je tenais à vous prévenir que j'ai passé une annonce sur Leboncoin.

Cinq jours plus tard, une jeune femme blonde se présenta. Trois costauds l'accompagnaient, massifs et muets genre gardes du corps issus de l'ex-Yougoslavie. La dame, pour sa part, était avenante et gaie, sosie de celle qui présente l'actualité culturelle sur la cinquième chaîne de notre télévision publique. Elle sourit aux deux fauteuils :

— Je crois que nous allons bien nous entendre !

Gabriel, qui, à cette époque jalouse de sa vie, voyait en chaque femme une gymnaste de l'amour, la détesta illico et accéléra les procédures de la séparation. Pas d'offre de Nespresso, chèque de l'acheteuse à peine vérifié, ouverture grand de la porte, pas la moindre gratitude exprimée à ces deux malheureux fauteuils, compagnons pourtant de dix années de vie commune et confortable, très vite la porte est refermée, claquée serait plus juste.

Et sans attendre, peut-être pour ne pas souffrir du grand vide laissé dans le salon par les deux disparus, le regard de ce malade de Gabriel se porta maintenant sur le grand lampadaire rouge. Il lui revint en mémoire le souvenir d'un certain sourire de Suzanne, lors d'une autre visite le mois précédent, un drôle de sourire adressé à ce lampadaire rouge, un sourire qu'il avait préféré oublier car il le pressentait porteur de réalités désagréables, mais voici que cette méthode connue comme celle de l'autruche, aussi appelée de « la poussière planquée sous le tapis », voici que ce sourire narquois revenait : pourquoi une femme sourit-elle à un lampadaire ? Et les yeux mi-clos, et le regard vague ? Oui, pourquoi, je vous le demande, pourquoi ce sourire sinon pour la raison qu'il lui rappelle, ce lampadaire, certaine scène par elle vécue on ne sait quand mais, celle-là, inavouable. De cet instant, les jours du grand lampadaire rouge étaient comptés. Dans la minute, Leboncoin recevait une nouvelle annonce. À laquelle il était répondu le soir même. Et dès le lendemain, huit heures, un Noir immense sonnait à la porte. Honnête dans sa folie, Gabriel voulut le prévenir que l'objet dont il s'apprêtait à prendre possession était pourvu de pouvoirs maléfiques. Le Noir immense éclata d'un rire tonitruant et tendit la main : Abdoulaye Idrissa Seck, marabout officiel et reconnu. Les pouvoirs dont vous parlez vont trouver à qui parler. Il posa sur la table les trois billets de 50, empoigna sa nouvelle propriété, vous êtes venu en voiture ? s'enquit poliment Gabriel, pas la peine, chez nous, au Mali, on marche. Ainsi disparut le fauteur de sourires ambigus. Peut-être aurait-il fallu garder les coordonnées de ce marabout ? Ces gens-là, dit-on, parviennent à quelques résultats dans les retours d'affection. Gabriel se reprocha son manque d'à-propos. Quel risque, au fond, à tenter la magie après avoir essayé toute la panoplie du rationnel : gentillesse, douceur, conversations intelligentes, amis merveilleux offerts en partage, petits déjeuners portés au lit, et même en semaine, vaisselle plus souvent qu'à son tour ? Après tout, dans l'amour, quelle folie d'ignorer la part de l'inexpliqué !

Comme on pouvait s'y attendre, la furie libératoire de ce pauvre Gabriel ne s'arrêta pas en si modeste chemin. La jalousie est une ogresse dont l'appétit grandit à mesure qu'on la nourrit. Sous les prétextes les plus invraisemblables, l'entièreté de l'ameublement fut, peu à peu, proposée au Boncoin. Une armoire parce qu'elle pouvait rappeler qu'une certaine nuit, un amant s'y était caché. La commode Louis XVI, héritage de sa grand-mère aimée Colette, parce que Gabriel fut envahi par la conviction qu'un autre proche, trop proche de Suzanne en avait possédé une semblable et y entreposait ses jouets d'adulte (fouets, menottes, boules de geisha). Au revoir le lit !, d'ailleurs bas de gamme (rien à voir avec le Constellation de Suzanne). Mais quel autre meuble concentre autant de menaces pour un amour nouveau ? On peut faire confiance au duo sommier/matelas pour engendrer de très néfastes réminiscences ! Il fut décidé de le remplacer par un futon. La douche elle-même faillit disparaître, au motif qu'après l'amour, encore éblouis mais un peu moites, on se lave, tout en se remémorant les bons moments. Conclusion provisoire : bye, la douche. Mais comment vais-je conserver l'hygiène minimale ? Conclusion définitive : d'accord, la douche, mais au moindre signe de complicité entre toi et Suzanne, je te change en placard à chaussures !

Cette campagne de bon débarras vite achevée, en profitant d'une absence de Suzanne (nouvelle mission chauves-souris, à Madagascar, cette fois), Gabriel se sentit mieux. Au matin, il roulait son futon, le rangeait pour la journée dans le coffre qui lui était destiné et parcourait en sifflotant les chambres vides de sa maison. Il chantonnait *La Périchole*, son opérette favorite. *Il grandira car il est espagnol.* Oui, notre amour va maintenant pouvoir grandir car plus rien dorénavant ne le rattachera à ce très encombrant passé.

13

Les fauteuils et la seconde phase japonaise
de leur amour (suite)

Un jour, on sonna. Ses deux enfants se tenaient sur le pas de la porte :

— On n'avait plus de nouvelles.

— Oui, on s'inquiétait !

Et ensemble, ils se mirent à crier :

— Mais que se passe-t-il ?

— Tu déménages ?

— Sans nous prévenir !

Les enfants se regardèrent et hochèrent la tête en cadence :

— Décidément, il est fou.

— Le genre à disparaître.

— À jamais !

— Sans laisser d'adresse.

Alors sa fille lui déchira le cœur :

— Papa, on ne te savait pas si malheureux.

Gabriel se reprit, tant bien que mal. Il expliqua que pas du tout, et même bien au contraire. Ce mariage, oui mes enfants, je sais que vous ne l'aimez pas trop. Eh bien, figurez-vous qu'il m'oblige à faire le point, oui, sur moi-même et sur l'essentiel, mieux valait tard que jamais, non ? Je m'allège, mes enfants, d'où cette simplification de mon environnement. Je me rassemble. On s'encombre de tellement, tellement de choses inutiles. Si vous saviez comme, ainsi libéré, je respire mieux ! Un vrai yoga ! Si un jour vous daignez revoir Suzanne, vous pourrez la remercier. Jamais personne ne m'a fait autant progresser, à part vous ! Allez, au revoir, à votre âge on a beaucoup à faire. Comme au mien d'ailleurs, merci d'être passés. Ça me touche. Je vous embrasse comme je vous aime. Et tout va mieux pour le mieux. Vive le mariage ! Je suis l'exemple même qu'il faut tenter l'aventure. Il referma la porte sur sa progéniture navrée.

Il restait à affronter le retour de l'épousée. Il avait été convenu qu'elle séjourne quelques jours chez son mari. Le temps que s'achèvent les travaux prévus dans son appartement à elle, celui qui se trouvait « près de la sortie ».

La première réaction de Suzanne fut celle de ses enfants :

— Que se passe-t-il ? Tu me quittes ?

Avant d'enchaîner sur une préoccupation de plus court terme :

— Et où vais-je dormir ? Sais-tu au moins d'où j'arrive ? Sais-tu quelle heure il est à Tana ? Bon. Où suis-je censée récupérer de mon décalage ? Et : où sont les meubles ? Un huissier t'a saisi ? Tu as des dettes ?

Cette colère, bien explicable par la fatigue du voyage, ne dura pas. Un grand moment d'émotion la suivit.

— Serait-ce, dit Suzanne, serait-ce que tu envisages… de venir… venir vraiment… vivre avec moi ?

À son réveil, l'enthousiasme était retombé. Ils s'étaient tellement, tellement, l'un comme l'autre, tellement moqués de ce besoin ridicule qu'ont « les gens » de « tout partager ». Décision sage fut prise de « prendre notre temps », au fond, qu'est-ce qui nous presse de vivre ensemble ? Je te rappelle que nous avons fait l'essentiel ! Quel essentiel ? Nous marier ! Tu as raison.

Avant que le magasin de Paris pont Neuf ne ferme, ils s'y précipitèrent. En moins d'une heure, ils rachetèrent tout le nécessaire.

— Vous êtes jeunes mariés ? demanda la caissière tout émue.

— Vous avez vu notre âge, je parle du sien ? répondit Suzanne en me montrant.

Son humeur n'avait cessé de s'améliorer depuis, on ne sait pourquoi, la traversée du secteur salle de bains.

— Oh il n'y a pas d'âge pour relancer sa vie. J'ai même vu des octos. Comme ils étaient mignons ! Il a fallu appeler Gérard, notre rugbyman, pour qu'il les aide à pousser leurs caddies.

Merci à Habitat, allié fidèle de toutes celles et tous ceux qui commencent ou recommencent leurs existences, et gloire à cette jeune caissière philosophe.

Plus tard dans la nuit, les parties supérieures de leurs corps ont retrouvé leur indépendance mais leurs jambes restent mêlées.

— Je me demande, chuchote Suzanne... Pourquoi, sois franc, pourquoi t'étais-tu débarrassé de TOUS tes meubles ?

Gabriel n'hésite pas une seconde et livre la vérité vraie.

En l'entendant, Suzanne d'abord se tait et ne bouge pas.

Puis lentement, lentement mais sûrement elle dégage ses jambes. Elle ne parle qu'après, après s'être entièrement séparée de Gabriel.

— Je déteste la jalousie.

— C'est dommage, répond Gabriel.

— Je peux savoir pourquoi ?

— Parce que le jour où tu feras sa connaissance, tu sauras que tu aimes.

Il se tortille pour rejoindre l'extrémité du lit la plus éloignée du corps de Suzanne. Il pense à la décision qu'ils ont frôlée, l'après-midi même, celle de « vivre vraiment ensemble ». Il n'ose pas poursuivre sur cette pente glissante, sachant trop où elle conduit. Il se retourne. Et le plus étrange, c'est qu'il s'endort tout de suite. Il arrive que le sommeil prenne pitié de nous.

14

La ronde des oui et des non

Qu'est-ce qu'un amour ?

La ronde des oui et des non.

On entre dans la ronde pour un oui ou pour un non.

Ce peut être un oui tout de suite, dès le premier regard.

Mais le oui peut commencer par un non qui n'est qu'un rempart, un oui qui se défend, un faux nez du oui.

Passionnée comme vous l'êtes, madame la Juge, par l'espèce humaine, vous connaissez forcément Arthur Schnitzler. Sa pièce, *La Ronde*, fit scandale à Vienne. Cinquante-trois ans plus tard, Max Ophüls en créa un film, autre chef-d'œuvre. *La Ronde* présente un à un tous les personnages de l'amour. Ils se passent le relais : de la putain au soldat, du soldat à la grisette, de la grisette au fils de famille qui séduit une femme du monde pour, de proche en proche, finir à un comte qui se laisse embarquer par la putain.

Ainsi tourne et tourne, au son de toutes les musiques possibles, la ronde des oui et des non.

Il est dans la nature du premier oui de s'étourdir. Peu à peu, il reprend ses esprits. Par exemple, ce oui ose se dire que telle ou telle phrase de celle qu'il aime le déçoit, voire l'agace. Il ose admettre que, chez cette femme ô combien adorée, il préfère ses jambes à ses seins, même s'il s'empresse d'ajouter que rien de grave, c'est l'ensemble qui compte, un ensemble à qui d'ailleurs il tient urbi et orbi à renouveler son oui, franc et massif.

Ce référendum a beau avoir été voté sans ambiguïté et proclamé, le droit d'une certaine quantité de non à exister dans le oui vient d'être officiellement reconnu.

Tout va dépendre maintenant, pour l'avenir de l'amour, de l'équilibre entre le oui et les petits non. Car l'arithmétique des sentiments est pernicieuse et sournoise. Une accumulation d'exaspérations imperceptibles, une somme de non minuscules, peut très bien finir par détrôner un oui jusqu'alors en majesté et qui se croyait au pouvoir pour toujours.

Entre ces oui et des non, je vous imagine, madame la Juge, un peu perdue.

— Où veut-il en venir ? vous demandez-vous.

Peut-être même que je commence à vous agacer. Je vous devine, madame la Juge. Depuis le temps que je vous parle, j'ai l'impression de vous entendre : s'il croit que j'ai le temps de me concentrer sur sa seule histoire d'amour, avec toutes les affaires que je dois régler chaque jour. Connaît-il au moins, ce discoureur, le manque d'effectifs dans nos tribunaux et la charge de travail que chaque magistrat doit assumer de nos jours ? Ne pourrait-il pas résumer, s'exprimer clairement avec sa ronde de oui et de non ?

Comprenant votre impatience, ô combien légitime, je m'empresse de quitter cette philosophie de généralités. Et me concentre sur nos deux héros, Gabriel et Suzanne.

J'entends bien sûr un oui, celui de la demande en mariage, acceptée dès le deuxième dîner.

Mais sitôt ce oui prononcé ne résonnent à mon oreille que des non.

Non à la confiance.

Non au partage.

Non à recevoir tel ami, telle amie, pourtant d'enfance.

Non à ce projet de vacances, pourtant italiennes.

Non à cette belle idée de livre : une vétérinaire et un spécialiste des fleuves, donc un vulgarisateur, unissent leurs forces pour rendre enfin hommage à ces trop décriées chauves-souris.

Non au rire (perpétuel) de Gabriel.

Non aux déprimes (chroniques) de Suzanne.

Non à sa passion, toute féminine, pour les légumes.

Non à son goût à lui, si vulgaire, pour le ketchup.

Non à dormir trop tôt.

Non à se réveiller trop tard.

Alors me vient la question, interdite entre toutes, la question qui rouvre la plaie de l'espérance : et si leur premier oui avait été trop rapide pour être vrai ?

Et si tous les non avaient été trop nombreux, trop violents, trop divers et trop répétés pour ne pas cacher la peur de s'engager vraiment par un vrai oui ?

Avez-vous songé à la beauté, à la justesse de l'expression « faux-semblants », ces faux qui semblent, ces apparences qui trompent, ces oui pour des non, ces non pour des oui, cette danse cruelle de la vérité : la ronde.

15

Notre amour est-il mort ?

Qu'est-ce que la mort ?

Je me suis renseigné.

« La rupture définitive de la cohérence des processus vitaux nécessaires au maintien homéostatique de l'organisme. »

Qu'est-ce que l'homéostasie ?

« La capacité d'un système à conserver son équilibre de fonctionnement. »

Qu'est-ce que la mort clinique ?

Un triple arrêt 1) de la conscience et de toute activité musculaire spontanée, 2) de tous les réflexes, 3) de toute respiration.

Qu'est-ce que la mort cérébrale ?

La disparition irréversible de toute activité cérébrale.

N. B. : On peut continuer à faire battre le cœur et permettre au sang de circuler même en l'absence de toute « activité cérébrale ». C'est cette indépendance des circuits qui permet les greffes.

Muni de ce bagage scientifique minimum, je me suis reposé la question :

Mon amour est-il mort ?

1) Si, pour mes amis les plus chers, et, par le fait, les plus désespérés, ma relation avec Suzanne ne pouvait mieux être qualifiée que par le mot « incohérence », cette incohérence s'accompagnait-elle d'une « rupture définitive des processus vitaux » ? À cette première question la réponse était : non. Nos processus vitaux bougeaient encore, notamment lors d'agitations intimes que la pudeur m'empêche de raconter.

2) Cet amour, pouvait-on lui prédire un grand avenir homéostatique ? En d'autres termes : avait-il la capacité à conserver son « équilibre de fonctionnement » ?

Pour être franc, rien n'était moins sûr. Mais s'il fallait respecter à la lettre le grand Principe de Précaution inscrit dans la Constitution de notre République française, s'il fallait ne s'embarquer que dans des voyages aux parcours balisés et à l'issue certaine, quel sel aurait la vie ?

Et sans sel – je m'étais aussi renseigné auprès de mes innombrables relations dans le corps médical –, sans le sel qui fixe l'eau, on pouvait s'attendre à une rupture rapide et définitive des *processus vitaux* essentiels.

Mon enquête débouchait ainsi sur une conclusion irréfutable : d'un strict point de vue scientifique, notre amour n'était pas mort.

16

Ce mariage qui n'a pas commencé

— J'ai trouvé.

Généralement les idées venaient à ma femme le dimanche durant sa messe à elle, son jogging. Rituellement, comme midi sonnait, on entendait la clef jouer dans la serrure, une porte s'ouvrait. Et puis elle surgissait, enfantine et sautillante dans ses chaussures fluo vertes, les joues écarlates, les cheveux collés de sueur, les yeux brillants, 15 kilomètres ! J'avais une de ces formes, aujourd'hui, ils n'ont vu que mon dos, qui ça, ils ? Tu ne connais pas, bon je passe sous la douche et je te raconte.

Et toujours un peu rouge mais sentant bon le savon extra vieille de Roger & Gallet, devant le café réparateur et mérité (tu aurais été soufflé par mon accélération finale, ils n'en sont pas revenus, qui ça, ils ? Inutile de reposer toujours la question, d'ailleurs tant que ce pluriel, « ils », ne cache pas un « il », singulier...), elle livra ce jour-là sa dernière réflexion sur l'état de notre couple.

— Il y a trois catégories de mariage.

— Je t'écoute.

— Il y a les bons mariages…

— J'ai peur que nous ne soyons pas concernés.

— Si tu m'interromps tout le temps, je m'arrête.

— Juré, je me tais.

— Il y a les mauvais mariages. Inutile de s'attarder. Et…

Elle se leva pour se faire un nouveau café.

— Tu devras me faire penser à recommander des capsules, avec une majorité de Vivalto Lungo (decaffeinato), il y a les mariages qui n'ont pas commencé. Eh bien notre mariage à nous, ça crève les yeux qu'il appartient à cette catégorie-là.

Et Suzanne se lança dans l'un des exercices où elle excellait : l'analyse méticuleuse d'une situation désespérée.

Regarde : nous sommes restés chacun sur notre rive. Aucun vêtement de toi chez moi, aucun de moi chez toi. Quand tu me donnes un livre, je me suis rendu compte que je te le rendais toujours. Notre vie est une vie d'emprunt et de remboursement. Surtout ne rien se devoir. Surtout chacun chez soi et les vaches seront bien gardées. Surtout, surtout, rien ne doit déborder. Pareil pour la musique. Peut-être que notre ami Ramsay a raison : un amour, c'est une maison. Une maison solide, pas une de paille qu'on peut abattre juste en soufflant, comme celle des petits cochons. Nous n'avons jamais pris le temps de construire une maison. Et ce n'est pas la faute des appartements séparés. L'immobilier n'a pas le monopole des maisons. Il y a toutes sortes de maisons, des qui rassurent et protègent, même sans toit ni murs. Des maisons communes voyages, des maisons communes projets, des maisons communes actions, des maisons communes livres écrits ensemble, des maisons communes colères, indignations, combats partagés. On se plaît encore mais ces maisons-là attendent toujours. Je ne sais pas toi mais moi, je me sens aussi seule qu'avant notre rencontre. Peut-être davantage : je gardais tout au fond de moi un secret, une petite collection d'espoirs, l'espoir de bras, un jour, qui me protègent, l'espoir d'une épaule contre laquelle m'appuyer, l'espoir d'une voix qui me réponde, quels que soient l'heure et le lieu d'où je l'appelle. Ces espoirs-là s'en sont allés. Ils se sont enfouis. Je ne les sens plus. Je ne sais pas s'ils vivent encore. Au mieux, ils hibernent. Ils attendent un printemps. Je veux dire des jours meilleurs. Je veux dire des jours avec quelqu'un, puisque toi, tu restes sur ta rive, ton oui à notre mariage était un faux oui. Je ne suis pas trop forte en grammaire, mais un oui, normalement, change le monde, non ? Après un oui, le monde n'est plus le même. Ton oui à toi n'a rien changé. Un oui qui ne change pas le monde, c'est un mariage qui n'a pas commencé. Voilà ce que j'ai compris en courant ce matin. C'est assez long, 15 kilomètres. Juste la bonne distance pour comprendre. J'ai eu bien chaud. Et maintenant, j'ai froid.

Incorrigible, Gabriel pensa au mot maintenant. Les mots étaient chez lui les seules portes par lesquelles entraient les émotions. Main tenant. Tenir le temps par la main. Tenir Suzanne maintenant. Prendre maintenant Suzanne dans ses bras, Suzanne qui avait raison. Le jogging porte conseil, bien plus que les nuits.

17

Qu'attendiez-vous de l'amour ?

Tout près l'un de l'autre, dos sur le drap rêche, nous prenions bien garde de ne pas nous toucher. C'était l'une de ces nuits où l'on est certain que l'autre ne dort pas et qu'il attend. Attend on ne sait quoi, peut-être qu'une main se tende. Ou un mot. Nous étions allongés dans le silence. Nous étions dans l'urgence du silence. Car la rate du dessus, la voisine insomniaque, ne tarderait pas à commencer sa ronde sur son parquet sans tapis. Et alors, on ne s'entendrait plus. Et quelle utilité de se parler si l'on n'entend plus que l'angoisse de la vieillarde du cinquième ?

C'est pour cela que j'ai osé. Osé reposer la question grandiloquente.

— Et toi, finalement, de l'amour, qu'attends-tu ?

La réponse a jailli comme l'eau trop longtemps croupie derrière une levée de terre. Un jour, plus tard, quand l'heure des récriminations serait passée, Suzanne se souviendrait de cette nuit-là, et elle trouverait l'honnêteté de se dire : Gabriel avait tous les défauts du monde, mais il est le seul à m'avoir questionnée ainsi, il était habité par l'ambition, oui, quand je fais le compte, c'est le seul.

— De l'amour, je ne sais pas, c'est trop vaste et trop vague. De toi, de toi Gabriel, j'attendais que tu m'aides à... me déployer. Et désolée, je me sens aussi *pliée* qu'avant. Réfugiée dans mon petit savoir. Sur ton fameux kayak, avec tes champions olympiques, tu m'as emportée. Pourquoi n'as-tu pas poursuivi ? Je ne t'intéressais plus ? Décidément, tu te préférais seul ? Te rappelles-tu notre première ou deuxième nuit ? Nous nous étions posé la même question. Et d'un même élan nous avions mêmement répondu : l'amour nous révélera. Si notre amour ne nous a pas révélés, mérite-t-il le nom d'amour ? L'amour ne « change » personne. Cet amour-là, ce n'est pas de l'amour, c'est de l'influence. Mais nous, en quatre ans, nous sommes-nous révélés ?

Nous avons dû rester ainsi longtemps, immobiles et silencieux, tels deux gisants.

J'ai senti que la tête de Suzanne se tournait vers moi.

— Et toi, Gabriel, ton attente ? Durant ce premier dîner, lorsque s'est manifestée la possibilité d'un amour, quelle était ton attente véritable ? Qu'espères-tu, qu'espérais-tu ? Au point où nous en sommes, c'est le moment de la franchise, non ?

Ma réponse aussi ne devait pas se trouver loin, elle devait piaffer depuis des années et des années, juste derrière la porte. Je n'ai eu qu'à ouvrir la bouche. Elle est sortie toute seule.

— *Gabriel, on n'est que ce qu'on fait !* Une phrase de ma mère. On n'est que ce qu'on fait. Il se peut que cette phrase, elle ne l'ait prononcée qu'une seule fois. Je devais être un trop bon terrain. Elle est entrée en moi comme la pluie dans la terre sèche. Cette phrase-là, j'aurai attendu toute ma vie pour que quelqu'un m'en débarrasse. Je croyais que ce serait toi. Celle près de qui je n'aurais pas besoin de *faire* pour *être*.

— Je m'en doutais. Alors je ne comprends pas. Depuis que nous sommes ensemble, *ensemble* comme on dit, en fait si peu *ensemble*, depuis ce temps-là, déjà long, tu n'as pas cessé de courir partout, et d'accumuler. Pourquoi, pourquoi, Gabriel ? Et ne me répète pas, comme chaque fois, que tu t'agites autant parce que tu as peur, peur de ne pas m'intéresser. Peur de ne pas m'intéresser *assez* pour que je t'aime. On a tous peur, Gabriel. On tremble *tous* face à l'amour. Mais la confiance est une générosité, peut-être la première de toutes. Et pardonne-moi de répéter autant ton prénom. Gabriel, Gabriel. Si tu n'y vois pas un signe, ou, pour employer ton langage de mec, une *preuve*, alors tant pis pour moi, tant pis pour nous.

Aujourd'hui, je me demande encore quelle fut la chronologie exacte des événements qui suivirent. Suzanne s'est-elle *d'abord* mise à pleurer ? Ou seulement *après* avoir enfilé ses boules Quies ?

18

Essaouira

Il y a des portes secrètes dans la ville.

Qui n'ouvrent pas sur des maisons, des immeubles ou des jardins.

Mais sur des vérités.

Nous passons, et manquons l'entrée. La plupart d'entre nous ne savent pas regarder. Ou s'effraient et s'enfuient.

La géographie fait aussi peur aux êtres humains que l'amour. Ils n'ont pas tort : quand on craint l'une, mieux vaut s'éloigner de l'autre. Les lieux et les sentiments ont fait alliance, depuis la nuit des temps. Qui aurait dit qu'au n° 57 de la sinistre rue du Ranelagh, presque au coin du mortel boulevard de Montmorency, s'ouvre l'une de ces portes magiques ?

À première vue, la façade est celle d'un restaurant.

Essaouira, spécialités marocaines.

L'établissement que ma femme avait choisi pour m'annoncer sa volonté de n'être plus ma femme.

Pourquoi l'Essaouira ?

La discrétion de l'adresse, propice aux rendez-vous clandestins ?

L'éloignement des tables les unes des autres, d'où la possibilité de garder pour soi une conversation ?

La pénombre ambiante, indulgente aux visages désespérés ?

Ou peut-être Suzanne avait-elle souhaité se mettre sous la protection de Mogador, l'ancien nom d'Essaouira ? La référence à cette cité mythique, haut lieu de la tolérance, n'était-elle pas un message clair ? Si les trois religions monothéistes étaient parvenues à y vivre en bonne intelligence depuis le XVᵉ siècle, la chrétienne, la juive et la musulmane, notre pauvre petit divorce ne pouvait paraître que ridicule.

Cette hypothèse optimiste me fit sourire. Ô, bien pâle sourire, et timide, croyez-moi. Ma future ex-femme ne le supporta pas.

— Tu trouves ça drôle, notre dernier dîner ? Pas moi.

Nous avions à peine passé commande, tajine pour elle, pastilla pour moi, que nous pleurions. Que ce couple bientôt défait (Suzanne et Gabriel) soit gagné par le chagrin, rien de plus normal. Ce nouvel échec s'ajouterait aux autres. La peau est plus sensible à l'endroit des cicatrices. Mais pourquoi cette même tristesse insondable dans les yeux du vieux serveur ?

Notre désarroi était-il si contagieux ?

— Quelque chose ne va pas ? lui demanda ma toujours femme.

J'en profitai pour lui prendre la main.

Nous n'avions pas eu besoin de discuter longtemps. Notre conversation avait été fluide, et admirable de lucidité. Comme d'habitude.

Dans les mauvais livres, et c'est peut-être ce qui distingue les mauvais livres des autres, l'histoire tarde, tarde et s'achève sans avoir commencé. Notre mariage appartenait à la catégorie des mauvais livres puisque, devant monsieur le maire, nous nous étions dit oui, un oui franc et sincère, oui depuis plus de quatre ans et que notre histoire ne savait pas encore si elle allait se décider à s'ébranler.

Nous étions d'accord.

Rien n'est plus triste qu'un accord parce que rien ne bougera plus, sitôt l'accord trouvé.

Quand on s'affronte, on se blesse mais on avance.

Quand on est « tombés » d'accord, on ne se relève plus.

Nous en étions là : tombés d'accord.

Tel était le constat, incontestable : notre amour n'avait pas commencé. Est-ce un amour celui qui tarde tant à voir le jour alors que tout, la chambre, les jouets, le berceau, a été préparé pour sa naissance ?

Telle était la réalité, il fallait lucidement, courageusement l'admettre : notre amour est mort-né. Et on ne garde pas en soi un enfant mort-né. Sous peine de décès, il fallait se séparer. Au plus vite.

— Qu'en penses-tu ?

— Je pense comme toi.

Tout à nos malheurs conjugaux, nous avions oublié le serveur et la question que Suzanne lui avait posée.

Il se tenait droit devant nous. Ses yeux ne quittaient pas le mur et sa tapisserie hideuse : une scène d'oasis.

— Ce qui ne va pas, c'est que l'Essaouira va fermer.

Les deux futurs anciens mariés s'exclamèrent. Ils ne pouvaient croire à une telle mauvaise nouvelle.

— Mme Chevernadzé, notre propriétaire, n'aime pas les Marocains. Dès le premier jour, elle a voulu abattre l'Essaouira. Cette fois, ça y est !

Les attristés, comme les amoureux, sont pires qu'indifférents aux malheurs des autres : ils s'en délectent. Nous avons accueilli cette annonce avec joie et gratitude. D'abord, ce drame allait nous changer du nôtre. Ensuite, nous allions pouvoir compatir d'un même élan, ma femme et moi. Nos énergies au lieu de s'affronter pourraient se rejoindre. La fin de la soirée y gagnerait en douceur.

Essaouira. De quoi parlait le vieux serveur quand il prononçait le mot avec gravité, du bout des lèvres ? Peut-être n'était-il jamais revenu au Maroc ? Au fond de lui, il devait penser que la cité légendaire avait été engloutie et qu'il ne restait d'elle qu'un seul vestige, ce restaurant menacé, au cœur de ce quartier sans âme. Une sorte d'Atlantide du XVIe arrondissement.

Je ne me souviens plus du dîner. Les mémoires de bonne qualité oublient de conserver les scènes de trop grande souffrance.

— Mon patron va venir. Vous avez encore une minute ? Il tient à vous saluer.

Le serveur contemplait l'addition. Il la tenait des deux mains, comme un papier précieux, tel un Japonais sa carte de visite. Il est reparti avec elle.

Cette décision de divorcer nous avait épuisés. Pourquoi

ne pas nous reposer un moment, pourquoi ne pas nous offrir des vacances dans une histoire qui n'était pas la nôtre, par exemple dans cette histoire de restaurant qui ferme ? Les histoires vous prennent dans leurs bras. J'ai repensé au Jardin d'Acclimatation. On embarquait sur la rivière enchantée dans de grosses barques grises et le courant nous entraînait au milieu d'un bois sale où dormaient des canards. Douces images de l'enfance.

— Vous n'êtes pas trop pressés ?

Nous avons eu le même geste de la main, à la fois poli et fataliste. Bien sûr, nous avions du temps. Tout le temps qu'on voulait. Et dès demain, encore plus. Rien ne donne plus de temps qu'une séparation.

— Mon patron vous apprécie.

— Et pourquoi donc ?

— Il est aussi triste que vous.

Vers dix heures trente, le téléphone a sonné. Le vieux serveur a répété deux fois « oui » avant de raccrocher, très précautionneusement. Il est revenu vers nous.

— Le directeur vous présente ses excuses. Il aura du retard. Il essaie une dernière fois de s'entendre avec Mme Chevernadzé.

Nous nous sommes exclamés que pas de problème, aucun souci, bien sûr nous comprenons… s'il s'agit de sauver l'Essaouira…

— Oui, il reste peut-être une chance.

À voix basse, ma femme et moi avons imaginé la négociation. D'après elle, la propriétaire, cette Mme Chevernadzé, était aussi vieille que le patron. Et cette renégociation de bail était son seul loisir, pourquoi l'accélérer ? J'ai un ami magistrat. Il paraîtrait que ces gens-là ont une âme. Souvent ils décident d'éterniser les procédures. Ils savent qu'une fois toutes les voies d'appel utilisées, et prononcé le jugement définitif, les plaignants décéderont d'ennui. Des années durant, ces procès ont été leur seule raison de vivre.

Les deux futurs divorcés s'observaient à la dérobée : que se passe-t-il ? un peu de calme serait possible entre nous, après tant d'acrimonie ? De l'index droit, je caressais toujours l'intérieur du poignet gauche de Suzanne.

Derrière son comptoir, le serveur lisait.

Vers minuit, le téléphone a de nouveau sonné.

Le serveur a décroché, hoché la tête, raccroché, levé les yeux au ciel.

— J'en étais sûr.

— Ne vous inquiétez pas. Nous avions deviné qu'il ne viendrait pas.

Nous ne nous levions pas. Nous ne nous regardions plus.

Personne ne peut dire combien de temps nous sommes demeurés ainsi sans bouger. Nous savions que le moindre mouvement enclencherait une mécanique qui nous ferait nous lever, gagner la porte, déboucher dans l'inhumaine rue du Ranelagh et partir chacun de son côté, elle vers Mozart, moi vers Montmorency puisque telle avait été notre décision, ferme, définitive et raisonnable : nous séparer.

Le serveur avait repris sa lecture.

Enfin, j'ai dit : où avons-nous la tête ? Pardon de vous faire veiller si tard, je voudrais bien payer.

Le serveur a souri. Il devait attendre cette phrase depuis

longtemps. Il devait se réjouir à l'avance de la petite scène théâtrale qui allait suivre.

Il s'est dressé d'un geste solennel. Sans nous quitter des yeux, il a déchiré l'addition.

— Ordre du patron.

Comment nous avons salué le serveur, comment nous sommes sortis, je ne m'en souviens pas non plus, sauf que Suzanne pleurait. Et que je me chantonnais, à voix plus basse que le silence, cette chanson qui ne me quitterait plus jamais : *Suzanne,*

> *And just when you mean to tell her that you have no love*
> *to give her*
> *Then she gets you on her wavelength*
> *And she lets the river answer that you've always been her*
> *lover.*

Nous avons entendu le grincement de deux verrous. Derrière nous, une lumière s'est éteinte. C'était le mot Essaouira. Ma femme s'est écriée : mes lunettes, je perds tout.

Je lui ai tendu l'étui.

Faites-moi confiance, madame la Juge, je suis un méticuleux. Personne ne travaille plus que moi ses dossiers. J'ai pensé et repensé dans les plus infimes détails à l'histoire de notre mariage. Je suis formel : c'est à cet instant-là, à cet instant seulement, que notre amour s'est, enfin, mis en marche. Bien sûr nous avons divorcé. Bien sûr du temps a passé où nous avons vécu séparés. Mais je le sais aujourd'hui, un mouvement, peut-être un sentiment, était en train de naître, à l'endroit du monde le plus improbable, grâce à ces lunettes perdues puis retrouvées, dans cette lugubre rue du Ranelagh, devant le restaurant marocain aujourd'hui fermé. Un mouvement, un sentiment, timide, imperceptible, qui mettrait du temps à s'accepter et plus encore à se dire mais qui finirait par triompher.

— Mais comment l'appelez-vous ce mouvement, ce sentiment, vous qui savez tout, monsieur le narrateur ?

— La bienveillance.

19

À propos de géographie

Ce matin-là du 10 octobre fatidique, je m'étais, comme chaque jour, levé tôt. Contrairement à mes habitudes, non pour accumuler des notes, qui finiraient peut-être par constituer un livre.

Ce matin-là fatidique, je voulais savoir *où*. Connaître l'endroit de la Terre qui me divorcerait.

De même, pour mon opération du dos, je n'avais pas choisi l'établissement en fonction du chirurgien ou du classement de *L'Express* (« les dix hôpitaux les plus sûrs de France »). J'avais préféré Ambroise-Paré parce que situé en bordure d'un bois et non loin du fleuve : bonnes indications pour espérer retrouver ma mobilité.

Métro ligne 6, changement à Raspail, ligne 4. Descente à Cité. C'était donc là, dans l'île du même nom, que l'irréparable se produirait. Latitude 48° 51′ 21″. Longitude 2° 20′ 41″.

Il était tôt, six heures à peine. Aucun touriste. Notre-Dame semblait toute neuve. Promener n'est pas le mot. J'ai exploré, d'Est en Ouest, ce cœur de Paris, du Mémorial des martyrs de la Déportation au square du Vert-Galant.

Où peut-on mieux penser à la femme aimée qu'en marchant dans une île blottie entre deux bras d'un fleuve ?

Et l'évidence m'est apparue : ma plus profonde différence avec ma future ex-femme était la géographie.

Moi, j'étais le fils de mes lieux.

Elle, pour le meilleur et pour le pire, avait été arrachée (puis s'était libérée) de ces attaches.

Pas de maisons, pas de pays. Sa seule maison, son seul pays étaient l'amour que lui donnait un homme. Pourquoi, pourquoi mon père ne m'avait pas aimée ? Quand votre patrie, c'est l'absence de l'amour, comment voulez-vous qu'une géographie la comble ?

Tous ces hommes qui voulaient un enfant. Tous ces hommes qui voulaient la forcer à jeter l'ancre. Si tant de gens veulent des enfants, c'est qu'ils ont besoin d'ancres.

Et n'oublions pas la beauté. Sa beauté. La beauté est une société d'élus. Les beaux sont des souverains, que jamais ne viendra torturer la terreur de n'être pas *casés*. Casé : placé dans une case. *La Case de l'oncle Tom.* Le mot case pue l'esclavage. Suzanne ne serait jamais *casée*. Mieux vaut se casser. Partir, c'est se casser. Se briser. Est-ce ma faute si ma vie manquera toujours d'unité ? L'océan originel n'est jamais monté assez haut pour donner de l'unité au paysage.

La beauté est une confrérie. Les beaux, les belles se reconnaissent entre eux. D'un seul coup d'œil. La beauté est leur pays commun.

Les beaux sont des nomades. Comment voulez-vous qu'une nomade se projette dans le temps ? Les nomades vivent de campement en campement. Non, pas de maisons. Des tentes montées, pour habiter l'amour qui se présente.

La tente heureuse, le temps que cet amour-là brûle. Et puis la tente démontée, lorsque cet amour se révèle impuissant à remplacer l'amour absent. Et la nomade s'en va, sans tristesse. Elle sait bien que le vide de l'amour premier n'est jamais comblé.

Tout au début, dans l'enfance, il y avait eu pour elle un chalet en montagne, une campagne en bord de Loire, de vraies maisons où l'amour était là, possible. Il suffisait que des bras s'ouvrent. Les bras ne s'étaient pas ouverts. Alors à quoi servent les maisons ? Les maisons n'ont été bâties que pour y abriter la chaleur de bras qui s'ouvrent.

Quel sens aurait de devenir *propriétaire* quand on ne *tient* à rien, quand le seul bien qu'on attendait vous a été refusé ?

Plus se rapprochait l'heure du divorce, plus fort et distinctement j'entendais la voix de Suzanne. Une « FRANCE de propriétaires ». Pas pour Suzanne. Propriétaire de rien. Jamais. Même si la somme d'amours reçues ne remplacera jamais l'amour d'un Père. Je suis un tableau d'Arcimboldo. Chacun m'a apporté un fruit.

Suzanne n'est là que là où elle est. Elle déplace son royaume avec elle. Normal quand on a été arrachée de son Afrique natale. Voilà pourquoi *L'Africain* de Le Clézio est plus que son livre « préféré », son livre-grand-frère. Les lieux sont pour elle des douleurs. Tout comme un homme que vous n'aimez pas vous blesse : n'étant pas, le pauvre, celui que vous aimez, sa présence, vite insupportable, ne fait plus que vous rappeler cette absence.

Ce matin-là un homme marche dans l'un des sites les plus visités du monde. Et ce n'est pas un touriste. Il a rendez-vous avec sa déchirure.

Cet homme a rendez-vous. Il croise des gens qui ne sont pas là pour visiter. Je vous rappelle qu'il est encore tôt, bien trop tôt pour les cars de Chinois. Ce matin-là fatidique du 10 octobre, les gens qu'il croise marchent pour attendre. Attendre l'un des rendez-vous cruciaux de leur vie. Dans l'île de la Cité voisinent une préfecture de police, un palais de justice, un hôpital, une cathédrale. Alors, parmi ces gens qui marchent, en ce matin du 10 octobre, lesquels seront arrêtés, lesquels condamnés, lesquels ruinés, lesquels guéris, lesquels tués, lesquels ressuscités ?

20

Le jugement

Ce 10 octobre 2011, un joli soleil d'été indien brillait sur Paris en général et sur le palais de justice en particulier. Au quatrième étage dudit palais, des hommes et des femmes attendaient d'être désunis par vous, madame Anne Bérard, juge aux affaires familiales, dont j'ai déjà dit toute l'estime que je vous porte, et n'ayez aucune crainte je rendrai, chemin faisant, un hommage tout aussi mérité à Mme Évelyne Cerruti, votre greffière. Oui, hommes et femmes attendaient, plutôt endimanchés, assis raides sur leurs chaises et heureusement séparés les uns des autres par les robes noires des avocats. Car l'atmosphère générale de l'endroit était à dominante haineuse.

En dessous de nous travaillait la Cour d'assises. Au-dessus de laquelle, les Autorités judiciaires, dans leur sagesse, avaient tendu un filet, de peur qu'un hélicoptère ne vienne aider un prévenu à s'évader. Mon avocat me rassura : ce filet ne nous concernait pas. Libres nous étions arrivés. Plus libres encore nous repartirions. Heureusement pour vous. Les divorces coûtent déjà assez cher. Pas besoin d'y ajouter les frais d'un héliportage. Parfois, je ne sais pas si j'aime vraiment l'humour de mon avocat, Vincent.

De temps en temps, le ton montait dans notre salle d'attente. Des insultes fusaient. Les robes noires s'interposaient. Voyons, un peu de dignité, monsieur Jeambart. S'il vous plaît, madame Coulibaly !

Pour quelques minutes le calme revenait. Un calme lourd de détestation. On dit que certains jours, à certains endroits de la Terre, l'hostilité se concentre tant qu'on pourrait y couper l'air avec un couteau. Je confirme.

Qui était venu avec qui ? Difficile de reconstituer les couples. Le fluet à fine moustache avec l'ample matrone ? Le colosse à blazer et gourmettes avec la Vietnamienne plus menue qu'un oiseau ? Comment s'étaient-ils accordés jusque-là ? Des hommes et des femmes de toutes les tailles, de toutes les couleurs et tous les âges, toutes les différences d'âge.

Et la question m'est venue : qu'est-ce qu'un couple appareillé ?

J'ai ouvert le dictionnaire qui ne quitte jamais ma tête et m'y suis promené. Appareiller veut dire unir deux choses pareilles. Mais aussi se préparer au départ. Faute d'avoir trouvé en eux des *choses pareilles*, ces couples se préparaient au départ.

Le mariage et le divorce sont deux appareillages. Le premier pour un seul bateau, le second pour deux.

— Courage…

Mon avocat m'avait souri.

— C'est le moment le plus pénible.

Je n'allais pas lui avouer que cette petite promenade dans les mots m'avait calmé. Nommer apaise, même les plus cruelles des déchirures.

Je l'observais, bien sûr, à la dérobée, celle qui, si tout se passait comme prévu, n'allait plus tarder à cesser d'être ma femme.

Suzanne se tenait à l'autre extrémité de la salle, le plus loin possible de nous. Se tenir est le terme. Elle s'agrippait au plus lointain. De l'épaule elle poussait le mur pour s'écarter, nous fuir plus. Une femme belle et droite et figée. La présence et la dureté d'une pierre.

Au-dessus d'elle un tableau, des formes tourmentées jaunes, sans doute des tournesols de Van Gogh, je ne pouvais en être sûr à cette distance, était censé égayer.

Deux heures ont passé.

L'image des assises ne me quittait pas. Peut-être qu'en ce moment quelqu'un, juste en dessous de nous, en prenait pour vingt ans ?

Suzanne a fini par être appelée. Je me levai pour l'accompagner. L'avocat m'a retenu.

— Elle d'abord, seule. Puis vous, seul. Puis les deux ensemble.

— Et on repart seuls.

— C'est le principe même du divorce, non ?

Elle n'est pas restée longtemps. Je l'ai vue revenir vers sa chaise, à côté d'une femme africaine qui gémissait doucement « oh mon Dieu, oh mon Dieu ».

Et je me suis retrouvé dans le bureau 4503.

Mon identité rappelée et mes diverses occupations professionnelles précisées, autant que faire se pouvait, la juge m'a regardé droit dans les yeux.

— Vous semblez intéressant…

J'ai remarqué que dans son coin la greffière hochait la tête.

— Et bien élevé. Alors qu'est-ce qui n'a pas marché ?

Je me suis lancé dans une longue tirade embrouillée dont on pouvait seulement conclure que je ne savais pas.

— Mais enfin, vous l'aimiez ? Ou plutôt, vous l'aimez ?

— Dès la première seconde, hélas.

— Et elle, d'après vous ?

— C'est non. Dès la première seconde aussi.

— Mais elle a voulu se marier avec vous.

— Elle a accepté.

— Si vous préférez. Pourquoi, selon vous ?

— À mon sens, pour vérifier certaines choses douloureuses en elle.

— Et elle les a trouvées, selon vous, ces choses douloureuses ?

— Puisqu'elle accepte de divorcer…

— J'en déduis que d'après vous Suzanne ne décide jamais, elle accepte.

— Au mieux, elle accepte. Et ce mieux devient le pire. À cause de ces choses douloureuses.

Après cet échange introductif plutôt dense et vif, il nous fallait reprendre souffle. Nous nous sommes tus. Je regardais le grand portrait accroché juste derrière le bureau. Je me suis demandé si j'aggraverais mon cas en demandant le nom de ce personnage.

— Je devrais installer une machine à café, dit la juge.

Nous nous sourîmes tous les trois. Puis elle revint vers moi.

— Pardonnez-moi, mais je ne comprends pas.

Sa longue pratique du divorce ne l'avait pas dégoûtée de l'amour. Elle continuait de se passionner pour les sentiments. Je suis certain que dans d'autres circonstances, avec des salles d'attente moins pleines, elle aurait questionné sans fin les couples qui se présentaient. Sa hiérarchie, connaissant cette faiblesse, lui avait adjoint une équipière, Mme Cerruti, qui avait pour mission première de tenir courtes les rênes du temps.

Cette greffière tapotait sur sa machine, toussotait, lui signifiant par tous les moyens cohérents avec le respect dû à un magistrat qu'il fallait maintenant passer à une autre affaire.

— Vous me faites penser à ces engrenages qu'un choc ou une malfaçon empêche de fonctionner. Vous êtes dents contre dents, au lieu de vous emboîter.

— Vous avez deviné.

— Il suffirait de si peu. Le geste sec d'un rebouteux. La plupart des articulations se remettent.

J'ai acquiescé d'un sourire.

Du fond de mon enfance, une phrase m'est revenue, quand ma mère n'en pouvait plus de m'avoir dans ses jupes : « Va voir là-bas si j'y suis. »

— J'ai été voir là-bas si elle y était.

— Pardon ?

— J'ai voyagé partout puisqu'elle ne m'aimait pas.

— Et vous ne l'avez jamais emmenée ?

Pauvre juge ! Prisonnière de son bureau et de tous ces couples à divorcer. Rêvait-elle chaque nuit d'horizons lointains ? Cette femme me touchait derrière son bureau gris. Je lui aurais volontiers raconté quelques-uns de mes périples. Mais il fallait avancer. Et passer aux questions financières. Le sujet fut vite réglé.

— En tout cas, on ne peut pas l'accuser d'être intéressée. Si j'ai bien compris, elle ne veut rien.

— Suzanne n'a jamais rien accepté de moi.

— Peut-être n'avez-vous jamais trouvé la bonne proposition. Quand une femme n'accepte rien, c'est qu'elle voulait bien plus.

Comment aurais-je pu imaginer qu'un jour j'échangerais des idées sur l'amour au quatrième étage d'un palais de justice ? La juge poursuivait. Le sujet la passionnait.

— Et d'ordinaire, je vous parle de mon expérience, une femme qui ne demande rien, c'est qu'elle ne veut pas trop envenimer le présent.

— Je ne comprends pas.

— Si vous préférez, elle ne veut pas insulter l'avenir. Ou, pour vous mettre les points sur les i, elle ne veut pas couper les ponts. Même si elle est persuadée du contraire.

De nouveau, la greffière hocha la tête, l'air soudain ravi. Heureusement, je n'eus pas le temps de crier que renouer avec Suzanne, ça jamais, plutôt mourir. Le téléphone sonna. Aux réponses excédées de la juge, je devinais que l'appel venait de la secrétaire et que dans la salle d'attente, juste de l'autre côté de la porte, on commençait à péter les plombs.

D'un coup sec la juge raccrocha, me sourit.

— Il faut en finir.

Elle pria la greffière d'appeler ma toujours épouse pour un dénouement qui, je l'espérais, n'allait maintenant plus tarder.

Suzanne est revenue. La même présence fermée d'une pierre. La même douleur figée, un froid de glace. Et toujours ce même vertige pour moi, mon cœur qui se serre, comme à la première seconde où je l'avais vue : c'est elle, elle et pas une autre, elle et personne avant elle, elle, pauvre de moi, et sûrement personne après elle. Elle, à cause de ce visage de chat, elle à cause de ce nez minuscule, elle à cause de ces seins menus, elle, pour mille autres causes que ce n'était ni le lieu ni le moment d'énumérer.

Les deux femmes nous regardaient, du même air désolé. La juge en face de nous, derrière son grand bureau gris. La greffière, à notre droite, derrière le même bureau, de même couleur mais plus petit d'une taille. Il faisait peut-être beau dehors. Comment savoir ? L'unique fenêtre donnait sur un mur. Elles avaient le même âge, la soixantaine récente ; les mêmes vêtements un peu mornes, la même attention, le même souci d'aider. Elles me faisaient songer à cette catégorie particulière de professeurs, ceux qui, durant les interrogations orales, tendent des perches au lieu d'enfoncer.

— Je ne comprends toujours pas, dit la juge.

Elle nous fixait, l'un puis l'autre. Avec tristesse, je vous jure. Elle se recula, elle s'appuya sur le dossier de sa chaise. Elle voulait nous voir ensemble. Elles prenaient leur temps, toutes les deux.

C'est alors, ces deux dames semblant tellement affligées, c'est alors que j'ai failli me lever, prendre par la main celle qui, dans ces conditions, demeurerait ma femme. Oui, c'est ce que nous allions faire, présenter nos excuses, madame la Juge, madame la Greffière, pardonnez pour le dérangement, nous annulons la procédure. Mais j'avais tant de malheurs en souvenirs, et né de tous ces malheurs tant de ressentiment contre celle qui se tenait figée à mes côtés que je me suis tu.

— La guerre…

— Pardon ?

— Votre guerre. Avez-vous réfléchi à son origine ? Je vous ai posé une question. Quelle est l'origine de cette guerre que vous vous êtes déclarée tous les deux ?

C'est alors que Suzanne a ouvert la bouche. Pour la première fois :

— Ça ne vous regarde pas.

J'ai failli éclater en sanglots. Sans la froide violence de Suzanne, fille de son honnêteté, comme la vie allait me sembler fade !

— Quel caractère ! n'a pu s'empêcher de marmonner la greffière.

Vous l'avez coupée net :

— Je vous en prie, madame Cerruti !

Vous vous êtes tournée vers moi.

— Je vous écoute.

J'ai raconté. Plutôt, j'ai déballé. Quand j'ai eu achevé mon récit, il m'a semblé ne voir autour de moi que ruines et haine. Comment, madame la Juge, aurais-je pu prévoir votre conclusion ?

— Eh bien, cela m'a tout l'air de ressembler à de l'amour.

Madame Bérard, vous vous êtes ébrouée. On aurait dit

que vous sortiez d'un mauvais rêve. Puis vous avez dû vous rappeler la foule qui attendait dans le couloir.

— Nous ne pouvons pas décider à votre place. Oui ou non, voulez-vous divorcer ?

Celle qui dans un instant allait cesser d'être ma femme resta muette.

Vous, madame la Juge, vous êtes tournée vers moi.

J'ai répondu le plus fermement possible que nous le voulions. De quel droit disais-je « nous » ?

*

— Puisque c'est semble-t-il ce que vous voulez...

Et vous avez lu :

> Vu la requête conjointe en divorce enregistrée au greffe le 4 juillet 2011,
>
> Après un entretien avec les requérants, dont l'attention a été attirée sur l'importance de leurs engagements,
>
> Après avoir constaté que la volonté des époux est réelle et que leur consentement, confirmé individuellement à l'audience, est libre et éclairé,
>
> Après avoir également constaté que les dispositions retenues dans la convention réglant les conséquences du divorce préservent suffisamment les intérêts des époux.

PAR CES MOTIFS

> Anne Bérard, Vice-Présidente aux affaires familiales,
> Statuant par jugement contradictoire en dernier ressort ;
> Prononce le divorce par consentement mutuel.

Homologue la convention réglant les conséquences du divorce qui demeurera annexe à la minute du présent jugement.

Dit que le divorce sera mentionné en marge de l'acte de naissance de chacun des époux et de leur acte de mariage dressé le 3 juillet 2007 à Paris 13ᵉ (75013).

Avise les parties qu'elles disposent d'un délai de quinze jours, à compter du présent jugement, pour former un pourvoi en cassation.

Fait à Paris, le 10 octobre 2011

Anne Bérard Vice-Présidente

Évelyne Cerruti Greffière

*

Le temps que je vous serre la main à toutes les deux, madame la Juge, madame la Greffière, mon épouse, devenue ex par la décision précitée, avait disparu. Un chat qui s'en va tout seul. D'elle je ne devais recevoir aucune nouvelle jusqu'au message de Nome, neuf mois plus tard.

*

De retour chez moi, je n'eus d'autre ressource que me faire bercer par ma bonne fée de toujours, la géographie. J'ouvris, comme si souvent en cas de détresse, mon cher *Times Atlas of the World (Comprehensive Edition)*. Quel faux hasard, quelle secrète nécessité me fit tomber sur la planche CXIII ? Je rêvai longuement devant les îles Aléoutiennes, celles, vous savez, qui s'avancent courageusement au travers du Pacifique Nord pour tenter de relier l'Amérique à la Russie : Unimak, Akutan, Uliaga…

Et ce fut sur cette musique de défaite, la basse continue d'un ressac, que j'entrai dans la nuit.

III

LES DEMEURES DE LA TRISTESSE

« On croit qu'on écrit pour dis-
traire, mais, en fait, on est poussé
par quelque chose qu'on a une
terrible envie de partager. Le vrai
mystère, c'est cette étrange pulsion.
Pourquoi ne peut-on pas la refouler
et nous taire ? Pourquoi ce besoin
de jacasser ? Qu'est-ce qui pousse les
humains à se livrer ? Peut-être que
sans cette confession secrète, on n'a
pas de poème – on n'a même pas
d'histoire. On n'a pas d'écrivain. »

TED HUGHES

1

La nuit des questions

Toute la nuit, sa première nuit de divorcé, il lutta contre la marée des pourquoi. Pourquoi, mais pourquoi cet échec ? Dans sa pauvre tête, les explications se bousculaient pour répondre. Mais à quoi sert d'expliquer ? Un jour allait se lever, le premier d'une longue liste de jours semblables, des jours sans Suzanne.

Au matin, de bien trop bon matin, il appela son avocat, Vincent, celui qu'il fallait bien qualifier de complice actif de la catastrophe. D'abord, le téléphone sonna dans le vide. Puis une secrétaire, sans doute antillaise, car enjouée, l'informa que Me Toledano était plutôt « du soir », en conséquence pas encore arrivé.

Enfin, à neuf heures cinquante-huit précises, la voix trop connue se fit entendre :

— Gabriel, mais que se passe-t-il ? Tout s'est déroulé au mieux, non ? Je n'ai, de ma vie, jamais vu un divorce aussi peu coûteux pour un client. Une référence pour notre cabinet ! Aucune pension ! Pas la moindre prestation compensatoire ! Une rareté de nos jours. Tu t'en tires bien ! Et grâce à qui ? C'est pour remercier ton merveilleux avocat que tu voulais lui parler. Sache qu'il en est touché...

Silence dans l'appareil.

— Mais avec toi, il faut toujours se méfier. Qu'as-tu encore inventé ?

— La juge...

— Et alors ?

— J'ai encore des choses à lui raconter sur Suzanne. Pourrais-tu lui demander un rendez-vous ? Sans tarder.

— Mais ton affaire est classée, Gabriel ! Des centaines d'autres séparations l'attendent. Allez mon Gabriel, je sais que c'est dur mais il faut tourner la page. Avec laquelle de tes fans vas-tu dîner ce soir ? N'oublie pas de me communiquer le prénom de la nouvelle élue !

Et bip, bip, bip, il avait raccroché.

Alors Gabriel fut bien obligé de se rabattre sur l'imaginaire. Voici, madame la Juge, le dialogue complémentaire dont votre greffière aurait pu prendre note si les circonstances, la chronologie et une augmentation soudaine du budget de la Justice l'avaient permis.

— Madame la Juge, à la première seconde de ma rencontre avec Suzanne, j'ai vu, *en même temps*, qu'elle était belle et douloureuse.

— Je suis attendue mais continuez.

— À la deuxième seconde, je me suis dit : je vais garder sa beauté mais la libérer de sa douleur.

— Et vous n'avez pas réussi.

— Deux ou trois fois, j'ai vu sa beauté libérée de sa douleur. Et c'était le spectacle le plus bouleversant de ma vie, un premier matin du monde, un lever du jour en Afrique.

— Il fallait vous obstiner, au lieu de divorcer stupidement, comme tout le monde.

— Madame la Juge, je me connais, je sais ma tare principale : *j'intéresse mais je ne rassure pas.* Vous avez vu *César et Rosalie*, le film de Claude Sautet ? Vous vous souvenez de Romy Schneider - Rosalie lisant à Sami Frey - David la lettre qu'elle vient de lui envoyer ? Ou peut-être la garde-t-elle pour elle ? À quoi servirait de l'envoyer ?

« David,
César sera toujours César
et toi, tu seras toujours David
qui m'emmène sans m'emporter
qui me tient sans me prendre
et qui m'aime sans me vouloir. »

Un jour, je m'arrangerai pour rencontrer le véritable auteur de ces lignes et le saluer : Jean-Loup Dabadie. Il avait trente-quatre ans, il avait tout compris.

César, Yves Montand, est un ogre.

David, Sami Frey, est un séducteur.

Les séducteurs ne sont que des ogres de surface. Des intermittents de l'appétit.

— Pardon, mais quel rapport avec votre triste affaire ?

— Je suis un mélange des deux, un mélange très bas de gamme, bien sûr, le pire des cocktails, mini-ogre et apprenti séducteur.

— Pardon, mais je vais devoir interrompre…

— Quand on ne sait pas rassurer sa femme, on accroît d'autant plus sa douleur qu'elle avait cru enfin pouvoir baisser les armes. Alors la douleur revient, plus féroce que jamais. Voilà ce que je tenais à vous livrer, pour une connaissance parfaite du dossier.

— Pardon, mais j'avais deviné. Et maintenant, courage, monsieur Gabriel. Arrangez-vous comme vous pourrez avec cet échec.

2

La solitude de l'ours blanc

Entraîné par une force aussi bête qu'irrésistible (celle qui nous pousse à croire que rien n'est jamais perdu), Gabriel marcha vers le métro, ligne 6 jusqu'à Denfert-Rochereau, ligne 4 jusqu'à Cité, ainsi se retrouva devant le palais de justice. Il considéra le flux de la circulation et la foule des piétons encombrant les trottoirs. C'est alors que lui vint une pensée aussi prétentieuse que désespérante : en ce moment, je suis l'être le plus seul de la Création.

Aussi fier que dévasté par cette idée, il poursuivit jusqu'à, de l'autre côté de la rue, la terrasse du café des Deux Palais. Merci à cet établissement d'avoir bien voulu lui servir la même boisson réconfortante qu'à ses voisins, voisines, eux aussi, elles aussi divorcés, divorcées : un café double arrosé de calva.

L'alcool de pomme remplit sa mission de bienveillance, Gabriel se sentit le courage de recommencer à vivre. La preuve irréfutable de ce début de renaissance ne fut pas l'éclat retrouvé de ses yeux, ni le frémissement de ses narines au parfum du premier steak-frites de la matinée (on approchait de midi) mais le geste de sa main droite vers sa poche intérieure. Allô, le Collège de France ? Ayant décliné certaines de ses qualités professionnelles, on lui passa sans attendre Mme la directrice Marie Manceau. Après son doctorat et un stimulant passage à l'université de Harvard pour étudier l'adaptation des mammifères à l'aridité naturelle (plaines du Nebraska, désert du Nouveau-Mexique), puis divers autres travaux de même ambition, elle animait maintenant une équipe de recherche qui avait pour objet de mieux connaître le développement, dans les conditions extrêmes, des embryons de passereaux d'Australie et de manchots. Il avait rencontré cette jeune et magnifique savante quelques années auparavant lors d'une expédition au Spitzberg. Une très brune au regard rieur et aux cheveux très frisés, qui paraissaient toujours humides, si bien qu'elle semblait sortir du bain. Une relation d'ordre strictement amical (hélas) avait suivi ce voyage, construite sur la non-réciprocité et l'asymétrie : émerveillement chez lui, amusement, au mieux attendri, pour elle. Il appelait régulièrement la jeune femme, toujours en catastrophe, pour la questionner sur les mécanismes de la vie (drôle de situation étant donné les vingt-cinq années qui les séparaient).

— Bonjour, Gabriel. C'est pour une urgence ? demanda la spécialiste des mammifères.

— Comme d'habitude.

— Tu peux préciser ?

— L'ours blanc. Sa solitude.

— Je vois. Tu viens de divorcer ? C'est ça ? Bon, j'annule mon déjeuner. Je t'attends à La Baleine, tu sais, le restaurant du Muséum, dans le Jardin des Plantes. Treize heures.

Et elle raccrocha sans un mot de trop. Contrairement à tout ce qu'on entend sur lui, on travaille, au Collège de France. Car les passereaux d'Australie n'attendent pas.

*

Au milieu de tous ces jeunes chercheurs, qui spécialiste des plantes carnivores, qui des fausses couches de femelles rhinocéros en captivité, Gabriel se sentit tout de suite à son aise.

— Alors que veux-tu savoir sur les ours ? demanda Marie avant même de s'asseoir.

— J'ai réfléchi.

— Ça m'étonne de toi.

— Je me suis documenté. D'après ce que j'ai lu, ces animaux, après leur naissance, vivent trois ans avec leur mère. Fusion, tendresse, protection, nous sommes d'accord. Mais après ? Un beau jour, elle les renvoie d'un revers brutal de patte. Tout le reste de leur vie, soit trente ans, ils vont errer seuls sur la banquise.

— Tu oublies leur période d'amour…

— J'ai tout lu sur cette période, tu penses bien ! Cinq jours ! Cinq jours, maximum. Et quelques combats entre mâles. Autrement : rien. Aucun contact avec personne. Trente années, seuls sur la glace.

— Ton récit est scientifiquement correct. Quelle est la question ?

— L'ours blanc ne serait-il pas l'animal le plus seul de la Création ?

Elle réfléchit un long moment. Occasion pour lui, puisqu'elle était perdue dans ses pensées scientifiques, de la dévisager. Quel était ce minuscule anneau argenté au-dessus de sa paupière droite ? Elle se mettait elle aussi au piercing ? Sûrement le souhait d'un nouvel amant. Oh, comme je le déteste.

Elle revint à la réalité.

— Je confirme : l'ours blanc est bien, de tous les animaux, le plus solitaire.

— Avec moi.

— Ne te vante pas !

Elle s'était déjà levée, son menu végétarien depuis longtemps avalé.

— À la prochaine. Désolée pour toi. Mais comme tu n'appartiens pas vraiment à l'espèce des ours blancs, ça devrait bien finir par s'arranger. Je t'embrasse.

Au revoir Marie Manceau. Fin de la consultation. Gabriel se retrouvait seul, un véritable ours polaire, perdu au milieu du restaurant La Baleine, en unique compagnie des questions qu'il n'avait pas eu le temps de poser à Marie, et notamment celle-ci : et toi Marie, tu as *quelqu'un* dans ta vie ? Tu es aimée et tu aimes ?

*

Pour ceux qui veulent trouver des origines aux moindres mouvements de nos vies, le Grand Voyage de Gabriel a commencé là, dans ce Jardin du Muséum national d'histoire naturelle. C'est là qu'est née sa décision d'aller vers le Grand Nord. La glace n'est-elle pas le pays des solitaires ? Il y fait froid, interminable nuit, et s'y conservent, bien plus longtemps qu'ailleurs, les souvenirs des époques anciennes.

3

Championnat de France de la montagne

Quels chemins emprunte la vie ?

Suite à quels détours, quel concours de quelles dynamiques souterraines, quelles facéties de la mémoire (laquelle est habile, comme l'on sait, à faire semblant d'oublier pour mieux se souvenir plus tard), suite à quelle longue liste de rendez-vous d'abord manqués puis honorés, porté par quels hasards, pour respecter quelle nécessité retrouvai-je, après quarante ans sans nouvelles, le plus glorieux de mes amis de jeunesse, Vijay, alors fils du maharadjah de Jaipur, devenu maharadjah lui-même ?

Qui connaît Saint-Gouëno (Côtes-d'Armor) ? Et qui pourrait deviner que s'y déroule chaque année l'une des treize épreuves du « Championnat de France de la montagne » ? Chamrousse, le Mont-Dore, les Vosges, les Cévennes… Mais Saint-Gouëno ? Que venait faire ce nom breton dans cet environnement de sommets ? Notre région, que je sache, a été rabotée depuis des millions d'années. Chez nous, en Bretagne, un championnat de la *montagne* ? Je me suis dit que ce spectacle incongru me *changerait les idées*.

Gare de Saint-Brieuc, Clio de location. Direction Moncontour. Après, plus besoin de se perdre dans les cartes. Il suffit de tendre l'oreille. Les voitures de course s'entendent de loin. Elles grondent, elles miaulent et rugissent, elles pétaradent. Il faudrait leur demander si elles souffrent autant qu'il semble. On ne les voit qu'au dernier moment, grosses taches multicolores slalomant entre les arbres, punaises géantes qui jouent dans la forêt, créatures d'un autre monde, statues mouvantes, elfes postmodernes. Un gendarme m'indiqua l'endroit stratégique : c'est là que tout se joue, une épingle à gauche, on l'appelle le fer à cheval, il pleut depuis ce matin, ça dérape à tout va, vous allez vous régaler. Drôle de langage pour un gendarme. J'arrivai juste à temps pour applaudir les plus rapides, ils partent toujours en dernier. Je m'assis sur l'herbe humide. Un voisin me tendit un sac en plastique Leclerc. Pour vos fesses, c'est mieux que rien. Un bolide vert et blanc se présenta. Tout le monde se mit à crier. C'est Martine Hubert ! La championne de France ! Et coiffeuse dans le civil ! Le prochain sera David Meillon, sur Norma 2 litres ! Tous des passionnés, des connaisseurs… On me regardait d'un air plutôt gentil, apitoyé. C'est votre première course ? Je plongeai le nez dans mon programme, essayant d'apprendre au plus vite quelques bribes de vocabulaire technique : A/FA, N/FN. Et glanai au passage un peu d'histoire : 31 janvier 1897, première course de côte au monde. Nice, les 16 kilomètres pour grimper de la mer jusqu'à La Turbie.

Je fermai les yeux.

Ne vous impatientez pas, madame la Juge. Nous avons

beau nous trouver encore au cœur profond de la Bretagne, le maharadjah de Jaipur ne va plus tarder à pointer son nez.

Malgré les senteurs de sous-bois et de mousse humide, voilà que maintenant s'imposait le parfum des dimanches d'autrefois, lorsque mon père, coureur automobile à mi-temps, m'emmenait sur l'autodrome de Montlhéry, ce mélange tant aimé de tôles brûlantes et d'huile et de ricin, ces cocktails sans lesquels aucune voiture ne gagne, ces recettes secrètes concoctées par les personnages les plus précieux des écuries, les *préparateurs*. N'appelait-on pas Amédée Gordini *le sorcier*, l'alchimiste de l'automobile, celui qui d'un coup de baguette et quelques bricolages métamorphosait en bolide les banales petites Renault, même les Simca ?

— Gabriel ! Ça, alors ! Tu reviens à l'automobile ?
Je rouvris les yeux.
— Tu ne me reconnais pas ? Dominique Tessier, le garage de Chambray-lès-Tours, l'été 62.
D'un bond, je me remis sur pied, tendis une main qui me fut refusée.
— Entre hommes, on s'embrasse !
Tandis que, de cinq minutes en cinq minutes, les bolides continuaient de passer, accompagnés par les hurlements du speaker officiel, les brumes du passé se sont dissipées peu à peu.
— Tu avais dans les dix ans. Je me trompe ? Un peu plus ? Ta mère a crié : pas question ! Ça n'allait déjà pas trop fort entre tes parents. Elle ne voulait surtout pas que tu chopes la vocation de la course automobile. Mon père l'a rassurée. Je l'entends encore : « Moi madame, je restaure !

Mon métier c'est le luxe. Pas la course. Les Delahaye, les Bugatti… Et lui, le petit basané qui m'accompagne, vous savez qui c'est ? Le fils du maharadjah de Jaipur. Je m'occupe de ses voitures. Il m'a confié son fils. Pourquoi pas le vôtre ? » Ta mère, ça l'a bluffée. Un peu snob, non ?

— Pas du tout. Mais elle aimait les rois, les reines.

— *Maharadjah.* Ce sont ces syllabes qui ont décidé ta mère.

Delahaye, Touraine, Montlhéry, course de côte…

Certains mots sont des clefs dispersées dans l'air. Il suffit de les prononcer, lentement, syllabe après syllabe, De-la-haye, Mont-lhé-ry, et tout de suite s'ouvrent des portes vers des royaumes oubliés.

— Ton père courait sur DB.

— Maintenant je me souviens : 1962, le plus bel été de ma jeunesse. Ma mémoire le gardait caché bien au chaud.

Pour ressortir au bon moment ? Pour adoucir un grand chagrin.

La dernière voiture arrivée, la coupe et le bouquet remis au vainqueur (Nicolas Schatz sur Norma M20, les 3 200 mètres en 1 minute 13 secondes 77 millièmes), Dominique me prit par le bras.

— Ça te dirait d'en revoir une ?

— Désolé, mais de qui parles-tu ?

— Une Delahaye, bien sûr une 135, carrossée par Chapron, le maître… Je n'ai pas résisté. Je suis venu avec elle. J'ai eu pitié, elle me regardait avec de tels grands yeux tristes… J'ai voulu lui faire voir du pays. C'est la malédiction des belles voitures : on les emprisonne dans des hangars pour attendre que leur prix monte.

Nous avons marché vers le parking. Où une foule entourait la merveille. Il faut dire que le chef-d'œuvre tranchait avec la morne étendue de ses voisines, Renault ou Peugeot, Volkswagen ou japonaises, toutes pareilles, impossible de s'y reconnaître. Il fut un temps, dans l'histoire de l'art, où les plus belles sculptures furent des voitures. La 135 attendait, tranquille, régnante, ô combien intimidante : qui osera ouvrir ma porte et me conduire ? qui se juge digne de moi ?

Cabriolet gigantesque, mi-coquillage, mi-poisson avec ses formes rondes, ses ailes violettes, sa robe gris perle, et ses sièges de cuir clair, on en sentait l'odeur rien qu'à les voir.

Dominique remercia les deux gendarmes d'avoir monté la garde.

— C'était un honneur, monsieur !

— Mais vous avez manqué la course.

— Des côtes, c'est pas ça qui manque. Mais si j'avais su qu'un jour, et à Saint-Gouëno, je verrais une 135 !

Dominique ouvrit la portière.

— Allez, Gabriel, je dois repartir.

Il sourit, du même sourire qu'autrefois, un sourire qui s'excuse.

— Je n'ai que la permission de minuit !

Je lui ai juré de venir le saluer en Touraine.

— Viens avec Suzanne ! Les femmes sont comme les hommes : personne ne résiste à une Delahaye.

Et il a démarré.

Le vieux moteur tournait comme une horloge. On comprenait la fidélité des maharadjahs envers le garage Tessier. La foule se demanda un instant s'il convenait d'applaudir. Une petite blonde décida que oui. Elle fut suivie. Plus tard, j'ai rôdé dans des stands, discuté avec des coureurs. Certains avaient connu mon père. Je me suis même retrouvé à la table de Martine, la coiffeuse championne de France. Le temps de la pause café, la nuit était tombée.

*

J'ai retrouvé ma Clio de location où je l'avais laissée, le long de la minuscule rivière Léry. J'ai cru avoir rêvé cette course de côte. Plus aucun signe de l'événement. Disparue, la baraque de la billetterie qui se trouvait juste là, entre les deux frênes, à peine trois heures auparavant. Rangées, les bannières présentant les partenaires et mécènes. Ramassés, les papiers gras, casquettes publicitaires et canettes de bière et Coca, inévitables en telles occasions dites sportives. Les bénévoles, ou la fée de la Montagne, avaient bien travaillé. Tels des invités bien élevés, ils avaient tout nettoyé avant de s'en aller. Ne restaient sous les arbres que les glissières de sécurité. Je suis retourné vers ma voiture. Et nous nous engageâmes dans la montée.

Ne perdons pas de temps pour établir la responsabilité de chacun. Contentons-nous de constater les faits : la Clio oublia son âge et son manque congénital de puissance (49 chevaux, rappelons-le), pour se lancer vaillamment à l'assaut des 3,2 kilomètres. Je tentai de la retenir mais avouons que très vite je me pris au jeu. Même à la faible vitesse dont mon amie était capable, la succession de virages, la plupart resserrés, offrait la délicieuse illusion du danger, le cœur qui bat la chamade, un début de sueur au creux des paumes, les muscles du ventre et du dos qui se bandent pour résister aux mouvements désordonnés de l'habitacle sans oublier la vertigineuse musique des pneus qui crissent, ni ces bouffées de caoutchouc brûlé qui vous font palpiter les narines. Une fois, dans un dernier effort, franchie la ligne d'arrivée, une ligne blanche qui n'avait pas encore été effacée, la Clio et son conducteur s'arrêtèrent pour récupérer sur le bord de la route, aussi épuisés l'un que l'autre. Un quart d'heure plus tard, je me redressai.

— On recommence ?

Le silence de la voiture pouvait passer pour un accord.

— On doit pouvoir faire mieux. D'autant que maintenant nos pneus sont chauds et accrochent mieux la route. Et cette fois, je déclenche ma montre. Ça m'amuserait de comparer. Combien déjà, le vainqueur ? Une minute treize ? On va essayer de faire moins du double.

Demi-tour. Et nous repartîmes dans la descente. Heureusement à faible allure. Plus vite, aurions-nous vu à temps les phares qui montaient ? La gendarmerie ? Pris de peur, je virai sur un chemin de traverse et, tous feux éteints, fenêtres ouvertes, nous attendîmes. Les deux lumières se reflétaient sur les arbres et puis s'évanouissaient pour réapparaître, peu après. Plus un chant d'oiseau. La forêt s'était tue. Elle aussi devait tenter d'entendre le moteur. Peu à peu il se rapprochait.

Et la Delahaye passa, jamais je n'avais vu de voiture si lente. Dominique regardait fixement la route, trop anxieux de blesser sa merveille. On pouvait comprendre sa prudence, mais ce détour ? N'était-il pas attendu au plus vite en Touraine ?

Certains hommes, on le sait, retardent le moment de rentrer chez eux. Mais mon ami ? Peut-être repoussait-il l'heure de rendre le jouet qu'on lui avait prêté, le plus beau et le plus cher de tous les jouets auxquels un enfant ait jamais rêvé ? Peut-être ce jouet, dauphin et coquillage, était-il sa seule maison, une maison qu'il ne posséderait jamais ?

La réponse devait être dans cette lenteur. Enfants, nous avons tous participé à ces drôles de courses, de non-courses, des *courses de lenteur*. Gagnait celui qui, sur son vélo, parvenait à arriver *le dernier*, SANS POSER LE PIED À TERRE. La vitesse est une fuite, la lenteur un refuge.

Dominique entendit-il cette philosophie ? Si oui, la supporta-t-il ? On n'aime pas se voir *convaincu* de chagrin : c'est pire qu'être accusé d'une faute.

Toujours est-il que la Delahaye 135 accéléra brusquement et très vite s'évanouit sous les arbres.

Il sembla, mais sur ce point personne ne peut le jurer, il paraîtrait qu'une main se soit à ce moment dressée dans la nuit, une main gantée de blanc ajouré, une main typique de conducteur de Delahaye, une main pour dire au revoir, merci pour la journée, Gabriel, et bienvenue en Touraine ! Qui sait ? Les bords de Loire sont si doux. Les bonheurs anciens y demeurent peut-être.

4

Où le héros se lance dans un projet
aussi démesuré que touchant

Sitôt connue la nouvelle du divorce, l'armée des proches ne se priva pas du plaisir de ricaner. Pourquoi s'interdire l'inépuisable délice du « je vous l'avais dit » ? Déjà bien beau, et même stupéfiant, qu'il ait duré si longtemps, cet improbable mariage quand on le connaît lui, quand on la connaît elle !

Mais l'ironie s'épuisa vite. Place à la mobilisation générale. Même si les désastres conjugaux de Gabriel ne surprenaient plus personne et en lassaient beaucoup, un ami est un ami, on a chacun nos faiblesses, non ? lui, c'est l'amour, toi, les faillites de tes affaires, Pierre, la santé, comment l'aider, notre Gabriel ? encore un échec, cicatrice sur cicatrice, la peau se referme de plus en plus mal. Quant à son âme, on n'ose imaginer la sienne, Dresde ou Berlin en 1945, un champ de ruines.

On l'appela. Peine perdue : messagerie pleine.

On passa chez lui. Pour rien : porte close.

On tint conseil : il doit être dans sa Bretagne. On y va, on débarque ? Peut-être qu'il veut du calme ? Et si on lui écrivait à l'ancienne, avec enveloppe et timbre ? Bonne idée mais pour dire quoi ?

Ainsi fut fait, un mot tout simple, signé de tous et, vive le service public, remis à peine plus tard en mains propres par Olivier le facteur. Un mot inspiré du film dont leur confrérie était folle, *Le Port de l'angoisse*.

Gabriel, même si tu sais ce qu'on pense de toi, même si, on t'aime. Alors en cas de besoin, ou d'envie, ou de manque de cigares Montecristo n° 2, siffle ! Tu sais siffler, n'est-ce pas ? Ne nous fais pas croire que tu es plus bête qu'Humphrey Bogart. Rappelle-toi Lauren Bacall. Tu mets tes lèvres en cœur. Tu souffles. Et on accourt.

Gabriel pleura un peu, murmura merci, et replia le mot.

Une fois gagné la Bretagne Nord, une fois la maison ouverte, une fois le jardin lentement parcouru et chaque arbre flatté du plat de la main, une fois descendu, le long des tamaris, jusqu'à la grève, une fois salué de très loin la mer, une fois revenue la croyance qu'un jour elle remonterait, une fois ces vieux rituels accomplis, il se mit au travail. Il s'était donné pour tâche, ô combien naïve, ô combien tardive, de répondre à la question : Gabriel, qu'est-ce que l'amour ?

Sur la table recouverte de la nappe vichy à carreaux rouges et blancs passés, il étala ses notes. Des histoires accumulées dans une boîte à chaussures depuis combien d'années ? Depuis l'adolescence, c'est-à-dire depuis le temps où il n'y comprenait rien. Un jour, il faudrait bien se lancer, oser se remettre à écrire des romans, pas forcément d'amour…

Et, *West Side Story*, la musique de Bernstein en sourdine, Gabriel joua à se redonner confiance. Qu'est-ce que l'amour ? Lorsque enfin, mon garçon, tu sauras, l'espoir te sera permis. Et l'audace de vivre te reviendra.

5

Qu'est-ce que l'amour ? (I)

Il était une fois une mère et il était une fois un fils qui désespérait cette mère. Car ce fils prenait de l'âge, il avait dépassé la trentaine et atteignait maintenant quarante-six ans sans avoir trouvé la femme digne de devenir son épouse. Comment se fait-il ? se désolait cette mère. Ce n'est pourtant pas le choix qui lui manque, raffiné comme il est, agent d'assurances, bien éduqué et si foncièrement gentil.

Et puis finit par venir un jour, béni soit le Seigneur, le fils appela sa mère : je vais me marier. La vision de petits-enfants arrivant enfin dans la famille faillit tuer d'émotion la pauvre femme. Seulement, ajouta le fils, après toutes ces années, tu as beau me répéter que tu m'aimes, je me demande toujours si tu me connais vraiment, et quelle est la réalité d'un amour adressé à quelqu'un qu'on ne connaît pas ? Avant de me lancer dans le mariage, j'ai besoin de retrouver confiance en l'amour, et tout le monde me dit qu'aucun amour ne vaut l'amour d'une mère. Si ton amour pour moi reposait sur une illusion, quelle foi puis-je avoir en l'amour ?

Pleurs et protestation de la mère.

Le fils tint bon : je te propose une épreuve. Je vais inviter quatre amies, parmi lesquelles ma promise. Si tu devines laquelle, je saurai que tu me connais et qu'on peut faire confiance à l'amour.

La mère accepta, sûre de son œil.

Le dîner achevé, le quatuor reparti, alors, demanda le fils, tu sais laquelle ?

Facile, répondit la mère.

Et on peut savoir comment tu l'as reconnue ?

Facile, c'est la seule que je déteste.

6

Qu'est-ce que l'amour ? (II)

Pourquoi tant d'amants viennent et reviennent à Venise, commencer, relancer, oublier leur amour ?

De cet irrépressible *besoin de Venise*, la raison est simple : cette ville, construite sur pilotis branlants, par suite infiniment fragile, est un incomparable portrait de l'amour. Et, comme l'amour, comme ce que devrait être l'amour, Venise est inépuisable. Elle ne se contente pas d'être belle. Elle s'est arrangée, depuis tant de siècles, pour garder ses mystères, pour en fabriquer chaque année de nouveaux. Que les amoureux en prennent de la graine : ne vous reposez pas sur les éblouissements de La Rencontre !

Un exemple des secrets de Venise ? Rendez-vous devant l'entrée principale de l'hôpital civil. Le bâtiment n'a guère changé depuis les temps anciens où il abritait la Scuola Grande di San Marco. Déplacez-vous sur la droite. Avancez vers un renfoncement du mur. Penchez-vous, sans oublier de bien plier les jambes, pour éviter le lumbago partout désagréable mais désastreux dans cette ville où l'on ne fait que marcher. Regardez bien. Dans la lèpre du revêtement paraît un graffiti étrange : un homme tient un cœur dans sa main.

Telle est la dernière trace d'une histoire horrible.

Habitait non loin une femme grosse d'un Juif.

Le fils habitait tantôt chez sa mère et tantôt chez son père parti s'installer dans l'île de la Giudecca.

Si l'enfant aimait autant ses deux parents, d'un amour respectueux et tendre qu'on donnait partout en exemple, il supportait très mal cet écartèlement. Il faut dire que, dans chaque côté de sa vie, on le rejetait. Les Vénitiens le tenaient pour un étranger. Et les Juifs ne l'auraient jamais accepté pour un des leurs.

Ce rejet perpétuel le rendait violent. Il frappait sa mère, l'être qu'il aimait le plus au monde. Lors d'une crise, il la poignarda, lui ouvrit la poitrine, lui arracha le cœur, et s'en alla par la ville, portant ce cœur saignant au creux de ses deux mains. Arrivé au bord du pont qui fait face à l'hôpital, la réalité lui revint. Devant le crime qu'il avait commis, il hurla de malheur. Il tituba. Le cœur de sa mère lui échappa. Il paraît qu'on entendit ce cœur maternel demander : « Mon fils, tu ne t'es pas blessé ? »

Le meurtrier courut vers la lagune, qui le noya.

7

Qu'est-ce que l'amour ? (III)

Un jour de début mars, le téléphone.

Au bout du fil, la voix d'un homme.

Une voix toute douce, une voix très jeune. La voix de qui n'a pas choisi la voix pour arme. L'homme à la voix si douce se présente, Nicolas Le Riche, et demande s'il ne dérange pas. Gabriel ne veut pas y croire. Son cœur accélère. Il regarde ses mains. On dirait bien qu'elles tremblent. Cet homme qui continue de lui parler, c'est peu d'affirmer que Gabriel l'admire. Nicolas Le Riche. LE danseur. Depuis quinze ans, Gabriel ne manque aucune de ses apparitions. Le soliste du *Boléro* de Béjart, *Onéguine* de Cranko, le *Faune*, *Petrouchka*... Et chaque fois, le rideau retombé, quand Gabriel se retrouve dans la vie et par les rues de la ville, il ne marche plus, il vole. Il a quitté son corps, ce corps qu'il déteste, si lourd, si pataud, Gabriel a rejoint le peuple des oiseaux. L'illusion ne dure pas. Bien vite Gabriel retombe sur Terre. Alors il rachète un billet pour voir et revoir l'homme qu'il admire. Peut-être, à force de s'émerveiller, Gabriel finira-t-il par recevoir un peu de sa grâce ?

— J'aimerais vous voir, a dit la voix. Votre deuxième roman m'a passionné. Vous y évoquez le couple impossible. Effort ET relâchement. Effort EN MÊME TEMPS que relâchement. Tout est là.

J'aimerais vous voir. Cette phrase, pour y croire, Gabriel se la répétera tout au long du mardi et du mercredi qui le séparent du rendez-vous.

*

Et voici Gabriel, arrivé bien avant l'heure convenue, tournant autour de l'Opéra puis s'arrêtant devant l'entrée des artistes. Derrière lui passent des cars de touristes. Le printemps n'est pas arrivé, il reste beaucoup d'hiver dans l'air. Comment reconnaître les danseuses parmi toutes les fines demoiselles qui sortent, emmitouflées, de la Grande Maison ? L'art est-il d'un vrai secours contre le froid ? (Quand il est intimidé, Gabriel se réfugie volontiers dans les vastes questions. Elles doivent lui rappeler sa classe de philosophie quand il croyait qu'un jour il pourrait tout comprendre.)

Enfin il se lance, pousse la porte vitrée, sourit comme un vieil habitué aux deux pompiers qui parlent du PSG, tourne à droite, parvient à l'accueil.

— Bonjour madame. J'ai rendez-vous avec M. Nicolas Le Riche.

— Il attend quelqu'un. Ce doit être vous.

On lui indique le chemin. Couloir défraîchi. Sombre escalier. Autre couloir mêmement défraîchi. Le nom sur une porte. Toc toc. Nicolas Le Riche ouvre.

— Bienvenue même si... excusez le désordre. Voilà...

Nicolas Le Riche explique.

— Peu de gens savent parler des élans du corps. Merci d'avoir accepté de venir. Je me disais… vous n'avez jamais eu l'idée d'un argument de ballet ?

— Mais je suis ingénieur. Je n'écris plus depuis si longtemps.

Nicolas Le Riche sourit :

— Je suis sûr que c'est faux. Avez-vous seize minutes ?

Nicolas Le Riche est d'une telle politesse. Une star de son importance si respectueuse du temps des autres.

— J'ai seize minutes !

Il ouvre un ordinateur.

— C'est la durée de ma petite pièce *Odyssée*. Je danse avec ma femme, oui Clairemarie Osta. Pardonnez la lumière, elle est loin d'être parfaite. Ce n'est qu'une captation.

À la première image, l'homme et la femme sont des oiseaux en parade. Ils battent si fort, si vite des bras qu'on dirait des ailes.

C'est dès cet instant que s'installe le sanglot, ce sanglot qui ne va plus quitter Gabriel tout au long des seize minutes. Oui, un sanglot, un nœud de larmes au cœur de la poitrine, un sanglot comme une main qui l'aurait empoigné là, un sanglot comme un secret qui ne peut pas sortir, un sanglot comme une nouvelle trop bouleversante pour être révélée.

Et puis vient la musique, la musique qui vous soulève et vous emporte, la musique qui ne veut pas vous laisser seul assis sur votre siège.

L'homme et la femme entrent au pays de l'amour. Ils s'étreignent, ils se fuient, ils s'atteignent, ils se blessent, ils se portent, ils se réparent, de nouveau, ils s'écartent, ils s'oublient, ils vont seuls, ils pensent mourir, ils s'effondrent, ils se rappellent, ils se relèvent, ils se jettent l'un vers l'autre, ils s'arrêtent net, ils se regardent, ils s'émerveillent, ils se caressent le corps, le visage, ils se retrouvent.

Le souffle coupé, Gabriel regarde sa montre.

L'amour a duré, comme prévu, seize minutes.

*

Nicolas Le Riche regarde Gabriel en souriant.

— Je devine la question que vous n'osez pas me poser. Clairemarie a dansé *Odyssée* avec d'autres, par exemple Russell Maliphant. Et moi aussi, j'ai dû parfois changer de partenaire. Mais c'est un vrai pas de deux, vous savez...

Gabriel hoche la tête. « Pas de deux », l'expression qu'il connaissait, mais n'utilisait jamais, lui paraît soudain centrale, comme un pivot autour duquel tourne le monde.

Pas moins.

Nicolas Le Riche s'en est allé dans ses pensées :

— Quand nous dansons ensemble, nous allons plus loin.

De nouveau Nicolas Le Riche devance Gabriel.

— Vous allez me demander : où, plus loin ? Je crois que nous avançons vers la vérité. Avec davantage d'abandon. Alors vient la joie. S'efforcer en même temps que relâcher. Le fameux couple. Mais je vous ai déjà pris trop de temps.

Par les couloirs sans luxe, parquet nu, vieille peinture grisâtre et sur les murs les noms d'autres danseurs, d'autres danseuses, Stéphane Bullion, Amandine Albisson, Karl Paquette... Nicolas Le Riche reconduit Gabriel. Ils conviennent de se revoir en mai, après la tournée.

— Après *Odyssée*, je ne vois pas bien ce que je pourrais vous apporter.

Du vent glacé arrive de l'extérieur.

— Ce n'est pas le moment de prendre froid, ajoute Gabriel.

Jusque-là, le sanglot s'était bien tenu, au creux de la poitrine, juste au-dessus du ventre. Rien de plus résistant qu'un sanglot. Certains peuvent durer une vie entière sans éclater. Mais celui de Gabriel, celui qu'*Odyssée* a fait naître, finit par céder rue Scribe. Un flot de larmes jaillit de ses yeux et lui inonde le visage, juste devant un groupe de très jeunes touristes japonaises interloquées. Elles se mettent à pousser des petits cris de surprise et sans doute aussi de compassion.

Gabriel, toujours pleurant, leur sourit.

Comment leur expliquer que certaines larmes n'ont rien à voir avec le malheur, ni rien avec le chagrin ? Elles peuvent exprimer parfois une découverte vertigineuse. Il aurait fallu parler vraiment bien le japonais.

L'une des demoiselles le photographie puis une autre. Peut-être parce qu'au même moment, juste derrière lui, une célébrité sortait de l'hôtel InterContinental ?

Alors certains jours, Gabriel se dit qu'il existe au Japon, perdu au fond de la mémoire d'un iPhone, souvenirs du voyage à Paris avec ma classe, le cliché d'un homme qui pleure. Par quel moyen de la modernité, tweet, mail, Facebook, Instagram ou autre, entrer en contact avec cette jeune personne nippone propriétaire de l'image ?

Savez-vous pourquoi je pleurais en ce début du mois de

mars ? Je venais de découvrir, en regardant *Odyssée* de Nicolas Le Riche donné avec Clairemarie Osta, je venais de me
dire : c'est ça l'amour. Et si ce pas de deux donne l'exemple
de l'amour même, c'est que l'amour est possible.

8

Qu'est-ce que la vérité,
au royaume de l'amour ?

Votre bienveillance naturelle n'est pas en cause, madame la Juge, ni votre capacité, nourrie par une si longue expérience de l'interrogatoire, à démêler le Vrai du Faux en matière d'Amour.

Permettez tout de même que je vous raconte une histoire (garantie authentique) et que je vous recommande un ouvrage (de fiction).

Le 25 février 1956, lors d'une des innombrables fêtes qui animent les vieilles et nobles bâtisses rouges de Cambridge, un jeune Anglais, étudiant en anthropologie, rencontre une Américaine de vingt-quatre ans, déjà coqueluche de l'université, tant pour sa haute et sauvage beauté que pour l'immédiate et rare qualité de ses écrits.

Dès leur premier regard, ils s'appartiennent.

Cent vingt jours après, ils se marient.

Ils s'aiment, du plus profond de leurs êtres. L'un n'ayant d'autre souci qu'aider l'autre à déployer sa poésie.

Car ils appartiennent à cette rare chevalerie, l'un et l'autre : ils sont poètes, et de la plus grande poésie qui soit.

Lui s'appelle Ted Hughes, futur poète officiel de la Couronne d'Angleterre.

Elle se nomme Sylvia Plath. Quelle chance, madame la Juge, si vous n'avez rien lu d'elle, enfermez-vous un jour avec *The Bell Jar* (*La Cloche de détresse*). Vous pleurerez comme j'ai pleuré.

Et puis, un jour, Ted s'en va.

Un autre jour de février 1963, Sylvia entre dans sa cuisine, ouvre le four, y plonge la tête et ouvre le gaz.

Le monde entier condamne Ted. Ted le volage, Ted qui ne pense qu'à lui, Ted : un homme typique, semblable à tous les autres membres de ce genre méprisable.

Cinquante ans plus tard, alors qu'elle se promène dans sa bonne ville d'Amsterdam, une idée vient à la grande romancière Connie Palmen : et si je faisais entendre la voix de Ted ? Et si je tentais de raconter l'impossibilité, malgré la force de l'amour, à cause de la force de l'amour, l'impossibilité de vivre jour après jour, de l'aube jusqu'au soir, et pire encore la nuit venue, et si je tentais de vous expliquer l'impossibilité de vivre avec le désespoir d'une femme ?

C'est ce livre-là que je vous envoie ce matin, madame la Juge. En double exemplaire car un pour Mme Cerruti, votre greffière.

Le titre dit tout :

Ton histoire
Mon histoire

(*Jij zegt het* en néerlandais).

9

À propos de la tristesse

— Pourquoi, lui demanda un soir son frère Thierry, lors d'un de leurs dîners rituels square Trousseau, pourquoi persistes-tu à jouer l'homme heureux ?

— Tel est mon caractère.

— Le caractère ne peut rien contre un vrai traumatisme. Tout le monde sait que tu continues à aimer Suzanne et que son absence te torture.

— Je n'y peux rien. Les muscles de mon visage ont pris le pli. Et peut-être aussi ceux de mon cerveau.

— Tu devrais consulter.

Notre héros, depuis tout le temps qu'ils se connaissaient, avait appris la langue de son frère. Quand celui-ci employait le mot « consulter », il ne faisait aucunement référence à un médecin prescripteur de ces substances au mieux inutiles et le plus souvent néfastes. Il pensait aux membres de cette petite société démodée : les psychanalystes non lacaniens.

— Je peux te conseiller quelqu'un.

— Il pourrait me débarrasser de ma grimace perpétuelle ?

— Tu peux toujours essayer. Qu'est-ce que tu risques ?

C'est délicieux de parler de soi, rien que de soi, deux à trois fois par semaine. Et, si on compare avec le coût de nos autres loisirs, pas si coûteux.

*

La cure fut l'une des plus brèves de toute l'histoire de la psychanalyse ; et pour cette raison gardée secrète, que deviendrait le chiffre d'affaires de ces braves thérapeutes si le nombre de ces guérisons express était mieux connu ?

Gabriel avait choisi le docteur Lembeye, oui, le Réparateur officiel de LA LISTE, celui-là même qui tentait de reconstruire ceux que l'amour de Suzanne, soudain arrêté net, avait fracassés. Un Réparateur qui était devenu son ami et qui entra tout de suite dans le vif :

— C'est réconfortant de recevoir quelqu'un comme toi !

— Qu'ai-je de particulier ?

— Ton sourire. D'ordinaire, au moins les premières séances, on se retient plutôt de pleurer.

— Qui te dit que je ne me retiens pas ?

— Ton sourire.

Après une conversation qui lui parut ne pas durer, tant elle l'avait doucement mais fermement dérangé, le bon docteur Lembeye annonça qu'il était l'heure. Après avoir regardé son carnet bleu pâle, serais-tu libre après-demain vendredi dix-huit heures ?, il reconduisit Gabriel fort civilement, puis s'arrêta, la main sur la poignée de la porte. Le docteur Lembeye n'en avait pas fini.

— Je serais toi, j'essaierais la tristesse.

— Et que m'apporterait-elle, la tristesse ?

— Des vacances.

— Tu pourrais être plus explicite ?

— Rien n'est plus reposant que vivre sa vie. Sa vie et pas une autre. À vendredi.

Mais de vendredi il n'y en eut pas.

Car l'avant-veille, Gabriel lui avait déposé une lettre :

Tu as raison. La tristesse est une demeure, ma demeure. Je me réjouis de l'explorer. Je reprendrai contact une fois parvenu au bout de ce voyage, tout à fait neuf pour moi. Avec ma vive gratitude. G.

10

Qu'est-ce que l'amour ? (IV)

En tout cas, moi, Gabriel, alias le divorcé dévasté, alias le recycleur de la tristesse, alias l'envahi par les films et les chansons, alias le séducteur à la mie de pain, l'intéressant, peut-être, mais incapable de rassurer, s'il est dans ma vie une certitude, la voici : je n'aurai pas respecté le bon sens de notre société de trains bien-aimée, ce message de la SNCF seriné à nos oreilles avant chaque arrêt :

« Pour votre sécurité, il est recommandé de vérifier la présence d'un quai avant d'ouvrir la porte. »

11

Acouphènes maritimes

Les troubles auditifs de Gabriel s'aggravaient.
Les hypocondriaques ont appris à ne s'inquiéter que de
leurs maladies *nouvelles*. Les anciennes, ils les gèrent. La
preuve de leur innocuité, c'est la survie du patient. Et justement, les bruits qui lui envahissaient l'oreille, jamais il
n'en avait perçu de pareils. Et Dieu sait si ses pauvres tympans en avaient entendu : sifflements, bourdonnements,
grésillements, ressac maritime, crépitements, départs de feu,
crissements de pneus...
Cette fois, c'était différent. Lointain mais déchirant.
Comme le sifflet étouffé d'une locomotive, la sirène d'un
navire dans le brouillard. Désagrément pour être franc très
supportable si cette plainte n'avait pas donné l'impression
de jouer avec l'auditeur, de prendre plaisir malin à le torturer. Peu à peu elle s'assourdissait, s'amenuisait, lentement
s'évanouissait, bientôt semblait prête à s'éteindre. Et au
moment même où on s'apprêtait à prononcer le ouf du
soulagement, elle repartait, sans violence, toujours aussi
douce, aussi sournoise. Avec en fond une mélopée à peine

audible, comme le souvenir d'une musique usée par le temps.

De plus en plus inquiet (ne manquerait plus que ça, une tumeur après un divorce, et chacun sait que le stress dérègle les comportements cellulaires), Gabriel s'en alla sonner chez le généraliste local. Le docteur Le Corre l'accueillit chaleureusement.

— Ça faisait si longtemps ! Tout va bien ? Petit cachottier, j'ai appris votre mariage !

— Apprenez du même coup mon divorce.

— Oh désolé ! Condoléances. Qu'est-ce qui vous amène ?

Gabriel expliqua ses symptômes.

— Voyons ça, dit le praticien.

En des temps ordinaires, Gabriel aurait remarqué l'étrangeté de la phrase. Voir, alors qu'il s'agit d'entendre... Par quels chemins étranges nos cinq sens communiquent-ils entre eux ? Mais l'angoisse, ce matin-là, lui ôtait toute capacité d'étonnement et plus encore de raisonnement. Le médecin enfila une sorte de casque prolongé d'une lampe frontale. Il se pencha sur son malade, qu'une tachycardie déjà torturait. Le bruit des cavalcades de son cœur allait-il gêner l'examen ? Ne vaudrait-il pas mieux avaler un calmant et recommencer plus tard ? Après un long, long moment (une cruelle éternité) seulement ponctué de grommellements et de soupirs et de chuchotements trop in petto pour être honnêtes, j'en étais sûr, nous y voilà, le médecin se redressa. Son visage disparaissait derrière le disque lumineux. Gabriel balbutia :

— Vous avez un diagnostic ?

Le disque lumineux s'inclina.

— Ce ne sont pas des acouphènes ?

Le disque lumineux pivota, vers la droite puis vers la gauche, un signe qui, chez beaucoup de tribus du monde, parmi lesquelles celle des disques lumineux, veut dire : non.

— Alors, demanda Gabriel, c'est plus grave ?... vraiment grave ?

Le disque lumineux s'inclina puis se releva, plusieurs fois.

— Je préfère savoir. Même si le, comment dites-vous, vous autres, ah oui, le pronostic vital est engagé.

Le disque lumineux se figea. Et le docteur retrouva la parole.

— C'est, je n'ai pas de terme scientifique, alors je vais employer la langue vulgaire, vous souffrez d'un chagrin d'amour.

Gabriel éclata de rire.

— Je préfère ça !

— Je ne suis pas sûr que vous ayez raison.

12

« *Attendez que ma joie revienne* »

La mémoire a ses cruautés. On a choisi la bonne promenade : une longue virgule de rochers et de sable, 4 kilomètres qui s'avancent au cœur de la mer. On croit s'être débarrassé des petitesses de la Terre. On respire fort, on regarde large. On s'emplit l'âme de vent, on se nourrit de lointain… On marche à grands pas, bercé par le ressac, amusé par les cris des sternes. Il se peut même qu'un sourire vous vienne, le premier depuis des mois, peut-être des années. Et voici que, sans prévenir, sans rapport aucun avec cette extrémité Nord de la Bretagne, voici qu'une vision vous arrive : celle d'une dame brune assise à son piano. Comme toutes les personnes cruelles, la mémoire est précise. Elle frappe où ça blesse. Vous l'entendez vous murmurer le nom du lieu : Paris, théâtre du Châtelet, 1993. Et peu après survient la chanson.

> *Attendez que ma joie revienne*
> *Et que se meure le souvenir*
> *De cet amour de tant de peine*
> *Qui n'en finit pas de mourir*

À peine ces premiers mots entendus, Gabriel se mit à trembler.

Pourquoi les chansons tiennent-elles tant de place dans nos cœurs ? Peut-être parce qu'elles ont un pouvoir, celui de circuler dans le temps. Et d'où vient ce pouvoir ? De cette alliance magique entre la musique et les mots. Les mots fixent, coule la musique. Les chansons retiennent et gravent à jamais tel ou tel épisode du passé, la couleur d'un été, la violence d'un chagrin. Mais, autre miracle, elles dictent aussi l'avenir. Toi, je te connais, je t'ai vu m'écouter, tu es de celles et ceux qui souffrent, soit que trop vous aimiez, soit que votre préférence aille à quelqu'un d'autre. Les chansons cheminent en nous, comme sous le calcaire les rivières souterraines. Sans avertir, elles resurgissent.

Voici que vingt ans plus tard, sur cette terre de Bretagne, *attendez que ma joie revienne*, les terribles mots d'alors lui revenaient en plein cœur. Gabriel vivait ce qu'il avait redouté : la prison d'un amour qui s'obstine à ne pas vouloir mourir. Comment recommencer à vivre quand n'est pas morte cette part de soi qui ne veut pas laisser la place ?

Il s'assit en haut de la plage, entre les herbes, et se mit à réfléchir au parcours des amours mortes.
Quels lieux se choisissent-elles pour dernière demeure ? À l'exemple des éléphants, se rassemblent-elles toutes aux mêmes endroits pour y reposer ? Existe-t-il des villes seule-

ment habitées d'amours mortes ? Certains archéologues se sont-ils spécialisés dans le repérage et l'étude de ces nécropoles ? Et les amours une fois mortes, se décomposent-elles comme les corps ? Comme les forêts devenues lentement pétrole ? Ou s'évaporent-elles, comme le gaz ? Certains nuages ne sont-ils que des vapeurs d'amours mortes ? Des nuages d'amours mortes qui poussés par les vents dominants vont tourner sans fin autour de notre planète ? Est-ce la raison pour laquelle certains nuages assombrissent la Terre plus que d'autres ? Mais alors, mais alors... Faudrait-il en conclure que jamais, jamais nous ne serons débarrassés des amours mortes ? Cette perspective terrifiante emplit Gabriel de méchants frissons. Peut-être le froid du soir joua-t-il son rôle ? Il se leva, tant bien que mal plia et déplia ses jambes pour se désengourdir et, d'un pas mécanique, marcha vers sa maison et sa fraternelle collection de whiskies tourbés. Se changent-elles en tourbe, les amours mortes ? On pourrait le croire tant il est humide et timide, le feu qui vient d'elles.

*

La chanson n'était pas finie. Le souvenir du dernier couplet ne lui revint que le lendemain.

> *Il est paraît-il un rivage*
> *Où l'on guérit du mal d'aimer*
> *Les amours mortes y font naufrage*
> *Épaves mortes du passé*

Encore fallait-il ne pas se tromper de rivage ! Gabriel s'en fut chercher son livre préféré : *The Times Atlas of the World (Comprehensive Edition)*. Qui de nouveau s'ouvrit sur l'extrémité Nord du Pacifique, et le détroit de Béring (planche CXIII).

13

Visages du retour

« Il fait beau, allons au cimetière. »

La source lui revint : un livre dans lequel un jeune écrivain (Patrick Modiano) rendait visite à un vieil écrivain (Emmanuel Berl), lequel proposait cette visite chez les morts.

Gabriel décida de suivre le conseil. Il reprit le chemin oublié depuis l'enfance. À l'époque on venait au cimetière jardiner le dimanche. Interdiction de courir, il fallait parler bas. Qui avait inventé ces règles idiotes ? La plupart des défunts sont durs d'oreille ! Et comment voulez-vous entendre, avec de la terre plein les tympans ? Ils doivent plutôt nous supplier de parler plus fort. Résultat : ces pauvres allongés s'ennuient plus encore que nous.

À peine poussée la grille, une paix l'envahit. L'île d'un temps immobile.

Pourquoi les cimetières sont-ils passés de mode ? Ils sont les greniers de ceux qui n'ont plus de maisons de famille. On y trouve le même bric-à-brac, les souvenirs accumulés, la même poussière, les fleurs fanées. Il suffit de savoir lire. Les pierres tombales renseignent comme personne. Brefs poèmes, à la japonaise. 1953-1956 : un enfant est mort. 1917-2015 : oh la longue vie ! 1924-2005, 1928-2005, un Marcel, une Marguerite, suivis du même nom, deux époux morts la même année : lequel avait précédé l'autre ? oh la violence du chagrin !

Et c'est là, un peu plus loin, juste contre la maison du médecin, que reposait cette tante dont le nom nous avait tellement intrigués : Yvonne RETOUR 1890-1971.

— Dis maman, pourquoi celle-là s'appelle RETOUR ? Pour éviter de se perdre ? Elle a plus de mémoire ? Elle a son adresse attachée autour du cou, comme les chiens ?

Devant la tombe de cette tante Yvonne au patronyme tellement bizarre, Retour, Gabriel ne pensait qu'à Suzanne. Pensées bêtes, pensées folles, pensées permanentes. Quand donc serait-il libéré de Suzanne ? L'eau vient de partout, du ciel, de la montagne, de la forêt. Et l'eau, d'où qu'elle arrive, se retrouve dans la rivière. De même les pensées dans la tête de Gabriel. Elles pouvaient venir de partout, concerner tous les sujets, elles n'avaient toujours que Suzanne pour sujet. Yvonne Retour, Suzanne Retour. Quelqu'un de sauvage comme Suzanne, on n'aurait jamais dû lui permettre de s'en aller. Rappelons-nous Kipling. Suzanne est le chat qui s'en va tout seul. Mais supposons que les parents de Suzanne se soient appelés Retour. Peut-être qu'elle serait revenue plus souvent, peut-être de temps à autre ? Peut-être leur mariage aurait-il duré quatre-vingt-un ans ? Peut-être.

Qu'est-ce qu'un fantôme ?

Un revenant,

celui, ou celle, dont on ne se débarrasse jamais. Mais qui ne revient jamais vraiment.

14

Qu'est-ce que l'amour ? (V)

Pourquoi, de toute ta vie, te seras-tu montré si capable d'amitié et si déplorable en amour ?

À cette question, posée par toujours la même petite voix grinçante, j'avais mille fois tenté de répondre. Toujours de la même manière, qui ne satisfaisait personne, à commencer par moi. L'amour, au contraire de l'amitié, réclame de *préférer*. Et figurez-vous que, justement, je souffre d'un manque abyssal en matière de préférence. Pire, je revendique ce manque. Pourquoi préférer ? On accable ma terreur de m'engager. Mais... préfère-t-on Bach à Mozart ? Stendhal à Dostoïevski ?

Heureux de pouvoir ainsi me justifier, j'avais coutume d'élargir le débat. On présente généralement comme un *progrès* de l'espèce humaine son passage du polythéisme au monothéisme. De quel drôle de progrès parle-t-on ? Qu'apporte la soi-disant *révélation* d'un Dieu unique ? L'intensification des guerres de religion et, peut-être plus grave encore, le désenchantement de la Nature et, par suite, sa dévastation.

Prudent comme on me connaît, je gardais pour moi et pour mes proches cette philosophie sommaire. Il ne fait pas bon, à notre époque, se revendiquer païen. On se retrouve vite poursuivi par les hordes monothéistes aujourd'hui réconciliées.

La petite voix grinçante me pria de bien vouloir quitter ces sommets de la théologie pour revenir au sujet : toi et ton incapacité à aimer.

— As-tu jamais réfléchi au pouvoir, chez toi, au pouvoir miraculeux de la tristesse ?

— Pardon ?

— Quand tu es heureux avec une femme, si, si, ça t'est arrivé, tu ne peux t'empêcher de regarder ailleurs. Sans forcément draguer. Mais celle qui te rend heureux perd à l'instant ce monopole de ton attention.

— Continue. Tu m'intéresses. Même si je redoute la suite.

— Au contraire, lorsqu'une femme te rend malheureux, par exemple quand elle ne se décide pas à quitter son mari, ou quand elle n'est pas douée pour le bonheur…

— Je commence à comprendre.

— … alors elle te hante, tu ne penses qu'à elle. Enfin, tu la préfères. Conclusion : pour toi, le seul terreau de la préférence, c'est la tristesse. Regarde ton amour pour Suzanne. Pourquoi l'avoir rendu inutilement impossible ? Pour fabriquer de la préférence avec cette douleur.

La petite voix avait raison, tellement raison. Et comme de trop vifs souvenirs me submergeaient, des larmes me vinrent aux yeux. La petite voix ne savait pas tout. Le mal était bien plus profond.

Il m'avait fallu attendre que meure Stéphane, la femme

que j'avais tant et si mal aimée pour enfin l'aimer, l'aimer vraiment, la préférer à toutes les femmes *vivantes*.

Quand l'émotion peu à peu s'apaisa (même si demeuraient, et à jamais demeureraient, la honte et le remords de cet amour manqué), je revins à la théologie, du moins à des questionnements qui pouvaient s'en rapprocher.

Se convaincre de l'existence d'un Dieu unique, est-ce avancer sur le chemin de la *préférence* ? Ou cette croyance est-elle d'un autre ordre, au-delà des sentiments seulement humains ?

Et cet appel au monothéisme était-il le signe d'une tristesse radicale, plus terrible que toutes les autres ?

Et pourtant, ne parlait-on pas de *joie* en évoquant l'exemple de certains croyants ?

Sur ce, je m'endormis, bercé par le flux et reflux tout maritime de ces vastes questions sans réponse.

15

Qu'est-ce que l'amour ? (VI)

Comme on repousse et repousse un rendez-vous médical qui pourrait bien ne rien vous annoncer d'agréable, Gabriel, dans son inépuisable et enfantine enquête sur la nature de l'amour, avait gardé saint Paul pour la fin.

Saint Paul, votre rival, madame la Juge, car saint Paul est l'implacable, celui qui mieux que personne sépare le bon grain de l'ivraie, l'amour, l'amour véritable et ses pâles imitations, larmoyantes ou sexuelles.

Saint Paul, celui que Suzanne m'avait jeté à la tête, un certain soir de mai, juste après la phrase conjugale qui sent le roussi : « il faut qu'on parle ».

Reprenons depuis le début.

Ce soir-là, celle qui n'allait plus rester très longtemps ma femme avait vivement repoussé mes tendresses :

— Je t'en prie. Ce n'est pas le jour. Je rentre d'un enterrement.

— Je connaissais le défunt ? avais-je demandé, la mine faussement compassée (désolé de manquer d'humanité, mais plus nombreux ses ex auraient débarrassé le plancher, plus paisible je me sentirais).

— Eh non, figure-toi, celui-là, tu ne le connaissais pas. Même si tu t'acharnes à vouloir connaître *tout le monde.*

Elle s'était reprise, m'avait regardé droit dans les yeux.

— J'y pense. Je me suis trompée. Tu le connais parfaitement. Enfin tu DEVRAIS le connaître parfaitement, si tu avais moins d'indifférence pour tout ce qui nous concerne toi et moi.

— Que de mystères ! Je peux savoir son nom ?

— Notre amour. Tiens.

Et elle m'avait tendu le petit cahier distribué dans ce genre de cérémonie. En couverture, la photo du défunt. Un type brun vraiment beau que j'aurais illico détesté s'il n'avait eu le tact d'opportunément décéder. Sur les pages suivantes, les prières et les chants choisis par la famille.

— Lis saint Paul. Moi j'ai trop de peine. Je ressors dîner avec mon amie Véronique.

Saint Paul… Je plongeai dans ma mémoire, au temps de ma glorieuse période d'enfant de chœur, espoir de la hiérarchie catholique locale.

Paul, le persécuteur de chrétiens.

Paul, perdant la vue alors qu'il chevauche vers Damas.

Paul, engueulé par Jésus-Christ : pourquoi me persécutes-tu ?

Paul dès cet instant converti.

Paul passant le reste de sa vie à évangéliser le pourtour méditerranéen, et sans cesse ranimant, par des lettres, la foi des communautés qu'il avait créées.

C'est l'une de ces lettres, aux habitants de Corinthe (Grèce), dont Suzanne m'avait, si aimablement, recommandé la lecture.

Pressentant des moments inconfortables, je me versai une large dose de whisky Jura et commençai la lecture sainte.

1) J'aurais beau parler toutes les langues des hommes et des anges, si je n'ai pas la charité, s'il me manque l'amour, je ne suis qu'un cuivre qui résonne, une cymbale retentissante.

2) J'aurais beau être prophète, avoir toute la science des mystères et toute la connaissance de Dieu, j'aurais beau avoir toute la foi jusqu'à transporter les montagnes, s'il me manque l'amour, je ne suis rien.

3) J'aurais beau distribuer toute ma fortune aux affamés, j'aurais beau me faire brûler vif, s'il me manque l'amour, cela ne me sert à rien.

4) L'amour prend patience ; l'amour rend service ; l'amour ne jalouse pas ; il ne se vante pas, ne se gonfle pas d'orgueil.

5) Il ne fait rien d'inconvenant ; il ne cherche pas son intérêt ; il ne s'emporte pas ; il n'entretient pas de rancune.

6) Il ne se réjouit pas de ce qui est injuste, mais il trouve sa joie dans ce qui est vrai.

7) Il supporte tout, il a confiance en tout, il espère tout, il endure tout.

8) L'amour ne passera jamais. Les prophéties seront dépassées, le don des langues cessera, la connaissance actuelle sera dépassée.

9) En effet, notre connaissance est partielle, nos prophéties sont partielles.

10) Quand viendra l'achèvement, ce qui est partiel sera dépassé.

11) Quand j'étais petit enfant, je parlais comme un

enfant, je pensais comme un enfant, je raisonnais comme un enfant. Maintenant que je suis un homme, j'ai dépassé ce qui était propre à l'enfant.

12) Nous voyons actuellement de manière confuse, comme dans un miroir ; ce jour-là, nous verrons face à face. Actuellement, ma connaissance est partielle ; ce jour-là, je connaîtrai parfaitement, comme j'ai été connu.

13) Ce qui demeure aujourd'hui, c'est la foi, l'espérance et la charité ; mais la plus grande des trois, c'est la charité.

*

— Alors ? demanda Suzanne, sitôt revenue de son dîner véroniquien.

— C'est un texte magnifique.

— Tes goûts littéraires, ce soir, je m'en moque. Ce que je veux savoir, c'est ton opinion, ton opinion sincère sur la comparaison.

— Et si tu étais plus claire ? Il se fait un peu tard, non ? Nous gagnerions du temps.

— Tu veux de la clarté ? En voici : notre mesquine petite relation mérite-t-elle le nom d'amour, au sens où l'entend saint Paul ? Sois franc, pour une fois.

— C'est-à-dire… Nous pouvons sûrement encore progresser.

Elle se saisit du livret des obsèques qui reposait, accusateur, sur la table basse.

— Est-ce que notre amour *prend patience* ? Non ! Est-ce qu'il *rend service* ? Non ! Est-ce qu'il *ne jalouse pas* ? Personne n'est plus jaloux que toi, envieux même ! Est-ce qu'il *supporte tout*, est-ce qu'il *a confiance en tout*, est-ce qu'il *espère tout*, est-ce qu'il *endure tout* ? Non, non, non et non.

Sonné, j'ai subi l'entièreté de la litanie.

— Tu en tires quelle conclusion ?

— Évidente. Il n'y a pas d'amour entre nous.

— Dans ce cas…

Je m'accrochais aux seules branches qui me restaient, celles d'un arbre chétif malmené par l'hiver.

— Dans ce cas, lequel des couples de nos amis mériterait le label ?

— Mon pauvre Gabriel, c'est bien ce que j'avais deviné. Toi l'ambitieux forcené, tu n'attends rien de nous.

Sur ce, Suzanne s'était levée. Un quart d'heure durant, la maison avait résonné des petits vacarmes divers et sinistres d'une femme qui fait ses valises. Puis une porte avait claqué. Et le silence était revenu.

Cette brouille-là, merci saint Paul, avait duré quatre mois.

Et même si, après des ultimes retrouvailles, nous nous étions donné le mot pour ne jamais, jamais reparler de saint Paul, sa maudite missive aux Corinthiens n'avait plus quitté notre mémoire, pourrissant la dernière année de notre mariage.

Saint Paul, c'est de la foudre, madame la Juge !

À ne conseiller, sous peine de graves déboires, qu'à l'élite de la conjugalité !

16

Au cœur de la contagion

— S'il vous plaît, laissez-moi. Je ne veux plus RIEN savoir d'elle.

Peine perdue. Peine accrue.

Comment voulez-vous clore le bec aux rumeurs ? Interdire à vos ennemis de susurrer leur fiel ? (Tiens, je l'ai rencontrée hier soir, quel bonheur de la voir si gaie !) Empêcher vos amis de vous répéter comme elle avait l'air triste ce matin, quel gâchis, tout ça, et si tu lui téléphonais ?

C'est ainsi que me parvint l'information selon laquelle Suzanne, oui, ma Suzanne, s'était fait muter de l'Institut Pasteur au laboratoire P4 de la Défense nationale à Vert-le-Petit, département de l'Essonne (91). Pour ceux qui l'ignoreraient, ces établissements de haute sécurité accueillent des chercheurs qui travaillent sur les microbes et les virus les plus dangereux, ceux, justement, qui ont élu domicile chez les chauves-souris.

Dans mon désespoir, je tentais de garder la tête assez froide pour évaluer lucidement le bilan de ma rencontre avec l'amour de ma vie. Du côté négatif, la liste était longue, inutile d'en rajouter (insomnie, perte de confiance sexuelle, toute gaieté en allée...). Pour le positif, on pouvait retenir, sans conteste et avec éternelle gratitude, un goût nouveau pour la Science. Si l'on excepte les quelques principes de physique-chimie nécessaires à qui veut comprendre la biodiversité des fleuves et l'hydraulique des barrages.

Durant les quatre années de notre existence commune, je n'avais cessé de questionner ma femme. Notre couple était une école, nous refusions les dîners, nous enfermions les fins de semaine, à la vive inquiétude de nos amis.

Il ne vous aura pas échappé, madame la Juge, que cette époque de notre vie conjugale peut être considérée comme heureuse. Notation importante à verser au dossier. Rien de plus facile pour se débarrasser d'un mariage que l'accuser de tous les maux ! Et comment supporter la douleur de la séparation quand, régulièrement, viennent et reviennent s'inviter ces souvenirs des moments heureux, ceux que la franchise oblige à reconnaître ?

C'est ainsi que l'envie folle, obsessionnelle, me vint de visiter ce mystérieux laboratoire P4, isolé comme un coffre-fort, où, désormais, travaillait mon ex-femme. Je l'habillais de fausses excuses, par exemple citoyennes (je me dois de savoir si toutes les précautions sont prises pour éviter les épidémies), ou militantes (se pourrait-il qu'un pays pacifique comme le mien dépense de l'argent public pour préparer des guerres bactériologiques ?).

Seul m'animait le besoin de Suzanne, la revoir et l'écouter me raconter l'univers fascinant et maléfique des infiniment petits.

Lorsque j'osai présenter ma dernière idée à mes proches, leurs rires s'entendirent jusqu'à Brest, et peut-être même au-delà : tu n'y penses pas ! Personne ne rentre dans ces endroits-là ! Et ce doit être même un délit d'en divulguer l'existence ! C'est ça que tu veux, finir aux arrêts, comme au temps de ton service militaire ?

Maintenant qu'il s'en est retourné dans sa Bretagne, la révélation que je vais vous faire ne peut plus lui nuire. C'est grâce à Jean-Yves Le Drian soi-même, alors ministre de la Défense, que, par dérogation spéciale et classifiée, je pus pénétrer dans le saint des saints de la dangerosité.

Figurez-vous que, par les hasards douloureux de la vie, cet homme célèbre et moi sommes de quasi-cousins. S'il m'est un jour donné de redevenir écrivain, peut-être oserai-je écrire la triste histoire du Finistère Nord (Portsall) ?

Vous ne me croirez peut-être pas, madame la Juge, et le menteur que je suis sera le dernier à vous le reprocher, mais telle est la vérité vraie : la dernière fois que je vis Suzanne avant, bien des mois plus tard, de la retrouver sur la rive américaine du détroit de Béring, nous étions deux cosmonautes, revêtus d'un scaphandre blanc « sous pression positive » (pour éviter que si, par malheur, cette armure se déchirait, l'air, potentiellement contaminé, en soit expulsé), et une triple vitre nous séparait.

Et Mylène, la capitaine qui me servait de guide, accoutrée de même manière, m'expliquait la satisfaction de leur équipe d'accueillir une scientifique d'une telle compétence.

— Grâce à elle, nous en apprenons de belles sur les chauves-souris. Vous avez entendu parler du SRAS, le syndrome respiratoire aigu sévère ?

Mon scaphandre hocha la tête.

— En 2003, il a tué sept cent soixante-dix-huit personnes dans vingt-cinq pays. La cause en était un virus, un virus dit « à couronne », un coronavirus pour résumer. Maintenant, savez-vous combien de coronavirus vivent dans les chauves-souris ?

— Dix ? Vingt ?

— Cette dame-là, qui travaille de l'autre côté, en a dénombré trois mille deux cent quatre. Et elle continue. Ah oui, vraiment, nous pouvons nous réjouir qu'elle nous ait rejoints !

Je serais volontiers demeuré des jours et des jours dans le P4. Il m'a bien fallu repartir. Vous n'imaginez pas le nombre de sas qu'il m'a fallu franchir. À croire que j'étais devenu contagieux. Deux douches m'attendaient. Passe encore la première, une averse de phénol sur mon scaphandre. Mais la seconde, nu, grelottant…

*

Pauvre Suzanne, *ma* Suzanne (même si je n'avais plus droit au possessif depuis ce maudit jugement du 10 octobre, mais comment imaginer que cette Suzanne-là appartienne à un autre ?), Suzanne, Suzanne, mais pourquoi un P4 ? Pire, un P4 *militaire* ? Tu ne fréquentais pas, chez Pasteur, assez de bêtes malfaisantes ? Et se pourrait-il, mon Dieu, je tremble, rien que d'évoquer cette hypothèse, dois-je t'imaginer si dévastée par notre disparition que tu aies décidé une sorte de glorieux suicide, monter au front du Savoir et y périr, saluée par toute la communauté scientifique en larmes et bien décidée à me faire la peau, jamais, jamais sans cette ordure de Gabriel une personne aussi sensée que notre collègue n'aurait pris de tels risques !

Ou alors, non, je me refusais à me laisser envahir par cette hypothèse, ou alors… Se pouvait-il que tu sois tombée amoureuse d'un de tes nouveaux collègues ? Scientifique ET soldat. Et, qui plus est, soldat secret, soldat de l'ombre, espion de la pire espèce. Il faut admettre que l'alliage ne manquait pas de charme.

Je mis des mois à me débarrasser de ce cauchemar récurrent : deux scaphandres se jettent l'un sur l'autre et impossible de savoir si, malgré leur « pression positive », ils s'aiment ou se battent.

17

Le mur des disparus

Peut-on traiter la tristesse par la publicité comparative ? Autre manière de poser la question : pleure-t-on moins quand la preuve vous est fournie, une preuve implacable, que d'autres ont eu des raisons de larmes bien plus cruelles que les vôtres ?

Réponse dans un petit village breton dont le nom rend joyeux les enfants : Ploubazlanec. Même après un long voyage en voiture, ils se délectent de répéter Plou, Ploubaz, Ploubazlanec !

Parmi tous mes voisins du littoral breton, j'ai un ami, Benoît H. Outre son statut, impressionnant, de Grand-Reporter-au-Journal-*L'Équipe*, un frère de la Côte. Comme tous mes proches, les désastres répétés de mes amours l'exaspéraient. Ce qui ne l'empêchait pas de me venir en aide. Toujours de manière rapide, concrète, efficace.

— Tiens, toi qui aimes les cimetières, je te conseille d'aller visiter le nôtre.

Je rechignai quelque temps. On a sa fierté. Pour qui se prenait ce Benoît ? Le maître de toutes les existences ? Le gestionnaire de toutes les émotions ? Et si moi, je l'aimais, ma tristesse ?

Et puis les jours passant, toujours aussi douloureux, je tentai la méthode Ploubazlanec.

Bien m'en prit.

Un premier avertissement, gravé dans la pierre, présentait le contexte. Il fallait se pencher pour lire. Bientôt la mousse aurait recouvert la mémoire.

Dans toute la région la pêche à la morue se pratiqua intensément en Islande, de 1832 à 1935.

Cent vingt goélettes disparurent durant ces sinistres années, dont soixante-dix perdues « corps et biens ».

Deux mille marins à jamais engloutis dans la froide mer d'Islande.

C'est devant ce mur que venaient se recueillir chaque semaine, dans le traditionnel culte breton des morts, les familles des Islandais.

Suivaient des panneaux de bois, un par année, lettres blanches sur fond noir.

1869	1870
L'ÉTOILE D'ESPÉRANCE	PAIMPOLAIS
11 hommes	16 hommes
THÉRÈSE	AUGUSTE MARIE
22 hommes	12 hommes
	INDÉPENDANT
	17 hommes

1871	1873
JEAN BART	NOTRE-DAME-DES-DUNES
13 hommes	23 hommes
	FLEUR DE LA MER
	3 hommes
	MARIE JOSÉPHINE
	20 hommes
	LÉONIE CLÉMENTINE
1878	11 hommes
SAINTE MARIE	QUATRE FRÈRES
7 hommes	12 hommes
JEUNE ZÉLIE INDIANA	
23 hommes	1881
BLONDE	PAIMPOLAIS
22 hommes	ARMORICAINE
ÉTOILE DE LA MER	VOLONTAIRE
MARGUERITE	SAINT-PIERRE

1901

MARIA
BRUNE
PILOTE
MARIE
CAPELAIN
GABRIELLE
} 117 hommes

1905

MARIE LOUISE	
MOUETTE	
PIERRE LOTI	
SIRÈNE	131 hommes
PERVENCHE	
MORGANE COUSINS RÉUNIS	

Et la terrible liste continuait jusqu'au milieu des années 1930.

Le soir même, j'appelai mon tortionnaire.

— Tu avais raison.

Benoît H., entre autres qualités, a celle de ne jamais afficher un triomphe. En vieux journaliste de sport, il sait que la victoire, ça va, ça vient. Il se contenta de grommeler.

— Tu as une minute ? Écoute l'histoire suivante, tu vas mieux comprendre.

Les équipages de chaque goélette étaient formés de proches. Les armateurs enrôlaient au même endroit. Si bien qu'un naufrage arrachait tous les hommes valides à leurs villages. N'y demeuraient plus que des veuves et des enfants. Particulièrement bouleversé par le sort d'un de ces malheureux villages, Pierre Loti lança dans *Le Figaro* une souscription pour leur venir en aide. Le village martyr ne profita pas longtemps de la générosité nationale. De toute la région vinrent des veuves demandant leur part. Pourquoi celles de Pommerit-le-Vicomte toucheraient et pas nous, femmes de Saint-Clet ? Des violences s'ensuivirent, à grand-peine maîtrisées par la maréchaussée.

Je remerciai et raccrochai, penaud, comme un enfant puni. Le lendemain, je revins au mur des disparus pour leur présenter mes excuses : pardon d'avoir eu l'impudence de prêter tant d'attention à mon chagrin. Comparé au vôtre…

Un peu plus tard, vers midi, Benoît H. rappelait.

— J'ai une autre idée. Pour en finir avec tes larmoie-ments qui commencent à vraiment nous gonfler, tous, si tu veux savoir, on prend le train demain, neuf heures sept. Ton ancien éditeur t'attend. Non, il ne t'a pas oublié. Il t'a même pardonné. Alors, tu viens ? C'est la chance de ta vie.

18

La chance de ma vie

Agent immobilier, conseiller conjugal, fiscaliste, psychanalyste, addictologue, assistant social, loueur de voitures, guide touristique, confident, oreille jamais lassée, hocheur de tête aussi longtemps que nécessaire, panseur de plaies à l'ego, raboteur discret et ferme des mêmes ego quand la mesure était dépassée, manipulateur de jurys, semeur d'idées pour plus tard, nounou des enfants petits d'auteurs désemparés par la contrainte de la garde alternée, ami (mais pas trop) des ex-femmes, employeur, au moins comme stagiaires, d'enfants grandis des mêmes auteurs toujours aussi démunis face au monde moderne, urgentiste, agence de renseignement, concierge, lecteur rapide et toujours disponible, saupoudreur de compliments mais ferme quant à l'appréciation globale, larmoyant pour les à-valoir, plus coulant sur les notes de frais (sans justificatifs), bref, Jean-Marc Roberts était l'éditeur par excellence, rare cocktail de pape protecteur et de père insidieusement fouettard, de vieux sage revenu de tout et d'enfant émerveillé par tout talent nouveau, maître des horloges, aussi stratège du long terme que tacticien de l'instant, joueur, enivré par l'excitation d'un nouveau coup à tenter.

C'est lui qui, vingt-cinq ans plus tôt, avait eu la faiblesse de publier mes deux petits ouvrages dans sa collection Bleue. C'est lui qui ne m'avait pas réconforté mais engueulé après ces deux échecs : et ça t'étonne, Gabriel ? Tu as de la facilité, une facilité scandaleuse, car elle t'a permis de ne pas TOUT donner. Un livre, ça se respecte, Gabriel, comme un amour. Si tu ne brûles pas, chaque fois, tes vaisseaux, comment veux-tu retenir des lecteurs ?

Ses mots m'étaient restés gravés dans la mémoire, surtout les derniers. « Tu m'as parlé de ce match de hockey États-Unis/URSS. Tu ne te sens pas assez, comment dire, assez *armé* pour raconter la guerre froide ? Ne t'inquiète pas. Les grandes histoires attendent en nous le bon moment… comme les amours. Elles vous tombent dessus sans prévenir. Comme la mort. »

Sa fidèle assistante appela celui qui n'était plus un auteur, s'il l'avait jamais été (moi).

— Alors, Gabriel, vous repartez à l'assaut, il semblerait ? Bonne nouvelle ! Mon avis compte peu, mais j'avais beaucoup aimé votre second roman.

— Merci Liliane !

— De rien. Notre directeur veut vous voir.

— Quand ?

— Tout de suite. L'ami Benoît H. nous a prévenus de votre retour à Paris. Dans une demi-heure au Récamier. Vous n'avez pas d'allergie particulière ?

Je pris quelque temps pour répondre, encore dans la sidération.

— Et Jean-Marc ne s'est pas demandé si j'étais libre ?

— Non, cette hypothèse ne l'a pas effleuré.

— Il avait raison. J'y serai.

Mon très ancien éditeur avait déjà pris place au fond de l'établissement. Il n'avait pas changé. Le jeune homme en lui ne céderait la place que pour mourir. On le disait malade. Comment y croire, devant ce même sourire, cette même tignasse à peine plus grise après toutes ces années.

— Bon. Comment vas-tu ?

— Je peux être franc ? Entre mal et vraiment mal.

J'ai honte aujourd'hui d'avoir égrené mes symptômes : faim de rien, nuits trop courtes, malgré les somnifères, tremblements des mains et bouche sèche, à cause du Prozac, envie parfois de toutes les passantes, le plus souvent désir d'aucune, couleur grise dominante, même en plein soleil...

Ce tableau désastreux sembla réjouir Jean-Marc sans qu'on puisse encore tenir le chablis pour responsable de cette bonne humeur.

— Tu veux mon avis ?

Je hochai la tête.

— Tu sais comme j'en ai peur. Mais vas-y quand même.

— Tu ne peux aller mieux. Plus mal, je m'inquiéterais et je ne me priverais pas de t'indiquer les deux psys qui accompagnent notre groupe Hachette depuis toujours, consultations réglées par nous je précise...

Il se reversa du chablis.

— ... Trop bien ne m'irait pas non plus. Le bonheur n'est pas le terreau qu'il faut aux grands livres.

Le maître d'hôtel s'approcha. Et montrant mon assiette de désespéré, ce tourteau pourtant décortiqué :

— Monsieur n'a pas aimé ?

L'éditeur répondit pour lui.

— Ne vous inquiétez pas, cher Marcel ! Monsieur aime trop ailleurs.

Le dénommé Marcel acquiesça.

— Je vois. J'ai connu.

Les maîtres d'hôtel du VIe arrondissement de Paris, patrie des fabricants de livres, savent comment il faut parler aux états d'âme littéraires.

C'est alors que se présenta Benoît H. Il avait manigancé ce retard pour m'offrir ce tête-à-tête avec l'éditeur. Il portait un grand carton mystérieux, de ceux qui indiquent un étudiant des Beaux-Arts. Il commanda vite le même soufflé que nous, aux agrumes, spécialité de la maison.

— Benoît m'a parlé de son idée. J'y crois, dur comme fer !

— Et tu... tu me juges capable d'un tel livre ?

L'éditeur le prit de haut.

— Mon petit vieux, le métier d'un éditeur, c'est d'abord de faire confiance. Et avec ce regain de tension grâce à ce fou de Poutine... Plus j'y pense, plus je crois à ton livre futur.

Benoît H. rayonnait. Subrepticement, protégé par la nappe, je tentais, comme à mon habitude, de me prendre le pouls. Bien trop rapide. Et si j'allais m'effondrer, là, dans le plus beau jour de ma vie, au milieu du Récamier ?

Benoît tira de sous la table son grand carton.

Il en sortit, daté du 12 mars 1938, un numéro de *L'Illustration*, ancêtre gigantesque (24 × 35 cm) de notre *Paris-Match*.

— Voici ton personnage ! Regarde comme il est beau !
Docteur Jekyll et Mister Hyde. Côté lumière : un grand
explorateur de l'Arctique, héros d'une aventure suivie avec
passion par tout le peuple soviétique, deux cent soixante-
douze jours de dérive sur un morceau de banquise changée
en base scientifique.

Jean-Marc hochait la tête en cadence, l'air ravi. Benoît
poursuivait, imperturbable.

— Côté ombre : Staline, tous les compagnons de Papanine éliminés, le début des années 1950, la guerre froide, l'espionnage...

— L'espion qui venait du froid...

— Exactement ! Des Russes, tout de blanc vêtus, profitaient des glaces pour s'approcher au plus près de l'Alaska, c'est-à-dire de l'Amérique.

L'éditeur ne souriait plus. Ses yeux ne quittaient plus les yeux de son futur auteur tétanisé.

— Te rends-tu compte du cadeau que te fait Benoît ? Bien mieux que Le Carré. Le face-à-face *direct* (il ponctua le *direct* d'un coup de poing sur la table) entre l'Ouest et l'Est, sans passer par l'intermédiaire de notre vieille Europe !

Un silence suivit, interrompu par le maître d'hôtel, tout se passe comme vous voulez, messieurs ?

— Retenez bien ce moment, Marcel, il se pourrait bien que vous assistiez à la naissance d'un best-seller mondial, ce ne serait pas la première fois, n'est-ce pas, cher Marcel, d'après vous, pourquoi choisissons-nous si souvent Le Récamier ?

Notre trio se leva (Jean-Marc, Benoît H. et moi-même), quelque peu titubant il faut dire. Et accompagnés par Marcel, tout sourire et courbette, nous gagnâmes la sortie.

Je marchais comme je pouvais, le grand carton n'arrêtait pas de me battre les jambes.

Nous nous quittâmes sur ce double salut :

— Vive Papanine !

— Vive Papanine !

Les passants de la rue de Sèvres sursautèrent. Papanine, Papanine ? Trop Russe pour être honnête. D'accord, ils ont l'air un peu ronds, ces trois-là. Mais 3 grammes dans le sang n'ont jamais gêné les projets de Révolution.

J'avais oublié mon cartable. Je suis revenu par la rue de Fleurus. Jean-Marc, d'un grand pas, marchait vers sa maison, au n° 31. Toujours aussi jeune. Jamais aussi triste. Il ne m'a pas vu.

Comment rendre à un éditeur un peu de sa gaieté ? Peut-être le surprendre, en écrivant un bon livre ?

Le temps m'a manqué.

On peut dire aussi que la maladie fut plus rapide.

19

Torture d'hiver

Madame la Juge,

qui, homme ou femme, ami(e) ou ennemi(e), eut l'âme assez perverse pour nous inviter, l'un ET l'autre, Suzanne ET moi, le même soir du 12 février, à l'Athénée-Théâtre Louis-Jouvet, quatre mois seulement (et deux jours) après ce si douloureux divorce ?

On y donnait le *Voyage d'hiver*.

Cycle de lieder de Schubert.

Poèmes de Wilhelm Müller.

Direction musicale : Takénori Némoto.

Mise en scène : Yoshi Oïda.

Ensemble : Musica Nigella.

La femme : Mélanie Boisvert.

Le poète : Guillaume Andrieux.

Le musicien : Didier Henry.

Qui avait en lui (en elle) assez de cruauté pour, juste avant que ne s'éteigne la lumière, donc après nous avoir bien emprisonnés, Suzanne à l'orchestre, moi plus haut, nous susurrer : tu sais que ta femme est là ? enfin je veux parler de ton ex ; quel hasard, je viens de voir Gabriel, ça ne te dérange pas, au moins ?

Et Müller, et Schubert, où avaient-ils trouvé les mots, la musique pour exprimer notre douleur de ce soir-là, et de toutes les heures qui s'étaient une à une et si lentement écoulées depuis votre jugement ?

BONNE NUIT

Fremd bin ich ein- ge- zo-- gen, Fremd zieh' ich wie- der aus.
Étranger je suis venu *Étranger je repars*

Étranger je suis venu, étranger je repars.
Le mois de mai m'accueillait
avec toutes ses fleurs.

La jeune fille parlait d'amour,
sa mère même déjà de mariage.

À présent la nature est si grisâtre,
le sentier couvert de neige.
J'ai dû m'en aller
sans l'avoir choisi.

Et chercher seul mon chemin
dans cette obscurité.

Un rayon de lune
pour seul compagnon.

302

Ge- fror- ne Trop- fen fal- len von-- mei- nen Wan- gen ab.
Des larmes gelées tombent   De mes joues

Ainsi donc
j'aurais tant pleuré ?
Oui, des larmes, mes larmes,
êtes-vous donc si tièdes

que vous vous figiez comme glace telle la froide rosée du
matin ?
Et vous jaillissez de ma poitrine

si ardemment brûlantes comme pour faire fondre toute la
glace de l'hiver !

Et le Destin, avait-il vraiment besoin de nous dicter de
fuir, au même moment, profitant d'une manière d'entracte ?
Était-il obligé que nous tombions l'un sur l'autre, débou-
chant dans le foyer vide, nous qui ne nous étions pas vus
depuis l'odieux 10 octobre ? Qui prit du plaisir, et de quelle
sorte, à savourer notre air égaré, nos balbutiements, nos
gestes avortés, cet élan l'un vers l'autre, vite changé en recul
effrayé, et puis cette course, l'un sans l'autre, effrénée, dans
la nuit ?

20

Une liste de résolutions

C'est donc un Gabriel toujours désespéré mais pourvu d'un beau projet littéraire que, le 10 mars, ses amis et amies accompagnèrent à l'aéroport Paris-Charles-de-Gaulle, première étape du périple vers le Grand Livre et donc la guérison complète.

Il avait obtenu, conformément à son statut (privilégié) d'IEG (« ingénieur électricien-gazier »), trois mois de congés (sans solde).

— Quel est votre projet, s'était permis de lui demander la reine Élisabeth, sa patronne, présidente de la Compagnie du Rhône.

— Je pars écrire sur le Grand Nord.

— Parfait, Gabriel ! Profitez bien des glaces. D'ici peu, il n'en restera plus. Et nous serons bien, avec nos fleuves à sec. Profitez-en pour vous refaire une gaieté. Je vous vois une petite mine, ces temps-ci !

Chers amis, si chères amies, comme vous étiez ridicules à tant agiter le bras droit derrière la vitre !

Chers amis, si chères amies, je vous promets d'aller cette

fois au bout de mon traitement. Et plus jamais, au grand jamais, vous ne devrez rassembler mes morceaux après un nouvel échec sentimental.

Chers amis, si chères amies, que je ne vois plus maintenant parce que j'embarque, chers irremplaçables amis, je vous annonce solennellement, bonjour madame l'hôtesse, ah bonjour commandant, où en étais-je, oui je vous jure sur tous les textes saints, Homère, Daniel Defoe, Rimbaud, Melville, Jim Harrison, Conrad et Nicolas Bouvier, je vous jure que l'âge est venu pour moi d'abandonner la dictature des sentiments ! Chers amis, si chères amies, sans doute à l'heure qu'il est déjà bloqués dans les embouteillages de l'A1, soyez soulagés, je ne me consacrerai plus qu'à ma seule véritable et sage passion, mon amour, ma sœur : la géographie.

À peine assis sur le siège étroit qui m'était réservé, ce 23B de triste et inconfortable mémoire, je ne trouvai rien d'autre, pour me réconforter, que faire confiance aux progrès de l'imagerie médicale. Un jour, n'en doutons pas, elle saura séparer en nous ce qui est nous et ce qui est le souvenir de celle que, bien sûr, nous continuons d'aimer. Et ce jour-là, un chirurgien doté d'un laser assez précis et assez coupant nous libérera de la tumeur des amours mortes et pourtant envahissantes.

Mais pour l'heure, l'avion s'envolait.

Après ultime consultation de l'unique, mais déchirée, partie prenante (moi), il fut décidé que tous les souvenirs de Suzanne, y compris de Suzanne dévêtue, restaient tolérés le temps du décollage. Après, on pourrait faire confiance au Stilnox pour les dissoudre dans la brume épaisse de la chimie. Durant les correspondances, hauts lieux de stress et de sentiments d'abandon (combien d'adultes à moitié endormis ne voit-on pas pleurer devant les panneaux lumineux annonçant arrivées et départs ?), les souvenirs de Suzanne étaient même *conseillés*. Mais sitôt posées les roues de l'avion sur le Nouveau Monde, rien vous m'entendez, RIEN de ton ex-femme ne sera plus toléré.

Adieu Suzanne, habillée ou nue, souriante ou boudeuse, apprêtée pour la fête ou sortant du lit, émue ou furieuse, adieu Suzanne, tes taches de rousseur l'été, et ton tout petit nez et ta sinusite perpétuelle. Adieu, par exemple, tes cuisses de skieuse, adieu tes mains si longues. Adieu tes bouderies d'enfant malheureuse, illuminées par un éclair d'espérance. Bref, adieu Suzanne !

Fureur de l'hôtesse, monsieur *please sit down !*

Pardon madame, juste une seconde, j'ai besoin de vérifier. Gabriel, s'il te plaît, inspecte une à une les trente-deux rangées de notre Airbus A340, écarquille bien les yeux, vois-tu une seule de toutes tes Suzanne ? Regarde avec tes yeux, je n'ai rien demandé à ton cœur. Et maintenant, réponds-moi ! Combien de Suzanne ? Aucune ! C'est bien ce que te confirmera le steward si tu lui demandes la liste des passagers. Aucune Suzanne. Aucune n'a daigné t'accompagner. Tu es seul. Seul, c'est-à-dire libre. Et donc sur la bonne voie. Vive l'Alaska, terrain de jeu favori du personnage qui va te rendre riche et célèbre : Ivan Dmitrievitch Papanine, explorateur-espion, par deux fois héros de l'Union soviétique !

21

Troubles du rythme

Avant de m'envoler vers l'autre bout du monde, j'avais couru, 7 rue Rosa-Bonheur, chez mon docteur, celui que la Sécurité sociale vous oblige à qualifier de « traitant », comme si les autres praticiens ne « traitaient » rien, ce qui, tout bien réfléchi, est peut-être la vérité.

— Cher Bruno (avec le temps ce médecin avait bien voulu passer sur ce qu'il savait de déraisonnable chez moi pour accepter de devenir l'un de mes plus chers amis), pourrais-tu évaluer mes chances de survie ? Je pars pour le détroit de Béring. Je redoute plus que tout de subir là-bas une de mes crises de tachycardie.

— Aucun risque.

— Et pourquoi pas ?

— Ton cœur s'emballait parce que ta Suzanne te faisait vivre plusieurs vies, et le chaud et le froid, et les dénivelés perpétuels, tantôt le très haut, l'instant d'après le fond du gouffre. Notre cœur est une pompe qui n'a été conçue que pour alimenter une seule existence. Quand il doit en animer plusieurs, il peine un peu. Plus ton problème.

— Tu as raison. Je bats maintenant à quarante-cinq, quarante-huit.

— Vérifie quand même, mais sans t'inquiéter. Si besoin, à ton retour, on t'implantera un petit stimulateur. Mais je te connais. Tu seras guéri. Tu regarderas de nouveau les femmes. Rien de mieux pour réveiller ton rythme. Quand reviens-tu ? Début avril ? On prend les paris. Rien de tel qu'un petit café à la terrasse du Flore. Deux ou trois canons passent. Et hop, tu récupères la bonne fréquence.

— Tu… tu ne m'examines pas ? Tu es sûr ? Pas besoin d'électrocardiogramme ?

Le bon docteur Genevray haussa les épaules et quitta son bureau pour passer à son piano, un quart de queue Bösendorfer qui lui mange la moitié de son espace. Telle est la méthode choisie par ce praticien pour abréger ses rendez-vous. Dès que sa secrétaire, la grande Diane, entend la musique, elle va chercher le patient suivant. Et le médecin en profite pour se vider la tête.

— Tu as reconnu ? *Sarabande* de Haendel. Le thème principal est une valse. Un autre jour, tu auras droit aux *Variations*. Tu devrais te mettre au piano. Rien de tel que la musique pour corriger les troubles du rythme.

22

Les deux sortes de livres

Un petit air de bouzouki se promenait dans ma tête. Le moment est venu de vous avouer certaine fragilité psychiatrique : je n'entends pas des « voix », au sens strict, *jeanned'arcien*, du terme, mais de temps à autre, et sans prévenir, des musiques viennent me visiter. J'ai vite compris que ce sont mes absents qui veulent se rappeler à ma mémoire ou me faire passer un message. Si, par exemple, une salsa se met à me battre aux oreilles son rythme ternaire, un, deux, trois, un, deux, trois, c'est mon père cubain, natif de Santiago, qui m'indique le passage d'une jolie fille dans la rue. Si Lou Reed se présente, *Walk on the Wild Side*, c'est Stéphane, mon amour finistérienne disparue, qui se moque de ma vie trop rangée.

Et si une ritournelle grecque vient me visiter, je dois prendre garde : c'est l'assurance que ma mère, qui avait choisi Zakinthos pour y achever sa vie, souhaite me parler, toutes affaires cessantes.

Cette nuit-là, veille de mon départ pour le Grand Nord,

elle tenait simplement à me remettre en mémoire cette vérité qu'elle m'avait si souvent dite :

— Homère est le père de TOUTES les histoires, Gabriel, tu m'entends ? TOUTES les histoires. N'oublie pas, il n'y a que deux sortes de livres, et deux seulement : les récits de combat, comme l'*Iliade*. Et les chroniques de voyage, comme l'*Odyssée*.

Je hochai la tête. Je remerciai ma mère. Et le bouzouki se tut. J'avais fini de raconter mon combat avec Suzanne. L'heure était venue de m'embarquer pour le périple qui, peut-être, me la ferait retrouver.

IV

VOYAGE D'HIVER

1

L'animal le plus seul de la Création

On a beau aimer le transport aérien pour le ronronnement de ses moteurs et l'amabilité de ses hôtesses (ou l'inverse), comment ne pas haïr ces moments où il faut changer d'appareil ?

Et d'ailleurs quel mot choisir pour décrire la violence de ces arrachements ? On se trouvait si bien dans l'appareil qu'il faut quitter !

Correspondance ?

Appellation sans doute parfaite pour celle ou celui qui vit un amour tranquille et confiant. Mais pour le malheureux qui vient de rompre et s'interdit désormais tout souvenir de la personne toujours adorée ?

Après avoir erré le long d'innombrables boutiques, après s'être démis les cervicales et brûlé les yeux à force de lever la tête vers de clignotants panneaux, après s'être fait heurter, bousculer, piétiner par un flux dense et ininterrompu de toutes les populations de la planète (pour quel film les avait-on rassemblés, United Colors de Benetton ? ces Indiens, d'Asie ou d'Arizona, ces Juifs orthodoxes, ces

Texans chapeautés, ces Anglaises Old, ces Sénégalais dread-lockés, traders trop cool...) bref, une fois installé au bon endroit du bon terminal, dans un mauvais fauteuil en plastique recouvert de vieille moquette orange, comment tuer le temps, ce temps d'aéroport, c'est-à-dire de tous les temps du monde celui qui passe le plus lentement ?

Petit signal de mon portable : message de Marie Manceau, accompagné d'une vidéo. Sur une musique de Philip Glass, lancinance, lancinance, un ours va et vient sur une banquise infinie en épisodique et unique compagnie de fulmars et de phoques annelés.

Et paraît le bonnet tout blanc de Marie. Elle agite ses deux moufles.

— Bonjour Gabriel, où que tu sois ! Je confirme : l'ours polaire est *bien, après toi*, l'animal le plus seul de la Création. Je te souhaite de changer d'espèce. Bon Alaska.

Fin de la vidéo. Aucun autre message. Que vient faire Suzanne ? Pourquoi penser à elle alors que l'interdiction a été placardée partout ?

Et si, au lieu de pleurnicher, je m'intéressais à mon escale, même si les aéroports d'aujourd'hui se ressemblent tous ? Voyons, où sommes-nous ? Ah oui, Minneapolis. Une affiche géante me le rappelle : Bienvenue dans la ville de 3M (Minnesota mining and manufacturing). N'est-ce pas cette société qu'il faut remercier pour son invention des miraculeux post-it ?

Au revoir Suzanne ! C'est de nouveau ma mère qui m'apparaît, pauvre maman ! Au début de sa maladie, elle parsemait son minuscule appartement de ces petits carrés colorés jaunes. « As-tu fermé le gaz ? », « Le beurre est dans le frigidaire ». D'autres messages, rouges ceux-là, et aussi nombreux, avaient été écrits pour nous, ses enfants : « S'il vous plaît, ne vous énervez pas » ou « Je fais mon possible » ou « Croyez-moi, ce n'est pas agréable de perdre la tête ».

Comment ne pas céder à l'émotion ? Décidément, les larmes me venaient vite, ces temps-ci.

Un homme s'approcha. Une miniature parmi tous les géants qui nous entouraient. Vif, brun, sec, les yeux profonds et perçants. Peut-être un hobbit envoyé par Marie ?

— Vous ne vous sentez pas bien ? Vous voulez que j'appelle un médecin ? Ne vous inquiétez pas. Cela m'arrive aussi. On enchaîne les voyages et puis, sans prévenir, quelque chose en nous craque.

Je le remerciai pour sa sollicitude.

— C'est seulement cette ville, Minneapolis, souvenir personnel…

Le panneau lumineux annonça un nouveau retard. Vol pour Anchorage. Delay. Embarquement estimé à cinq heures quarante-cinq. Machinalement je regardai ma montre. C'est pourquoi je peux vous dire aujourd'hui l'heure exacte, trois heures quinze PM, à laquelle commença notre amitié.

Mon sauveteur me sourit, le sourire de la fraternité. Étrangers l'instant d'avant, on se découvre embarqués sur le même bateau fragile. Aujourd'hui, c'est toi qui me viens en aide. Demain, ou peut-être dans une heure, ce sera mon tour.

Je lui tendis la main.

— Gabriel O. Destination finale : Nome.

— J'en étais sûr !

— Sûr de quoi ?

— Vous n'êtes pas du genre à vous arrêter à Minneapolis. Je vais aussi à Nome. Pauvre de nous !

— Et vous pouvez préciser le genre-à-ne-pas-s'arrêter-à-Minneapolis ?

— Vous n'avez rien d'un cadre du papier collant. Et moins encore de l'agroalimentaire.

Je remerciai.

Il avança vers moi des doigts étonnamment longs et fins. J'essayai de deviner : pianiste ? chirurgien ? J'avais manqué la cible de peu.

— Bertrand G. de Jongdt. La plus cruelle déception de mon père...

Encore un homme fait, et même déjà mûr, qui restait prisonnier de son enfance.

— ... Petit bricoleur comme j'étais, il aurait voulu que je répare les cœurs.

— Et finalement ?

— Au lieu de sang, je pompe la mer, une activité fréquente chez les Hollandais. Bien obligés, notre pays est si bas. Je travaille pour Bredel, une société spécialisée, filiale de Watson-Marlow.

— Votre père a dû s'en satisfaire.

— Il a préféré mourir avant.

— Et pourquoi Nome ? Vous voulez vider le Pacifique ?

— Je vous réserve la surprise. L'endroit a peu d'autre intérêt !

— Dernière question : d'où vient ce français parfait ?

— De ma mère, la femme du déçu, originaire de Nice qu'elle a regretté toute sa vie. Nous habitions Delft, elle a passé ses jours à lire. Et vous, Nome ? Quel drôle de choix !

Un pari ? Le genre de jeu stupide. On ferme les yeux. Un ami ou, mieux, une amie qui vous veut du mal fait tourner le globe terrestre. Pose ton doigt. Rouvre les yeux.

— Je tente… une diversification.

— Vous voulez parler d'un chagrin d'amour ?

— Pas seulement. Dans la vie normale, je suis votre confrère : Compagnie nationale du Rhône.

— Enchanté.

— Mais pour le moment, j'essaie d'écrire un livre.

— Et vous avez besoin du Pacifique ?

— Désolé, je ne peux pas vous en dire plus.

— Je respecte. Chacun ses secrets. Quelque chose me dit qu'elle est brune, plutôt petite, la peau très blanche, et redoutablement jolie. Rien de tel à Nome, soyez rassuré. Bon, je vais me dégourdir les jambes. Pour me faire pardonner mon indiscrétion, voulez-vous que je vous rapporte une bière ?

2

Rechute

Interminables, surtout vers la fin, furent les cinq heures cinquante de vol entre Minneapolis et Anchorage. Quel démon me suggéra de choisir Schubert parmi toutes les musiques que j'avais téléchargées ? Le morne spectacle du blanc au travers du hublot, l'exemple même du voyage d'hiver ?

Sitôt les premières notes, j'étais prisonnier.

Fa, mi, ré, la, fa, mi, fa, mi...
Étranger je suis venu, étranger je repars.
Fremd bin ich eingezogen,

Mais pourquoi, pourquoi ce soir-là 12 février à l'Athénée-Théâtre Louis-Jouvet, avons-nous à ce point manqué d'humilité ? Pourquoi, mais pourquoi ne pas avoir tout simplement suivi notre premier mouvement ? Pourquoi n'avoir pas couru l'un vers l'autre, moi vers ton parterre, toi vers ma corbeille, au mépris des protestations, et tant pis pour la fureur de l'orchestre. C'est le genre de désordre que Schubert aurait compris. À quoi sert la musique, si elle ne bouleverse pas la vie ? Nous serions à l'heure qu'il est, voyons voir, quatre heures du matin, dans les bras l'un de l'autre au lieu que je me languisse et me tortille sur cet abominable siège 24A de ce vol Delta imbécile.

3

Un cadeau de la RATP

Comment savoir si l'avion avançait ?

Les heures passaient et nous survolions toujours la même étendue blanche. J'avais coupé Schubert. Sans gagner la moindre paix. Car une phrase l'avait remplacé, un morceau de poème, plus cruel encore pour une âme esseulée que son voyage d'hiver.

Faute de soleil, sache mûrir dans la glace.

Qui oserait reprocher au métro parisien d'humaniser les trajets de sa clientèle en lui offrant de temps à autre, entre deux réclames pour le soutien scolaire ou l'apprentissage rapide et garanti du « Wall Street english », un poème ? Oui, un poème ! Une bribe d'Éluard, de Prévert, d'Aragon, d'Apollinaire… Une évasion de clarté au milieu de cette foule bringuebalée sous la ville, dans le noir de la Terre.

Mais avait-il besoin, le métro parisien, de me plaquer sous le nez, juste ce jour-là, entre Place d'Italie et Corvisart, comme j'allais rejoindre Denfert (Rochereau) pour attraper le RER qui me conduirait via Charles-de-Gaulle jusqu'à ces extrémités froides de l'Alaska, avait-il besoin de me torturer avec cette petite ligne d'Henri Michaux ?

Faute de soleil, sache mûrir dans la glace.

Mûrir dans la glace, quel projet enthousiasmant !

Bousculant une famille de Brésiliens (dans le cas, improbable, où ils liraient cette histoire, qu'ils acceptent ici mes excuses), je m'étais approché pour déchiffrer le titre du recueil d'où cette cruauté venait. *Poteaux d'angle.* Le doute n'était plus permis. C'est moi, et aucun autre voyageur, moi que la Régie autonome des transports parisiens avait voulu atteindre. Elle savait ma destination. Qu'est-ce que le détroit de Béring ? Un des *poteaux d'angle* de notre planète.

Si Suzanne m'avait accompagné, elle m'aurait expliqué. J'entendais déjà sa voix que j'aimais tant, aussi sérieuse et précise pour raconter de la science que pour, le moment venu, réclamer telle ou telle caresse. « Il a raison, ce, comment l'appelles-tu ?, oui, oui, Michaux, que je n'ai pas l'honneur de connaître. Il y a de la vie dans la glace ! Un jour, il faudra que je te fasse découvrir les *archées*, ces micro-organismes unicellulaires et procaryotes qui réussissent à se développer dans les milieux les plus extrêmes... »

Mais Suzanne n'était plus là.

Et, sous l'avion, le blanc continuait.

4

Loin d'elle

Vers la fin du vol, je n'ai pas quitté des yeux le rivage du Pacifique. J'étais dans un tel état, si mentalement dégradé, que j'attendais beaucoup de la présence de cet océan. Avec ce nom, me répétais-je, et pourquoi mentirait-il, il ne peut me faire que du bien. Après l'annonce du proche atterrissage, j'ai consulté la carte, celle qui conclut toujours le magazine d'Air France. Voilà, j'ai atteint le bout de la Terre, je suis VRAIMENT loin de Suzanne.

V

LE GRAND REGRET RUSSE

1

Un miracle sur la glace

C'est l'un des amis de Marie Manceau qui nous accueillit à l'aéroport d'Anchorage, un monstre, un ours blanc, une bête immense et menaçante dans sa cage de verre, la gueule ouverte montrant ses crocs et la patte avant droite prête à vous arracher la tête. En attendant notre vol pour Nome, nous sommes restés là deux heures, à le regarder, au milieu d'une multitude d'enfants, aussi fascinés, aussi effrayés qu'eux.

Comment Bertrand G. de Jongdt aurait pu deviner les liens qui m'unissaient à cet animal grandiose et féroce (notre fondamentale et commune solitude) ? Ce spectacle le réjouissait. Pour un peu, il aurait applaudi.

— Quel bonheur de frissonner ! Ça rajeunit, non ? Alors, si j'ai bien deviné, vous travaillez sur les relations États-Unis/Russie ?

— Oh, je me restreins à la biographie d'un présumé espion soviétique.

— Je serais vous, avant de m'infliger Nome, j'irais m'imprégner de cette partie anciennement russe de l'Alaska. Vous allez voir comme c'est beau : de nobles sapins, des saumons qui sautent, des baleines qui soufflent, des mamans ours et leurs petits facétieux, l'ensemble survolé par des aigles à tête blanche. Et, pour ce qui concerne l'espèce humaine, des isbas et des églises à bulbe, un concentré de Sainte Russie. Imaginez que Poutine décide de reprendre l'Alaska ! Il a bien récupéré la Crimée. Quelle chance ce serait pour votre livre !

— Vous m'ouvrez des perspectives !

— Demandez autour de vous. Personne ne sait qu'un triste jour de 1867 la Russie a vendu l'Alaska aux États-Unis. Ce n'est pas mon métier d'écrire mais il me semble… Rien de mieux comme arrière-plan, pour votre enquête. Accessoirement, idéal pour se remettre d'un chagrin d'amour…

C'est ainsi, grâce aux conseils judicieux du Hollandais pompeur d'océan, que je me retrouvai à Sitka. À peine installé dans un hôtel médiocre, le Totem Square, un établissement correspondant à la modestie de l'à-valoir accordé par mon éditeur, « ne l'oublie pas, Gabriel, à un écrivain encore sans public », je me mis au travail. Que diable : je ne suis pas un touriste ! Je n'avais que trop tardé. En avant le best-seller ! Dès le lendemain matin, et qu'importe le décalage horaire, je m'attaquai à Papanine ! Naissance en 1895. Famille pauvre. Père et grand-père marins. Début d'Ivan Dmitrievitch comme apprenti tourneur dans une usine qui fabrique des… boussoles. Il a quatorze ans !

Je posai mon crayon. Depuis mon arrivée dans cette Russie américaine, un très ancien voyage, trente-deux ans plus tôt, m'occupait trop le cerveau.

Sitôt connu le lieu choisi pour les jeux Olympiques d'hiver de cette année-là, 1980, tous les journalistes s'étaient battus pour couvrir la fête. Lake Placid. Nom magique. Au cœur des montagnes légendaires Adirondacks. Qui n'aurait souhaité y passer deux semaines à conter de vrais exploits ? Sur une idée de Benoît H., Jacques Goddet, grand manitou de *L'Équipe*, m'avait placé sur la liste des mortellement jalousés, je veux dire : ceux qui partaient. Vous pensez si je me rappelais ses mots : « Le regard d'un jeune écrivain prometteur complétera notre couverture de l'événement. »

Et le grand jour arriva : 22 février 1980.

La demi-finale États-Unis/Union soviétique, en pleine guerre froide. Discipline : le hockey sur glace, l'un des sports où les affrontements sont le plus violents.

Je n'ai pas besoin de fermer les yeux pour revoir chacun des buts.

Celui de Vladimir Kroutov : 1-0 pour la Russie. L'égalisation américaine par un dénommé Buzz Schneider.

Sergueï Makonov frappe de loin : 2-1 pour la Russie.

On croit le match plié. Mais le gardien américain Jim Craig multiplie les parades invraisemblables. Dieu semble avoir choisi son camp. D'autant que sur un mauvais dégagement du Russe Tretiak, Johnson envoie le palet dans la cage soviétique : 2-2.

Je suis encore sourd des hurlements de ce moment-là.

Fin de la première période.

Dès le début de la deuxième, but du Russe Maltsev. Auquel réplique Johnson : 3-3.

Et Mike Eruzione, le capitaine américain, rassemble ce

qui lui reste de forces et tire. Amérique 4 – Union soviétique 3. Le stade est debout.

Maintenant, il faut tenir.

Tenir une éternité : neuf minutes.

Vingt fois les Russes attaquent. Vingt fois, ils sont repoussés. Craig est devenu mur.

Le temps se traîne. Il finit par passer. Plus que soixante secondes.

La foule hurle le compte à rebours.

Cinq, quatre, trois, deux, un.

La Russie soviétique est défaite.

Coup de tonnerre sur le monde.

C'est cette nuit-là du 22 au 23 février 1980 que m'était venue l'histoire trop grande pour moi : l'idée d'écrire sur la fin de la guerre froide. Une idée qui, d'année en année s'avérait plus féconde et, d'année en année, bien trop exigeante pour le trop petit écrivain que, d'ailleurs, je n'étais même plus.

Le 4 novembre suivant, Ronald Reagan était désigné quarantième président des États-Unis et lançait l'Initiative de défense stratégique, autrement dit la guerre des Étoiles, un système censé protéger l'Amérique de tous les missiles communistes.

Neuf ans plus tard, à l'image de Tretiak, jusqu'à ce soir-là meilleur gardien du monde, barrière infranchissable, le mur de Berlin s'effondrait.

*

À quoi sert notre mémoire ?

À rien si nous ne savons pas *convoquer* nos souvenirs au

bon moment, le moment *précis* où ils éclaireront notre vie présente.

Comment expliquer que je gardais, bien au chaud, au plus profond de mon cerveau, ces images de ce match légendaire ? Pourquoi m'était venue *seulement* maintenant l'idée de m'en servir pour Papanine ?

Quelle plus parfaite illustration de cette guerre que l'on disait « froide » parce que toutes les armes y étaient permises à la seule exception de la force nucléaire ?

« Miracle sur la glace », tel fut le titre de la plupart des articles écrits ce soir-là de février.

2

L'histoire triste et morale
des loutres de mer

Alaska, Alaska !

De même que Célèbes, fleuve Jaune, cap Horn ou Saint-Pétersbourg, ces trois syllabes magiques résonnent en moi depuis si longtemps ! Ne croyez pas, madame la Juge, que je cherche les circonstances atténuantes en plaidant la maladie mentale mais tout de même, tout de même… Il faut que je vous révèle certains dérèglements dans le fonctionnement de ma tête : quand je regarde un atlas, il me semble faire partie de la famille. La certitude me vient de n'être pas une personne mais un lieu. Toute carte est mon miroir. Mon arbre généalogique, c'est la géographie.

Il faut que je vous fasse un autre aveu, madame la Juge. Le « passé » n'a pas chez moi cette tranquillité, ces teintes fades que la plupart des gens décrivent. Il fait irruption, sans prévenir, avec la même fulgurance qu'une crise d'épilepsie. Quand ces visions m'arrivent de ce pays qu'on appelle *autrefois*, *jadis* ou *naguère*, ce sont des scènes aussi précises et colorées qu'au cinéma, avec une bande-son aussi bruyante.

Voici Gabriel dans le salon de l'appartement familial, 185 rue de Vaugirard, XVe arrondissement de la capitale française, Paris. La mère et le fils sont blottis l'un contre l'autre dans le grand canapé défraîchi du salon (il faudrait le changer, mais qui voudrait se séparer d'un tel ami, complice muet de tellement, tellement de confidences ?). Le petit frère Thierry dort déjà. Le père et mari rentrera tard, toujours excusé par le même prétexte éculé de « clients », pourquoi sont-ils toujours de nationalité belge ? Quoi qu'il en soit, merci à eux, la mère et son fils aîné (dix ans) leur expriment de la vraie gratitude.

— Maman, à quoi servent les histoires ?

— À s'y sentir au chaud.

— Ça veut dire que les histoires ont des bras ?

— Tu as tout compris.

C'est ainsi, pelotonné bien au chaud contre sa mère, que Gabriel fit connaissance avec la Sainte (et terrible) Russie, avec le peuple sauvage des trappeurs, avec le détroit glacé de Béring. C'est l'une de ces nuits qu'il entendit pour la première fois prononcer le mot mystérieux : Alaska.

— Dans le temps où Louis XIV, le Roi-Soleil, régnait sur la France, l'animal le plus précieux d'Europe était la zibeline. Elle vivait principalement dans les forêts du Nord de la Russie. On aurait dit une sorte de gros rat. Pauvre zibeline ! Elle avait la malchance d'être recouverte d'une fourrure noire, la plus douce qu'on pût trouver. Alors, aucun cadeau ne pouvait plus réjouir une femme qu'un manteau de zibeline.

— D'autant qu'à l'époque, si j'ai bien lu mes livres d'école, on grelottait dans les palais.

— Exact ! Mais Gabriel, si tu connais la suite, pourquoi faut-il que je continue ?

— Tu sais bien que mes histoires préférées sont celles que je connais déjà.

— Et tu t'es demandé pourquoi ?

— À cause des détails, maman ! Chaque fois tu les changes. Et les chemins : tu ne prends jamais les mêmes pour arriver à la même fin.

— Bon, je peux poursuivre ? Tu as vu l'heure ? Tu devrais être déjà couché depuis longtemps. Les prix des zibelines s'envolèrent. Si bien qu'elles faillirent disparaître de la surface de la Terre, tant elles avaient été chassées par tous ceux qui savaient poser des pièges ou tirer avec un fusil. Cent ans passèrent. Il n'était plus possible de trouver la moindre zibeline dans l'immense territoire russe, malgré les dizaines et dizaines d'explorations ordonnées et financées par les tsars successifs. Et puis un navigateur revint d'Extrême-Orient. C'est quoi, l'Extrême-Orient, maman ?, c'est au bout du monde, vers l'Est, là où le soleil se lève, alors je n'irai jamais, maman, je ne serai jamais réveillé à temps. Bon, Gabriel, tu me laisses raconter ? Le navigateur revint avec un trésor : neuf cents peaux, encore plus douces que celles des zibelines.

— Plus douces que la fourrure de ton manteau, maman ?

— Tu sais bien que ton père ne m'a offert qu'un castor.

— Alors plus douces que le vison de Mme Netter ?

— M. Netter a beau être le patron de ton père, les loutres ne sont pas dans ses moyens.

Cette hiérarchie des douceurs a beau paraître étrange de nos jours, à l'époque les femmes se jalousaient leurs fourrures.

— Quand les fameuses peaux arrivèrent à Moscou, on

se demanda la raison de leur douceur : on se les passait de main en main, on les caressait dans un sens, dans un autre, on les humait. Quelqu'un de plus intelligent que les autres eut l'idée de compter les poils. Il en trouva cent soixante-dix mille, tu imagines ? Oui, cent soixante-dix mille par centimètre carré ! L'animal à qui appartenait cette peau magique était une loutre, une loutre géante, une bête pesant plus de 30 kilos. Le navigateur raconta qu'elle ne vivait que dans la mer, en l'occurrence le Pacifique.

— Le Pacifique, je sais quand même ce que c'est, maman, mais l'occurrence, c'est quoi, maman, l'occurrence ?

— C'est quand une chose arrive.

— Merci maman. Par exemple quand je tomberai amoureux, je pourrai remercier l'occurrence.

— Gabriel, si tu m'arrêtes à chaque mot, nous ne parviendrons jamais à la fin de la triste histoire des loutres.

— C'est pour cela que je te retarde, maman, tu n'as pas deviné ?

— Où as-tu trouvé ça, Gabriel, mais tu as raison, les mots retardent l'arrivée de la vérité, bon, où en étions-nous ? La folie des peaux recommença, la course à la douceur. Tous les hommes voulurent offrir tous ces poils aux femmes qu'ils aimaient. À la recherche de nouvelles loutres, les trappeurs russes traversèrent l'océan et s'installèrent en Alaska pour y chasser frénétiquement. Résultat : bientôt plus aucune loutre dans le Pacifique. Deux ou trois couples de ces animaux survécurent, bien cachés dans les îles Aléoutiennes.

— Maman, je déteste les Russes.

— Pas ça, Gabriel, tout mais pas ça !

Elle avait hurlé. Elle, si tendre. Je la regardais, stupéfait.

Quel était ce nouveau visage, elle si dorée et maintenant parsemée de taches rouges ?

— La prochaine fois, j'arrête, tu m'entends ? Tu n'auras plus jamais d'histoires !

Elle s'était vite calmée. En allées les plaques écarlates. Pourquoi cette violence soudaine ? Quelle relation profonde et secrète entretenait-elle avec la Sainte Russie ? Elle me reprit dans ses bras, me caressa les cheveux. Je devinai qu'elle voulait à tout prix faire oublier sa colère.

— Un jour, Gabriel, je te raconterai bien d'autres histoires sur les loutres. Par exemple, Dieu a voulu que leurs yeux et leurs oreilles soient placés sur le dessus de leur crâne. Ainsi elles peuvent voir et entendre en restant dissimulées sous l'eau. Mieux : elles savent utiliser un galet pour casser la coquille d'un ormeau. Et comme elles n'ont pas la capacité de plonger longtemps, elles ont développé un sens du toucher exceptionnel de précision et de rapidité. Et lorsque le temps est vraiment trop mauvais, elles préfèrent retarder la naissance de leurs petits. Autant qu'ils arrivent dans un monde apaisé. Les loutres n'ont pas seulement la peau douce. Pas de meilleures mères qu'elles !

— Pas de meilleure mère que toi, maman !

C'est alors, comme si elle attendait la fin joyeuse de l'histoire triste, c'est alors que s'ouvrit la porte et que parut celui qu'on n'attendait plus. Il partit directement se coucher. Ses clients belges avaient dû beaucoup le fatiguer.

— Merci pour les loutres, maman ! C'est mon histoire préférée.

— Merci de m'avoir tenu compagnie, mon Gabriel. On n'a pas tous la chance d'avoir des clients belges.

Mais lorsqu'à ma mère je demandai pour Noël une loutre, maman, on a deux baignoires et je suis bon en calcul, je lui verserai juste ce qu'il lui faut de sel dans son bain pour qu'elle se croie dans la mer, une loutre chez soi c'est plus original que les hamsters de mes copains, non ? elle refusa net. Avec une explication dont je ne devais percer le mystère que bien plus tard.

— Ton père va se douter de quelque chose ! Je te demande de ne JAMAIS lui en parler. Les loutres, et la Russie, sont nos petits secrets, d'accord ?

*

Ah, ces Russes, tant chéris de ma mère, et qui exaspéraient tant mon père, même s'il ignora longtemps la raison pour laquelle sa femme leur faisait si large place dans sa conversation. Saint-Pétersbourg, pardon Leningrad, par-ci, Spoutnik par-là !

— Tu ne pourrais pas parler d'autre chose ?

— Je parle de qui et de quoi je veux ! Mes enfants doivent apprendre à connaître ce grand peuple.

Pourquoi cette slavophilie maladive, allant jusqu'à soutenir les Rouges, invraisemblable contradiction chez cette femme profondément monarchiste ? Les tsars, on aurait compris. Mais les successifs présidents des praesidiums du Soviet suprême ?

Ah, l'éclat de rire quasi général, ah, la sortie de table d'une mère furieuse lorsque, au dîner, la petite voix flûtée de notre dernière-née Juliette raconta sa journée à l'école.

— Vous savez ce que notre maîtresse nous a expliqué : la raison pour laquelle ces imbéciles de Russes ont vendu l'Alaska aux Américains.

— Juliette, s'il te plaît, attention à ce que tu dis !

— C'est la maîtresse qui l'a dit ! Elle nous a montré la carte. L'Alaska fait partie de l'Amérique. Depuis longtemps, le président des États-Unis voulait l'acheter au tsar. Quand les Russes eurent tué toutes les loutres, ils ont cru que l'Alaska était vide, alors ils ont accepté l'offre américaine, ils ont vendu toute la région pour une bouchée de pain, idiots de Russes !

— Pourquoi idiots, Juliette ?

— Parce que, c'est trop drôle, papa, cinq ans plus tard on trouvait de l'or dans cette terre que les Russes, ces imbéciles, venaient de quitter.

Ainsi, par une fin morale, s'achevait notre histoire de loutres : ceux qui font le mal seront toujours punis.

Pourquoi maman ne revenait-elle pas ? Je l'appris bien plus tard : elle aimait en secret un homme rencontré alors qu'elle venait juste de se marier, un légionnaire russe devenu médecin français dans la campagne de Mulhouse...

Russie, Alsace, Alaska... Les courants de terre ferme qui entraînent nos existences sont aussi divers et subtils et sournois que ceux de la mer.

Il était temps pour Gabriel de céder enfin au décalage horaire et d'entrer sans peur dans le sommeil. Papanine attendrait.

3

Une libraire slavophile

Old Harbor Books, 201 Lincoln Street.

*Don't drip
on the books*

Ne vous égouttez pas sur les livres.

C'est ça, le risque : on franchit les océans, on traverse les continents, enfin on parvient à l'autre bout du monde pour l'explorer et on se retrouve envoûté, retenu dans une caverne aux trésors. Prévoyez de vives moqueries à votre retour. Alors, qu'as-tu appris de l'Alaska ? Je n'ai pas mis le nez dehors. Ah je vois, mon pauvre, les tempêtes qui s'enchaînent... Pas du tout, la magie d'une librairie. Tu apportes de l'eau à mon moulin : à quoi sert de voyager ?

Le lendemain de ma première visite, et pour réparer ma honte d'avoir si peu acheté jusque-là, *Alaska's History* (auteur : Harry Ritter ; éditeur : Northwest Books, seulement 12,95 dollars), j'étais revenu. Et de nouveau le jour d'après. Et reparti chaque fois avec des piles d'ouvrages.

L'Alaska est un territoire encore plus riche en histoires humaines qu'en filons d'or. Au passage, je me permets de vous recommander Hector Chevigny, *Russian America*, New York, 1965 ; William R. Hunt, *The Wild Days of the Alaska-Yukon Mining Frontier, 1870-1914*, New York, 1974 ; James Whickersham, *Old Yukon : Tales, Trails and Trials*, Washington, 1938.

J'étais devenu un habitué, d'autant plus apprécié que le seul de ma sorte dans ce désert touristique de la mi-mars. En conséquence, la directrice voulut faire ma connaissance.

— Vous n'avez pas l'air d'un touriste, vous.

Cette femme-là savait parler aux hommes. Comment ne pas mordre à ce genre d'hameçon ? Bonsoir, je m'appelle Natalia W. Dove. Des yeux bleus très rieurs, des cheveux blonds très raides de petite héroïne de BD, et une blouse rouge débordant sur un pantalon de cuir fauve, bottes noires pour une allure un peu jouée de cavalière faussement forte, du genre récemment tombée de cheval. Résumons : une vaillante émouvante. J'expliquai qu'en effet j'étais venu pour me documenter.

— Venu de France, à ce que j'entends de l'accent ? Oh, oh, c'est du sérieux ! On peut savoir le thème ?

— Pardon mais c'est plutôt confidentiel.

— Vous pouvez avoir confiance. J'aime trop les secrets pour les partager. Ça vous dirait de revenir dans un quart d'heure ? J'aurai fermé. Vous me raconterez. Je n'y peux rien, j'aime aider. À tout de suite. Je ne vous serre pas la main, il doit me rester de la confiture sur les doigts. J'organise aussi des goûters pour les plus jeunes de mes lecteurs.

Les livres, c'est bien. Mais si on n'anime pas sa boutique, Amazon vous mange. C'est comme ça chez vous ?

Puisqu'un jour, peut-être, madame la Juge, vous déciderez de vous offrir ce voyage à Sitka, sachez que la brasserie Mean Queen ne mérite que des éloges, excepté le bruit qui vous y perfore les oreilles. Mais, à mieux y réfléchir, cet invraisemblable vacarme peut être salué comme l'allié des intimités débutantes. Pour avoir une chance tantôt d'entendre et tantôt d'écouter, suivant l'alternance de toute conversation, on doit sans cesse se pencher l'un vers l'autre. La suite vous appartient.

Cinq jours durant, cette Natalia W. occupa ses moments libres à tenter de me convaincre que cette partie de l'Amérique était russe. Oui, Gabriel, RUSSE, et à jamais ! Qu'importe l'imbécile traité de 1867 !

Je hochais la tête, en cadence.

— Vous avez entendu parler du père Ivan Veniaminov ? Non ? Et vous voulez écrire sur les relations entre nos États-Unis et la Russie ? Allons visiter son église. (Comme on pouvait le redouter, n'ayant pu résister longtemps aux interrogations nataliennes, j'avais vite trahi mon secret Papanine.) Vous voyez le bulbe, là-bas ? C'est elle. On se demande pourquoi les Russes aiment tant pleurer. Comment voulez-vous qu'ils gardent les yeux secs avec ces oignons piqués sur tous leurs clochers ? Pauvre Saint-Mikhaïl ! Un incendie l'a détruite en 1966, je me souviens, j'avais quatre ans, la ville entière avait quitté son lit pour la regarder brûler. L'année d'après, une souscription permettait de la reconstruire.

— Dites-moi, il semblerait que la communauté russe soit riche !

— Non, elle est fervente. Et qui avait fabriqué l'horloge ? Justement, le père Ivan Veniaminov. Un Sibérien, celui-là, un vrai, né à Irkoutsk, volontaire pour partir évangéliser les Aléoutiennes, sitôt ordonné prêtre. Et vous savez sa tâche la plus urgente, à peine arrivé ? Construire lui-même sa maison, en se faisant aider des locaux pour qu'ils lui apprennent la menuiserie, la maçonnerie, le mystère des cheminées qui tirent... Dieu l'avait comblé de bien d'autres talents, parmi lesquels le don des langues. Une semaine après son arrivée, il prêchait en aléoute. Même rapidité miraculeuse pour apprendre le tlingit, le parler de l'autre peuple local. Je vous montrerai l'œuvre de sa vie, un dictionnaire. Mille pages pour aider les hommes à se comprendre. S'il vous plaît, dans votre livre futur, ne sous-estimez pas les Russes d'Amérique ! Vous connaissez un seul cow-boy prêtant attention à la grammaire iroquoise, au lexique hopi ? Que je sache, Buffalo Bill n'a jamais été anthropologue. Allez mon ami, je vous laisse, nous voici revenus devant votre hôtel. Que la nuit vous porte conseil, et vous inspire pour demain une prose digne de Le Carré !

Sans l'appel de mon éditeur en personne, oui, JMR, j'aurais changé de projet. Il trouva les mots de nature à me remettre dans le droit chemin.

— Gabriel, de nouveau tu me déçois ! J'avais décidé de te refaire confiance. Et ma maison se préparait à un lancement tonitruant. Or qu'est-ce que j'apprends ? Tu papillonnes ! À peine abordé, tu délaisses Papanine et joues les touristes en Alaska ! Gabriel, non, ne m'interromps pas. Je vais être clair. Ou dans sept jours, pas un de plus, nous recevons vingt pages, ou je confie Papanine à Pierre Assouline, Laure Adler, Dominique Bona, Emmanuel de Waresquiel, un biographe professionnel. À lui, à elle le succès et des traductions dans le monde entier. Gabriel, tu m'écoutes toujours ? Une dernière chose. Des auteurs qui passent de femme en femme, je connais ! Pour être franc, c'est une majorité de mon catalogue. Mais un livre, c'est autre chose, Gabriel ! Un livre réclame de la fidélité, une obstination exemplaire, tu m'entends ?, jours ET nuits, surtout les nuits. Voilà. J'ai tout dit. Cette conversation va me coûter les yeux de la tête. C'est la preuve de ma croyance en toi. Et j'ai du mérite. Au revoir, Gabriel.

Je raccrochai, penaud. Et courus annoncer mon départ à ma chère libraire. Sa réaction fut sobre et digne.

— Comment lui donner tort ? Heureuse de vous avoir connu, Gabriel. Puisque vous semblez vous intéresser vraiment à la Russie, je vous emmène ce soir à notre Divine Liturgie.

— Pardon ?

— Mais quelle chance pour vous de m'avoir rencontrée ! Décidément, que vaudraient les écrivains amputés de leurs libraires ? Apprenez, ignorant, que la Divine Liturgie est la messe orthodoxe. Prenez des forces. C'est long, très long. Ça vous apprendra la patience. Et la continuité. En attendant, puisque vous m'avez dit aimer le kayak, mon voisin en loue d'excellents. Rien de tel pour se promener dans l'archipel intérieur. Écrire et pagayer, ça se ressemble, non ?

Aujourd'hui encore, il me suffit de fermer les yeux pour me retrouver plongé dans l'interminable cérémonie dorée, entraîné dans la ronde des popes, emporté par les chants, titubant d'encens. Et mes lèvres, si je leur laisse ne serait-ce qu'un instant de liberté, murmurent l'enchaînement du rituel :

Proscomidie

Petite Entrée

Lectures

Grande Entrée

Anaphore

Épiclèse

Communion

Envoi

Congé

Qui pourrait croire l'orthodoxie si présente au bord du Pacifique ?

— Jurez-moi !

Dans la salle d'embarquement où la libraire avait cru nécessaire de m'accompagner, pour me soustraire à tout risque d'autres influences que la sienne, j'ai dû promettre de lui soumettre mon manuscrit, juré, avant l'éditeur !

J'ai juré.

— Je serai implacable.

— Je m'en doute. Vive les femmes puissantes !

— Un dernier mot, Gabriel. N'oubliez pas que la perte de l'Alaska est le Grand Regret de la Russie. Vous qui courez partout et tout le temps, pouvez-vous comprendre la violence d'un regret ?

Durant le vol pour Nome, courte escale à Anchorage, je m'entretins longuement avec ma mère.

— Tu vois, maman, moi aussi j'ai failli succomber à la séduction slave.

Il faut vous dire qu'elle et moi nous nous sommes toujours beaucoup parlés. Et s'il faut faire les comptes, plutôt plus souvent depuis sa mort.

4

Éloge du kayak

Un jour de la nuit des temps, un habitant du Grand Nord se demande comment ressembler aux phoques qu'il chasse. Il sait, depuis l'enfance, que pour survivre, il faut chasser, pas d'autre choix, et que pour bien chasser, il faut devenir ceux qu'on chasse.

Pour se muer en phoque, il fallait d'abord construire un squelette semblable au sien. Étant donné que c'était la nuit des temps, impossible de savoir si cet inventeur du kayak choisit des os d'animaux morts ou des branches de bois qui traînaient par là. La seule certitude est celle-ci : pour l'enveloppe extérieure, il utilisa une peau de phoque. Quoi de plus semblable à une peau de phoque vivant qu'une peau de phoque mort ? Ce déguisement une fois prêt, le moment vint de l'essayer. Quel dommage que ne nous soit pas parvenu le joyeux visage de l'inventeur ! Son faux phoque flottait comme un vrai et pouvait se promener entre les vrais sans qu'ils prennent peur. Aucun ne détectait la tromperie. Au contraire, ils venaient folâtrer contre cette fausse coque de ce faux bateau, comme pour souhaiter bienvenue au nouvel arrivant de l'espèce, pourquoi viens-tu si tard en saison ? Tu ne peux pas plonger comme nous, chacun ses faiblesses, on ne va pas t'embêter avec ça, maintenant, si tu veux connaître nos lieux de pêche, suis-nous !

Dès le lendemain, l'inventeur était imité par tous ses voisins, habitant le même village, et la nuit des temps se peupla de ces faux phoques qui se révélèrent les meilleurs des bateaux.

Non seulement les kayaks allaient sur l'eau comme chez eux en se moquant des vagues mais ils glissaient sur la glace. Ils savaient comment disparaître, se fondre dans le brouillard, pour réapparaître le bon moment venu. Ils suivaient d'instinct ces chemins d'eaux invisibles qui remontent le courant...

Ils arrivaient sans bruit si près des oiseaux qu'aucun ne s'envolait. Mieux, ils leur livraient des secrets, connais-tu ces trous dans le froid où il fait presque chaud, ça permet de résister à l'hiver, et ces trous dans le temps, de véritables mines de patience pour supporter les heures qui ne passent pas ?

Les kayaks ne s'arrêtent à aucune frontière. Peut-être parce qu'ils viennent de la nuit des temps et que dans cette nuit-là du Grand Début, tout était mêlé, l'eau, la glace et la terre, les humains, les phoques, les baleines et même les oiseaux...

Dans l'un de mes rêves, je m'étais choisi une parka en intestins de phoques.

Ce matin-là, je me suis réveillé en pleurant. Pleurant non de tristesse mais de joie. Pleurant car conscient d'avoir été, cette nuit-là, visité par une vérité. Une vérité toute simple et pourtant géante, l'une de ces rares vérités qui bouleversent, mais une vérité lente à paraître, aussi lente qu'un jour qui naît dans le brouillard, aussi lente qu'un kayak remontant la rivière. Cette vérité qu'il n'y a pas de frontières dans la vie, tout est vivant dans la vie, du lichen à Mozart, ce sont nous les hommes qui avons inventé les frontières car nous sommes des peureux du vivant. Nous croyons craindre la mort. C'est la vie qui nous fait trembler.

VI

AU PAYS DES TRÉSORS PERDUS

1

Une ville sans nom

Nome.

Revenu au temps de ma jeunesse, ces veilles d'examens ou de concours, lorsque avant de céder au sommeil, on repasse sans fin dans sa tête ses révisions des mois écoulés, j'avais fermé les yeux et consultai, en accéléré, les notes accumulées sur cette ville perdue à l'extrême pointe de l'Alaska.

Nome

64° 30′ 14″ Nord

165° 23′ 58″ Ouest

3 665 habitants

Altitude : 6 mètres

Nome.

Jusqu'à la fin du XIXᵉ siècle, rien.

De temps à autre quelques Inuits viennent chasser le long de la mer.

En 1898, un Norvégien (Jafet Lindeberg) et deux Suédois (Erik Lindblom et John Brynteson), attirés vers ces rivages par on ne sait quel pressentiment, et suite à on ne sait quelles déconvenues personnelles, trouvent des grains d'or dans le sable de la plage. Une foule accourt. On plante des tentes. Le repris de justice Wyatt Earp ouvre un saloon.

Nome compte dix mille habitants l'année suivante, bientôt vingt mille.

Dix ans plus tard, la fièvre est retombée. Aujourd'hui, du moins d'après le recensement le plus récent (2011) : 3 645 habitants.

Établissements recommandés (outre l'Aurora Inn) : Polar Café, 204 Front Street, téléphone 443 51 91 ; Subway, 135 East Front Street, téléphone 443 81 00, Pizza Airport, 406 Bering Street, téléphone 443 79 92.

Satisfait de sa mémoire, et fraternellement bercé par le Stilnox, Gabriel s'endormit pour de bon.

Nome : quel drôle de nom !

*

Dans un bureau sombre et enfumé, un homme travaille. Où sommes-nous ?

Impossible de savoir. Les rêves se moquent de la géographie et mélangent les lieux selon leur bon plaisir.

À quel moment de l'histoire du monde avons-nous été transportés ?

Même devinette. Mieux vaut tout de suite donner sa langue au chat.

Mais comme le frêle et tremblotant éclairage est assuré par une bougie et que c'est une plume d'oie qui court sur le papier, nous pouvons exclure une période « moderne ». Remontons donc le temps, et appuyons-nous sur la perruque jaunâtre de notre homme et sur son pardessus (élimé), signe du froid qui règne, oui, remercions ces indices et décidons que nous voilà installés au XVIIIe (siècle).

Approchons-nous. La très large feuille sur laquelle le frigorifié promène sa plume est une carte géographique, plus précisément un très long rivage car d'un côté, à main droite, des écritures foisonnent. Et de l'autre, sur la gauche, rien ; le vide menaçant de la mer. Le labeur en cours consiste à reporter sur la grande feuille des indications griffonnées sur un méchant carnet, mi-déchiré, mi-gondolé comme si quelqu'un l'avait sorti de l'eau la veille.

Et maintenant tendons l'oreille car ce malheureux scribe bougonne.

— Je sais bien, les bateaux bougent et, quand on explore le monde, on n'a pas la tête à la calligraphie. Mais tout de même ! Si l'Amirauté daignait nous embarquer ! Alors qu'Elle nous considère comme juste bons à recopier. On éviterait des erreurs et donc des naufrages.

Notre homme a déjà dessiné les sinuosités de la côte, déjà retranscrit les appellations choisies par ces maudits découvreurs. Hazen Bay, Stuart Island, Norton Sound, Unalakleet…

Il se penche, il approche la bougie, ces marins de malheur écrivent trop mal. « Nome » semble désigner dans le carnet cette autre avancée de la Terre. Va pour Nome, ils auraient pu trouver plus original, décidément les voyages épuisent l'imagination !

On frappe à la porte. Deux soldats viennent chercher la carte.

Toute la nuit qui suit, notre cartographe ne dort pas. Malgré l'obscurité de sa tâche et le dédain dans lequel on le tient, c'est un homme d'une grande et tenaillante conscience professionnelle.

— Et si je m'étais trompé ?

Assis sur son lit de paille, son bonnet-perruque en bataille, il se ronge.

— Et si j'avais mal lu ? Et si Nome était Name ? Et si les marins avaient réservé pour plus tard le moment de baptiser cet endroit ? Et si la tache d'encre suivant ces griffonnages était un point d'interrogation ? Name ou Nome ?

Bourrelé de remords, le cartographe ne trouva le sommeil qu'à l'aube. Au moment même où je rouvris les yeux pour boucler ma ceinture. Le commandant de bord venait d'annoncer un atterrissage imminent.

2

Bienvenue la mort !

Et maintenant notre avion s'amusait. Après avoir décollé sagement d'Anchorage et volé tranquillement une heure et demie, il avait décidé de jouer. Il descendait, descendait, faisait mine d'atterrir. Au dernier moment, il remontait vers le ciel.

— C'est la faute aux ours blancs, m'expliqua mon voisin de la place 27B, une montagne de muscles qui débordait sur l'allée centrale. Ils n'ont rien à manger. Alors ils rôdent autour de l'aéroport. Certains s'endorment sur la piste. Mieux vaut les réveiller avant d'y poser les roues.

Notre Boeing tournait et retournait au-dessus d'un champ de croix noires. Elles tranchaient sur le blanc général. Le vent les avait libérées de la neige.

— J'aime déjà cette ville.

— Si je peux me permettre, drôle de choix, Nome, quand on a le choix. Tu dois avoir tes raisons. Reviens en octobre, je t'embarque…

Il parlait droit devant lui sans se tourner vers moi (place 27C) : la masse de son cou devait lui interdire tout mouvement. Dans la vie, il pêchait les king crabs.

— Tu verras, rien de tel que la peur, la vraie peur pour te nettoyer la tête. Et question danger, j'aurai tout en magasin : vagues énormes, pont gelé, câbles qui fouettent, si un homme tombe à la mer, durée de vie deux minutes. Et quand il fait vraiment, vraiment froid, les casiers empilés gèlent, le poids monte dans les hauteurs…

— Et alors ?

— Alors, pauvre pomme, le bateau se renverse. Le mien, c'est le *Camelia*. Tu peux pas le manquer. Au milieu du port. C'est normal. C'est le plus beau.

— En ce moment, votre *Camelia*, il se repose ?

— Il cicatrise. Je reviens pour le réparer de la campagne précédente. Ah bravo le pilote, pour une fois, il n'a écrasé personne. Allez bon séjour !

— Oh je ne ferai que passer. Je continue vers le Nord.

— Pour ça, tu verras bien ! Chez nous, c'est pas le voyageur qui décide.

3

La ligne de rosée

Dans la petite foule qui attendait les voyageurs, rien que des mastodontes, les femmes tout autant que les hommes, je le reconnus au premier regard. Benoît m'avait préparé : impossible de te tromper. J'ai celui qu'il te faut : oui, un membre de l'équipe légendaire. Celle du *miracle sur la glace*. Et même s'ils prennent quelques kilos avec l'âge, les hockeyeurs demeurent toujours des athlètes.

Je m'avançai la main tendue.

— Vous êtes Frank, n'est-ce pas ?

— J'essaie. Et c'est donc vous, l'écrivain ?

Je n'ai pas répondu.

— Benoît m'a prévenu. Mais c'est loin, tout ça ! Maintenant, je ne suis que taxi.

— Il vous adresse ses amitiés.

— Un généreux, celui-là ! Toujours à chercher du rêve pour le donner aux autres. Vous avez une valise ?

— Jamais.

— Vous avez raison. Voyager light, c'est le secret.

— Oh, j'ai besoin de m'alléger encore.

— J'ai cru le deviner dans le message de notre ami.

— Heureusement, j'ai Papanine.

— Ah celui-là, faites-moi confiance pour vous en gaver. On passe à l'hôtel ? Vous êtes fatigué ou on plonge tout de suite dans le vif du sujet ?

— Quelle fatigue ?

— Parfait, nous allons bien nous entendre. Pardonnez ma voiture. L'hiver fut rude.

— À propos, le jour arrivera quand ? Je croyais que mi-mars…

— N'ayez pas peur. Il ne devrait plus tarder.

*

Je m'installai dans la Chevrolet déglinguée. Les places arrière disparaissaient sous un amas de cartons.

— Avant de démarrer, une question. D'homme à homme. Êtes-vous communiste ? On dit que la plupart des écrivains français le sont.

— Oh, la mode est passée.

— Je préfère ça ! Mais la peste peut toujours revenir. Nous sommes quelques vigilants.

— Une association ?

— Je vous expliquerai. En avant pour nos champs de bataille !

— Parce qu'on s'est battus en Alaska ?

— Je serais vous, j'arrêterais de me moquer : le mur de Berlin n'a rien à nous envier. Notre État a pris plus que sa part dans le combat pour la liberté.

La route de terre s'élevait rapidement. Je ne quittais pas des yeux le port. On n'y voyait plus d'eau, rien qu'une surface chaotique de ponts et de mâts enchevêtrés. Portés par les rafales, les cliquetis des drisses devaient s'entendre en Russie. Qu'arriverait-il si la tempête continuait ? La côte n'offrait pas d'autre havre que Nome. Après nous avoir effrayés par plusieurs dérapages, Dieu nous permit d'atteindre le sommet de la colline. Frank arrêta la voiture, au moment même où la pluie redoublait. Je serais volontiers demeuré encore quelque temps bien au sec, mais c'était mal connaître mon nouvel ami. Pas question d'attendre que passe l'averse. Je fus bien forcé de le rejoindre sous la douche glacée.

— Regardez ! Impressionnant, non ?

Je jouai la stupéfaction alors que nous n'avions devant nous qu'une pauvre usine en ruine. Comme on en rencontre des centaines dans nos provinces, abandonnées par les hommes et consolées, tant bien que mal, par la rouille. Seule originalité : un dôme immense, le globe oculaire d'un géant qu'il aurait laissé là par mégarde.

— C'est un radar. Dès le début de la guerre froide, nous en avons construit soixante-trois, oui, soixante-trois ! D'ici jusqu'à la mer de Baffin, au Nord-Est du Canada.

D'un geste large et solennel, Frank balaya l'horizon. Il me tendit des jumelles d'une qualité exceptionnelle. Où puisaient-elles assez de lumière pour voir dans cette pénombre ? Des collines se succédaient. Sur le sommet desquelles on parvenait à distinguer, émergeant des broussailles, d'autres amas de ferraille et d'autres gros yeux marron.

— Comment traduisez-vous *dew* en français ?

— Rosée.

Il répéta avec une gourmandise d'enfant tournant dans sa bouche un bonbon.

— Rosée (il prononçait « rrosais »), quel dommage, le déclin de votre langue ! Mon père la parlait encore. Nos militaires sont des poètes. Ils ont baptisé DEW cette ligne d'écoute. *Distant Early Warning. Dew.* Comment diriez-vous en français ?

Je balbutiai un bon moment pour n'aboutir qu'à un pâté informe : avertissement à distance et le plus tôt possible. Désolé. L'anglais a le génie de la concision.

— Vous êtes déçu, je le vois bien. Ces ruines ne paient pas de mine, hein ?

— Pour être tout à fait franc...

— C'est grâce à elles que nous avons repoussé les communistes.

— Mais, à ce que je sache, ils n'ont pas attaqué.

— Vous avez entendu parler de la dissuasion ? Ils savaient que le plus furtif de leurs avions serait irrémédiablement repéré et, dans la minute, abattu. Avec des représailles terribles.

La pluie se faisait méchante, de plus en plus dure, de plus en plus froide. À croire qu'elle ne supportait pas notre conversation.

— Pardon, vous verriez un inconvénient à ce que nous retournions dans la voiture ?

Une fois à l'abri, Frank McLean Junior me raconta longuement, sans omettre aucun détail, le dispositif de défense établi dès 1948 : un aéroport construit en quelques mois à Fairbanks et devenu le plus important du monde, l'arrivée d'une armée de vingt-trois mille ouvriers pour élever ces stations de radars, la préparation du déménagement des usines Boeing : à Seattle elles étaient trop proches de l'ennemi russe, trop vulnérables, Wichita (Kansas) s'activait déjà pour les accueillir…

— Les historiens et les journalistes n'ont que Berlin à la bouche, Gabriel, le blocus de Berlin, le pont aérien pour sauver Berlin… alors que c'est ici même, en Alaska, qu'a commencé la guerre froide.

Les auteurs sont des chiens de chasse. Ils frétillent, ils hument, ils piaffent dès qu'un nouveau personnage pourrait bien s'inviter dans leur récit…

— Et elle vous vient d'où, cette… vigilance ?

— De mon père. Frank McLean !, oui, le même nom que moi, Junior en moins. C'était un patriote, lui, un vrai. Aux moments les plus rudes de la guerre froide, le conflit de Corée, l'invasion de Budapest, la nationalisation du canal de Suez, aussi en 1956… le pays a toujours pu compter sur lui.

Dans la voiture, les vitres s'étaient depuis longtemps recouvertes de buée. Frank ne s'en inquiétait pas. Quel besoin de voir quand on voyage à l'arrêt, et seulement dans le passé ?

— Dans quelle armée servait-il ?

— Aucune. Un accident de moto lui avait écrasé les jambes. Il vivait dans une petite voiture. Mais les invalides peuvent apporter beaucoup à leur pays. Rien qu'avec leurs yeux. Tout le monde se moquait de lui. On s'est déjà moqué de votre père, vous ? Je peux vous l'assurer : ça fait mal ! Et puis le 16 octobre 1962, lorsque a éclaté la crise de Cuba, ils ont moins ri. Vous avez encore un moment ?

— Oh moi, vous savez, tout ce que vous me racontez des rapports avec la Russie nourrira mon Papanine…

— Avant de rejoindre votre hôtel, passons par la maison. Je vous montrerai. Et un café brûlant n'a jamais fait de mal à un pauvre petit écrivain français frigorifié.

Il a sorti de la boîte à gants une serviette crasseuse qu'il a promenée sur le pare-brise. Le monde extérieur est revenu vers nous, par morceaux, à commencer par l'immense radar rouillé. Et notre Chevrolet Tahoe s'est prudemment engagée dans la descente.

Après une bonne heure d'un parcours qui, de nids-de-poule en fondrières, tenait beaucoup de la navigation tellement tanguait et roulait le vaillant véhicule, nous avons rejoint sur la plage une longue bâtisse, mi-bois, mi-béton, mi-cabane, mi-bunker.

— C'est là que mon père voulait vivre : en première ligne. Dans ce secteur, il n'y a pas le moindre or dans le sable. Donc le terrain ne vaut rien.

Nous avons marché, de la boue jusqu'aux mollets. L'ancien hockeyeur a brandi son trousseau de clefs. On n'ouvre pas comme ça le poste le plus avancé de la ligne de front. À l'intérieur, on étouffait.

— Je serais vous, Gabriel, je retirerais ma parka. Vous allez prendre mal. Nos radiateurs, on ne sait pas les arrêter. Toujours par ordre de mon père. Il criait quand on fermait les fenêtres. Pourquoi ? Il croyait les vitres complices d'aveuglement. Un jour, il m'a demandé de me renseigner pour savoir d'où elles venaient et qui les avait fabriquées, et si les ouvriers, par hasard, n'étaient pas syndicalistes…

— Une chose est sûre : s'il avait pris la fantaisie à un espion soviétique de se faire dériver jusqu'ici sur son morceau de banquise, votre père l'aurait repéré le premier.

— Exact ! Vous avez compris de quelle race d'hommes était Frank McLean !

J'ai vivement remercié son fils pour sa contribution.

— Je ne fais que mon devoir. Les vrais Américains acclameront votre livre. C'est moi qui vous le dis ! Nous nous acharnons à le répéter : la leçon japonaise de Pearl Harbor ne nous a pas suffi ! Les Russes reviendront occuper l'Amérique, comme ça, un beau jour, sans prévenir.

4

Uiniqumasuittuk

Lorsque je dresse la liste de toutes celles et tous ceux qui méritent ma gratitude, ce long prénom arrive parmi les premiers : Uiniqumasuittuk.

Je venais d'arriver à Nome.

En plein jour, selon ma montre : midi quinze.

Mais dans la nuit quasi complète, si je faisais confiance à mes yeux.

Je finis par gagner mon hôtel, l'Aurora Inn. À peine ma valise posée dans la plus impersonnelle des chambres (n° 22), je redescendis supplier : s'il vous plaît, vous avez le wifi ? Le besoin maudit de connexion m'avait saisi. À la réception, le jeune homme qui m'avait accueilli avait été remplacé. Par une puissance. Jamais je n'avais rencontré femme plus haute, plus large. Elle me sourit, apitoyée. Elle avait reconnu en moi un vieil enfant perdu, naufragé de la modernité. Comme c'est l'usage aujourd'hui, pour « personnaliser » les relations avec la clientèle, elle portait sur sa large poitrine une étiquette nous informant de son prénom. Uiniqumasuittuk, puisque ainsi elle s'appelait, me tendit la petite carte comportant le sésame : alaska1867.

— Dites-moi, mademoiselle, comment faites-vous pour survivre dans six mois de nuit ?

Dans ma vie déjà longue, je croyais avoir rencontré toutes les nuances possibles dans les regards d'une femme posés sur moi : l'agacement, le dégoût, l'intérêt, la surprise, parfois même, fugitif, l'amour. Mais jamais un tel accablement, accompagné d'un mouvement circulaire de la tête, une vraie pitié désolée : pauvre monsieur, je voudrais bien vous apporter mon aide mais je viens trop tard, votre cas paraît désespéré.

Elle se contenta de me sourire.

— Il suffit de savoir regarder.

— Vous en avez de la chance !

Et je suis remonté quatre à quatre m'affronter à Papanine.

Non sans avoir appelé le très cher Serge Palin. Sachez que, non sans fierté, je le considère comme mon « anthropologue personnel ». Avec une inépuisable patience, il ne cesse de me renseigner sur les infinies variations du thème Espèce humaine.

— Tu sais l'heure qu'il est chez nous ?

— Quelle importance ?

— L'importance, sale égoïste, c'est que toute la famille dort. Et que tu as réveillé notre fille Constance !

— À propos, comment va sa musique ?

— Arrête de faire semblant de t'intéresser. Sache seulement qu'elle chante demain, je veux dire ce matin, du Delalande à Versailles. Maintenant que tu as gâché notre nuit, que veux-tu savoir cette fois ?

— Le sens d'un prénom, Uiniqumasuittuk.

— Facile : « Celle-qui-ne-veut-pas-se-marier ». Tu me permets un conseil ?

— J'en ai déjà peur.

— Si ta nouvelle amie t'annonce qu'elle a décidé de changer…

— Changer quoi ?

— … son prénom, enfuis-toi. Allez, je vais me recoucher et je t'embrasse malgré tout.

5

Les marées de terre ferme

Nome, le 16 mars 2012, dans cette nuit d'hiver qui s'éternise.

Il faut que tu apprennes, ma Suzanne, même si, par jugement en date du 10 octobre 2011, je n'ai plus le droit de t'appeler par aucun mot possessif, ni d'ailleurs par aucun autre mot, il faut que tu apprennes, mon amour, que l'océan n'a pas le monopole des mouvements : il existe des marées sur la terre ferme, des marées aussi discrètes que sauvages, des marées tellement indisciplinées que personne ne peut les prévoir, même en passant des heures et des années à repérer les places respectives de la Lune, Jupiter et Mercure, des marées dont on ne voit rien, des marées qui vous entraînent sans que vous ressentiez le moindre courant.

Un beau jour, on se retrouve au bout du monde, sur une plage, aussi blanc et nu qu'un bois flotté, aussi lisse, aussi dépourvu de branches, aussi seul.

Conclusion : il faut se méfier de la géographie, mon amour. La terre dite ferme n'est pas seulement recouverte de forêts et de villes, de champs, de rails et d'autoroutes mais aussi d'un réseau de tapis roulants, invisibles et silencieux. C'est pour cela que tant de gens se séparent. Ces malheureux n'ont pas pris garde. Ils ont posé le pied aux mauvais endroits, chacun sur un tapis. Et les tapis se sont éloignés l'un de l'autre. D'abord doucement, une distance imperceptible s'est ouverte, et puis de plus en plus vite. Vous allez dire que je plaide pour nous, que je cherche des excuses, des circonstances atténuantes. Aucune importance. J'assume. Et t'en conjure : n'accablons pas ceux qui, ne s'étant pas assez méfiés des marées de la Terre, n'ont pas réussi à demeurer ensemble.

Au revoir, mon amour. Je te promets, je vais enfin respecter le jugement en date du 10 octobre 2011 et, dans tous mes dictionnaires, et faute de parvenir à t'arracher de ma mémoire, je promets solennellement de rayer le mot amour. Dans tous mes dictionnaires, dont tu sais que je fais collection, mon œil désormais sautera directement d'« amortisseur » à « amovible ». Et peut-être qu'avec le temps je finirai par oublier que jadis, entre amortisseur et amovible, amour se tenait.

6

La révolte des pompeurs d'or

Rien n'est plus morne que le travail d'un écrivain. J'ai commencé à suivre pas à pas la carrière de mon héros, Papanine.

1917-1922 : il participe activement à la guerre civile (du côté soviétique bien sûr).

1923-1932 : on le retrouve employé au Commissariat du peuple, chargé des communications. C'est alors qu'il se laisse envoûter par le charme du Grand Nord et enchaîne les missions sur des brise-glaces. Avant de commander l'expédition qui va le rendre célèbre dans le monde entier et le conduire jusqu'à l'honneur suprême : embrasser, sur la bouche, Staline soi-même.

Cette sommaire chronologie mise en place, je pouvais m'accorder quelque répit.

— Vous me raconterez si vous trouvez quelque chose d'intéressant ? Nome a peu à offrir !

Uiniqumasuittuk me souhaita bonne chance pour ma promenade.

— Le port me suffira. Mon grand-père m'a appris à toujours saluer ceux qui osent partir mais aussi ceux qui osent revenir.

— Bravo à lui ! Comme vous avez pu le constater, le temps est exécrable.

— Justement !

— Eh bien vous alors ! Avec un visiteur de votre trempe, on ne va pas s'ennuyer.

Je remerciai (poliment), capelai mon ciré et courus affronter un vent aussi dur qu'une muraille. Bien avant d'apercevoir la moindre forme de bateau surgir entre les maisons de bois, une musique chère à mes oreilles me rassura. J'avançais dans la bonne direction. Ce sifflement continu, ce cliquetis effréné des drisses contre les mâts, des écoutes contre les bômes, ces gémissements de chaînes tendues à l'extrême avaient bercé mes jeunes années. Pour un bambin, quelle plus joyeuse distraction qu'une tempête ? Quelle revanche de voir les adultes à leur tour s'effrayer ! Quelle ivresse de vivre, enfin, de l'exceptionnel ! Quelle certitude de s'ennuyer moins dans les heures à venir ! Vous connaissez de meilleurs remèdes à la mélancolie de l'enfance ? Et pour peu que la sirène du sémaphore convoque le bateau de sauvetage, pour peu que s'annonce la sinistre nouvelle d'un naufrage en cours, quelle excitation plus complète ? Jouez hautbois, résonnez musettes, Noël !

Enfin surgit, au lieu du port attendu, un chaos. Le genre de désordre dont seuls ont le secret les salons nautiques. Tout ce que les hommes avaient inventé pour flotter s'était donné rendez-vous là, remorqueurs, chalutiers, barges, voiliers de toutes tailles, cargos cabossés, un bateau-phare, deux frégates grises de la Navy, des formes rouillées à l'ancienne fonction indéfinissable, canots en bois, une goélette de musée... Où était passée l'eau ? Ils devaient reposer sur elle mais on ne la voyait pas, tant ils s'étaient entassés, enchevêtrés, gréements mêlés, bouts dehors des uns traversant les chandeliers des autres, filets accrochés dans l'air aux barres de flèche, et toujours le vacarme, désormais assourdissant, aux hurlements du vent s'ajoutaient le grondement des éoliennes et le fracas des drapeaux américains, ils claquaient comme des coups de fusil. À quel ennemi répondaient-ils ? Je ne sais pourquoi j'ai regardé ma montre. Trois heures vingt de l'après-midi. La pénombre ambiante ajoutait à l'atmosphère de cauchemar. Et quelle était cette meute rassemblée, vociférant, devant la capitainerie ? Je me suis approché sans comprendre qui étaient ces mécontents et les motifs de leur colère. Ils avaient beau hurler, comment voulez-vous que des voix humaines rivalisent avec une furie du ciel ? Un panneau griffonné m'a mis sur la piste.

NOTRE PORT EST À NOUS !
DEHORS LES VISITEURS !

Quelqu'un, ou quelque chose, m'a touché l'épaule. Je me suis retourné. Mon quasi-confrère, Bertrand G. de Jongdt, le Hollandais pompeur de mer.

— Amusant, cette révolte, non ?
— Vous pouvez m'expliquer ?
— D'accord, mais pas ici. Je n'aime pas m'époumoner. Et puis, je ne sais pas vous, moi les tempêtes me donnent soif. Vous n'avez rien contre le Polar Café ? J'y ai mes habitudes.

Nous nous y sommes attablés, d'abord sans rien dire. Occupés à goûter ce silence.

— Heureux de vous revoir.

— De même !

— Quelle animation pour un bout du monde !

— D'ordinaire, mes clients sont tranquilles. Ils possèdent les grosses barges. Rien de plus simple que leur métier : pomper toute la journée le sable le long du rivage et récupérer les petits grains d'or qui s'y trouvent. Ne pas sortir à cause du mauvais temps, ils en ont l'habitude. Mais se faire bloquer par tous les arrivants, ils n'aiment pas. Et quand le calme reviendra, combien de temps faudra-t-il pour vider le port ? Des jours et des jours. Sans récolter la moindre once d'or. Et ils ont tous des crédits à rembourser.

— Qu'est-ce qu'ils réclament ?

— Que les intrus dégagent !

— Avec la mer déchaînée ?

— Chacun son problème. C'est l'Amérique ! Pauvres chercheurs d'or ! Ils ne sont pas au bout de leurs peines. Avec le réchauffement général, de nouvelles routes maritimes vont s'ouvrir. De plus en plus de bateaux vont passer par le Nord. Au Nord du Canada, au Nord de la Sibérie ! Ils viendront tous à Nome !

Nous avons erré dans ces pensées de dérèglement climatique juste assez de minutes pour vider les deux coupelles de cacahuètes. Bertrand G. de Jongdt est revenu vers moi :

— Alors Nome vous plaît ?

— Premier contact. De toute façon, vous m'aviez prévenu.

— Je n'ai pas voulu vous effrayer. Maintenant, vous êtes

en train de deviner que c'est encore pire. Vous comptez rester longtemps ?

— Mon but, c'est l'île Diomède. Il paraît que de là-bas on aperçoit la Russie.

— Je confirme.

— Mais je dois attendre la fin de la tempête. Les avions vers le Grand Nord sont tout petits. Aucun ne décollera.

— Pauvre de nous !

Nous nous sommes souri. Sourires de frères, sourires de naufragés. Frères naufragés réconfortés par deux longues rasades de bourbon.

— Et vous, Bertrand, votre carnet de commandes ?

— Satisfaisant. Mais je m'en vais, mon siège me rappelle.

— Pardon ?

— Le siège de la Compagnie qui m'emploie, son quartier général si vous préférez. À Rotterdam, nos contrôleurs de gestion, vous connaissez cette race ?, évitez-la, ils pensent qu'on ne fait plus assez d'argent avec l'or.

— Drôle de phrase, non ?

— Drôle d'époque, surtout.

— Et avec quoi Rotterdam espère « faire assez d'argent » ?

— L'eau, bien sûr, cette bonne vieille eau. Avec le Réchauffement, cet Océan qui se dilate, ces Terres qui vont se retrouver submergées, on va devoir pomper. Pomper comme jamais. Je serais vous, j'investirais dans le business des pompes. Avenir garanti.

La pluie avait eu raison des manifestants. Par petits groupes dégoulinants, ils revenaient se réfugier dans notre bar. Tiens, le Hollandais ! Puisque tu pompes, t'aurais pas un aspirateur à mauvais temps ?

Cette suggestion m'a donné une idée.

— Si la philosophie de bazar vous intéresse...

— Au point où nous en sommes...

— La glace, quand on y pense...

— Eh bien ?

— Ce ne serait pas la meilleure des pompes ?

— Expliquez-vous.

— C'est lors des plus grands froids que la mer a le plus baissé. Regardez ici, le détroit de Béring. Le Pacifique avait reculé. L'Eurasie et l'Amérique se touchaient. Les humains et les chevaux ont profité de la Glaciation pour passer à pieds secs.

Bertrand G. de Jongdt m'a vivement félicité. Et si vous changiez de Compagnie, Gabriel ? Je suis sûr que votre société du Rhône est très bien, mais vous avez tout à fait la mentalité « pompes ». Vous plairiez beaucoup à mes employeurs.

Je lui ai promis d'y réfléchir. Il s'est levé. Son portable venait de lui confirmer que les gros avions bravaient la météo. Il m'a donné sa carte. On ne sait jamais. Les chemins des gens comme nous finissent toujours par se croiser. En attendant, bonne chance ! Les chercheurs d'or ont salué sa sortie par des acclamations. Embrassez pour nous la Hollande ! Et les putains d'Amsterdam !

Bertrand G. de Jongdt n'était pas du genre à se retourner. J'ai vu son dos et sa main qui s'agitait. Elle s'est évanouie derrière un rideau de pluie. Le temps que la porte s'ouvre, il m'avait paru entendre dans les rafales le gémissement sourd d'une corne de brume. L'appel d'un bateau suppliant qu'on le laisse se réfugier dans le port.

Où Gabriel, héros malheureux de cette histoire,
se trouve en capacité de vous raconter
certains épisodes méconnus de la ruée vers l'or

Les tempêtes succédant aux tempêtes, j'étais prisonnier de Nome. Impossible de remonter plus haut vers le détroit de Béring, terrain de jeu du Papanine. Plongé dans ma documentation, je ne quittais pas l'Aurora Inn et, pour être franc, y étouffais.

Au cinquième jour, Frank McLean prit pitié :

— Pardon de vous demander ça, mais où travaillez-vous ?

— Chambre 22. Sinistre. Moquette orange sur le sol, moquette verdâtre aux murs.

— C'est bien ce que j'imaginais.

— Vous avez la solution ?

— Tout près de votre hôtel, au n° 223, le Musée historique. Je connais son directeur. Il est malade. Impossible pour lui d'assurer les horaires d'ouverture. S'il vient à un touriste grincheux l'idée d'aller protester à la mairie, mon ami est viré.

— Je comprends bien.

— Je vous propose son bureau. Vous allez adorer l'environnement : animaux empaillés, dont un terrifiant grizzli, traîneaux et leurs chiens, leurs yeux bleus vous fascineront, outillages de chercheurs, fusils, revolvers, photos de meurtriers, tarifs des prostituées, bouleversantes informations sur les peuples autochtones, fausses pépites, maquettes de bateaux à aubes sur le fleuve Yukon... Sans oublier la musique, des airs de saloon ; il suffit d'allumer et un piano mécanique se met à jouer.

— Celui-là, vous ne m'en voudrez pas, je vais le mettre en veilleuse !

— Comme vous voudrez !

— Et si des visiteurs se présentent ?

— Aucune chance ! Personne ! De mémoire d'Alaskais, pas un chat non alaskais ne se risque chez nous avant que le jour ne revienne. Vous aurez eu le temps de bien avancer dans l'histoire de votre stalinien.

Remerciant chaudement mon ami patriote, j'ai déménagé l'instant d'après le carton où s'entassaient mes dossiers russes. En conséquence, je prie mes biographes à venir de ne pas oublier mon expérience de guide. Guide de la ruée vers l'or.

Sitôt que j'entendais grincer la porte, je refermais précipitamment mon dossier P.

On me découvrait derrière mon guichet. On regardait un peu partout. À mon vif amusement, on cherchait quelqu'un d'autre. On finissait par m'interroger.

— Pour les billets... heu... où faut-il s'adresser ?

— C'est moi. Je remplace provisoirement le directeur. Pardon pour mon accent, je viens de France.

Souvent, après une première visite, on revenait vers moi.

— Pardon de vous déranger mais vous pourriez nous expliquer une photo ?

— Je suis là pour ça.

Quelle récréation de pérorer devant un public, même modeste, après des heures et des heures de solitude à tenter de trouver, pour mon Livre, le ton *juste*.

— Vous avez ici des clichés de la première grève. De grandes sociétés minières s'étaient empressées d'accourir pour prendre le contrôle des terrains les plus prolifiques, embauchant des centaines d'ouvriers et les traitant comme autant d'esclaves.

Savez-vous comment on appelait Nome dans ces temps sauvages et joyeux ? « Sin City », la ville du péché ! À cause de ses quartiers chauds, la « Red Light Area », la zone où brillait la lumière rouge qui annonçait la présence accueillante des bordels.

À Sin City, on volait, on agressait, on tuait sans vergogne. Si bien qu'il fallait sans cesse faire appel à l'armée pour rétablir un semblant d'ordre.

— Et cette file d'alpinistes dans la neige, quel rapport avec l'or ?

Je ne me hâtais pas pour raconter, trop heureux de retarder le moment où je devrais retourner à Papanine.

— Notre Seigneur, par souci éducatif, n'a pas voulu cacher l'or dans des terrains faciles ni sous des climats tempérés. Pour atteindre les rivières riches en pépites, il faut gravir des montagnes gelées. Regardez-les. Ils sont des milliers l'un derrière l'autre, longue ligne noire dans le blizzard sur les pentes et les champs blancs.

Vous ne connaissez pas le pire.

Dieu, dans Sa cruelle facétie, n'a pas voulu implanter le trésor principal en Alaska, mais juste de l'autre côté, au Canada. Alors quand vous parvenez à la frontière et que le but est proche, tout près, dans la vallée qui s'offre à vous, un uniforme s'approche. Grand. Menaçant. Armé. Il demande à inspecter vos bagages. La loi canadienne est la loi canadienne (d'inspiration britannique, c'est dire) : pour avoir le droit de pénétrer dans le pays doré, il faut pouvoir justifier d'un équipement égal à 2 000 livres (le Canada n'a rien à offrir sur place et pas question de nourrir des pouilleux).

Alors on repart. Cinq, dix, jusqu'à vingt voyages pour présenter enfin le paquetage réglementaire et que le garde vous laisse entrer.

— Et ces bateaux, monsieur le vieil étudiant, ces gros bateaux avec des roues sur le côté ? On dirait le Mississippi.

— Il faut imaginer l'été sur la rivière Yukon. Oublions les moustiques pour ne pas gâcher la scène. Ces bateaux remontent lentement le courant avec pour passagers des chercheurs d'or déjà suffisamment riches pour s'offrir une cabine (hors de prix).

Ils regardent, pleins d'envie, les bateaux qui redescendent. Coups de sirène, hourras, bravos, bonne chance ! Ces bateaux-là ont été réservés par ceux qui ont fait fortune. Ces chercheurs ont travaillé aussi dur que les autres, pas plus, mais ils se sont trouvés au bon endroit, au bon moment. Et ils ont su ne pas tout dépenser, ne pas se faire voler. Alors ils emportent les dollars qu'ils ont arrachés à l'enfer. On leur joue de la musique. On les traite en princes. Champagne, caviar, suprême de volaille sauce champignons. L'avenir vers lequel ils voguent sur les eaux sombres du Yukon s'annonce radieux : soleil, grande maison, grande famille. Regardez-les, ces bateaux à aubes ! Ne se croirait-on pas au pays des crinolines et d'*Autant en emporte le vent* ? Regardez comme ils sont longs, plus de 70 mètres. Ils ont pour la plupart été baptisés de prénoms de femme : Hannah, Susie, Sarah. Tout était bon pour attirer la clientèle. Les compagnies de navigation se faisaient une guerre féroce.

Les visiteurs étaient ravis : merci, oh merci monsieur le Français ! Grâce à vous on comprend mieux la face cachée de la Ruée.

Certains, comme l'avait prévu Frank, proposaient même de l'argent.

— Soyez simple ! Vous avez sûrement des petits-enfants.

À ceux que cette activité intéresse, je pousse la conscience professionnelle jusqu'à leur conseiller de s'abonner au mensuel

Gold Prospector
The magazine for gold, gem,
and treasure hunters.

Mon public parti, je rouvrais mon dossier et retrouvais Jekyll et Hyde, le scientifique espion, le cher Papanine. Tandis que malgré ses désagréments, climatiques et autres, je sentais monter une sorte de tendresse pour la localité perdue qui m'accueillait. Pauvre Nome, touchée de plein fouet par la malédiction des matières premières.

Votre vie s'écoule, tranquille.

Un beau jour, damné soit-il, quelqu'un découvre de

l'or en vous. On vous pille. Une fois dépouillé, on vous abandonne. Il ne vous reste plus qu'à vous promener sur la plage pour regarder au loin des bateaux pomper le sable des souvenirs.

8

La maladie de la géographie

Un homme chagriné d'amour et qui, soi-disant pour se guérir, décide de venir travailler chaque jour dans un musée… Franchement… Connaissez-vous symptôme plus clair d'une pathologie profonde ?

Pourquoi n'ai-je pas joint le bon docteur Lembeye, vous vous souvenez ?, celui qui s'employait à réparer tous ceux que Suzanne avait fracassés, ses compagnons provisoires, les personnages de la fameuse LISTE ?

J'ai souvent pensé à l'appeler.

Mais il était si loin ! Nome-Paris, les mots s'épuisent en traversant la planète. Nous allions perdre la chaleur des paroles découpées par le *numérique*, projetées dans l'espace et puis reconstituées tant bien que mal, comme un gâteau qu'on a trop chahuté.

Et qu'est-ce que se parler sans se voir ? J'avais trop besoin du visage de Pierre Lembeye, un tiers Bashung, un tiers Leonard Cohen (toujours lui), et Grand d'Espagne.

Alors, faute de Pierre, j'ai déliré tout seul.

Qu'est-ce qu'un chercheur d'or ?

Un petit soldat enragé d'espérance.

Qu'est-ce qu'un lendemain de ruée vers l'or ?

Des mines en ruine, des galeries effondrées, des ruisseaux dévastés par le mercure, des villes mortes, des pianos éventrés, toutes les glaces brisées derrière le bar.

Qu'est-ce que l'Alaska ?

À bien y réfléchir : le pays des trésors perdus.

Premier trésor perdu : les loutres de mer.

Deuxième trésor perdu : l'or. Les grains arrachés au sable ne sont que les miettes d'un repas depuis longtemps desservi.

Troisième trésor bientôt perdu : les king crabs (demain, avec la surpêche, il n'en restera plus).

Le seul trésor alaskais passé mais qui pourrait revenir est la guerre. Les guerres, chaudes ou froides, avaient fait la fortune du territoire. On peut accabler la guerre d'insultes, heureusement qu'elle est là pour relancer l'économie !

Conclusion :

Moi, Gabriel, toujours salarié de la Compagnie nationale du Rhône et spécialiste reconnu des écluses (en attendant de vivre de ma plume grâce, béni soit-il, au succès mondial de ma future biographie visionnaire d'Ivan Dmitrievitch Papanine), moi, Gabriel, ancien mari de la spécialiste mondiale des chauves-souris prénommée Suzanne (dont vous avez bien fini par comprendre qu'elle est mon amour éternel), je ressemble, en fait, à l'Alaska.

Trait pour trait.

Écoutez !

Comme cet État lointain, je n'ai pas mon pareil pour saccager mes jouets.

Comme cet État lointain, je m'ennuie et me rabougris en

temps de paix. Je n'exploite que dans la guerre, si possible mondiale, la totalité de mes ressources.

Conclusion de la conclusion : je SUIS l'Alaska.

Conclusion de la conclusion de la conclusion : alerte psychiatrique !

De même que certains malades mentaux se prennent pour des vedettes de l'Histoire, avec une nette prédilection pour Napoléon, de même, d'autres patients souffrent de troubles *géographiques*. Ils se ressentent, ils s'imaginent, ils se SAVENT comme incarnation et résumé d'un territoire. Je connais des êtres humains qui SONT New York, d'autres Buenos Aires ou île de Sein. Eh bien votre serviteur, il EST l'Alaska. Par la chronologie, quarante-neuvième État des États-Unis mais premier par la taille : 1 771 854 kilomètres carrés, dont seulement 10 % sont la propriété des Premières Nations.

9

Un mauvais choix de l'académie Nobel

— Vous travaillez trop, Gabriel ! Un beau jour votre tête va éclater. Si je peux me permettre, vos cheveux ont compris la menace. Ils ont préféré fuir avant l'explosion. Je vais vous offrir du repos, ne vous inquiétez pas, un vrai repos, sans sexe ni drogue.

De derrière son comptoir, Uiniqumasuittuk sortit un livre.

Book of Mercy. Leonard Cohen.

— À ce que je devine de votre triste humeur présente, ça pourrait vous servir. Si je vous le prête, vous me le rendez ?

— Juré.

— Ne vous inquiétez pas trop. J'en ai trois. (Elle sourit.) Au cas où un ami ne tiendrait pas ses promesses…

— Dans tous les domaines, vous prenez ce genre de précautions ?

— Ça vous regarde ?

Cette nuit-là, comme tant d'autres dans ma vie, je la passai à dévorer des pages. L'un des vertiges apportés par la lecture c'est de se découvrir partout de la famille. Quelqu'un, quelqu'une, dont vous n'aviez jamais entendu parler, vivant tout près ou à l'autre bout de la planète, contemporain ou vieux de cinq mille ans, vous devient frère ou sœur, même père, même mère, même désespoir dans le sang.

*

Alors que de l'autre côté des persiennes se levait ce semblant de jour qui commençait à nous annoncer la fin de l'hiver, je finis par m'endormir. Accompagné par deux phrases dont je savais qu'elles ne me quitteraient plus. On ne se tatoue pas que la peau. Certains mots vous pénètrent l'âme.

« Tout m'a semblé beaucoup plus facile quand j'ai cessé de vouloir gagner. »

Et :

« Nous sommes laids, mais nous avons la musique. »

Pour la première phrase, OK, je me jurai d'essayer, ne plus voir la vie ni l'amour comme un match, avec vainqueurs et vaincus.

Mais pour la seconde ?

Que faire quand on est laid et sans musique ? Se choisir, au plus vite (car tourne et tourne le compteur de l'âge) un professeur de piano. Cette décision-là fut prise, grâce au *Book of Mercy*. Dès mon retour, j'appelle la Schola Cantorum.

*

Uiniqumasuittuk m'avait tendu un piège, et j'y avais sauté les pieds joints. Trop tard pour m'échapper. Le soir même,

383

je rejoignais, réunie dans une arrière-salle du Polar Café, la confrérie terrible, celle des disciples du Grand Chanteur de Montréal, et plus Grand Poète encore.

Comme chaque fois que j'assiste à une réunion de ce genre, associatif et militant, je ne peux m'empêcher de compter le nombre des présents. Par respect attendri pour les organisateurs. Quoi de plus touchant qu'une assistance clairsemée, dans une salle sinistre trop jaune ou trop verte, sous une lumière trop blanche ? Tant d'efforts pour si peu ! Tant de foi pour des croyants si rares ! Tant de conviction si chichement partagée. Et chaque fois monte, devant les chaises vides, la même introduction pathétique de celui ou celle qu'on vient de présenter comme « notre président », « notre chère présidente » :

— Chers amis, merci d'être venus si nombreux ! (Onze personnes, ce soir-là, dont deux enfants que la maman n'avait pas dû pouvoir fourguer.)

Suivirent les dernières nouvelles du front, sans qu'un non-averti puisse encore deviner quelle était la bataille en cours.

— Bonne nouvelle ! D'après notre correspondante à Stockholm, le jury semble décidé à rendre hommage à la chanson. Enfin ! Comme si les romans et les poésies en recueil avaient le monopole de l'Art !

Applaudissements de la maigre foule, et surtout des enfants. Battre frénétiquement une paume contre l'autre est une manière comme une autre de s'ennuyer moins.

— ... En revanche, mauvaise, très mauvaise nouvelle : un concurrent se profile. Et redoutable !

L'orateur, même amateur, connaissait les ressorts. La salle réagit.

— Qui ? On peut savoir ?

L'orateur joua la montre, pas question pour lui de se priver de son effet, on se paie comme on peut quand on est bénévole, rien n'est sûr, c'est trop tôt, bon puisque vous insistez, c'est... Bob Dylan.

Sifflements, glapissements, has been, baba, et cette voix de crécelle, évidemment les Suédois boivent tellement, ils sont devenus sourds...

Et puis le silence, l'un de ces grands vides qui traduisent l'accablement. Contre Bob Dylan, évidemment, ça va être dur !

L'orateur-président reprit la parole : rien n'est perdu... à condition de se mobiliser... aucune force ne doit manquer.

Quelqu'un avait allumé son portable, puissance au max. On entendit chevroter la voix sombre si célèbre.

Dance me to your beauty with a burning violin
Dance me through the panic till I'm gathered safely in
Lift me like an olive branch and be my homeward dove
Dance me to the end of love

Comme vous pensez, j'ai failli quitter la salle. Le complot alaskais continuait. J'avais fui mon amour au bout de la Terre et pour tomber sur qui ? Leonard Cohen ! Celui-là même auquel ma, enfin, mon ex-mienne, Suzanne, devait son surnom. Cohen, le champion du monde des passions tristes, celui qui nous dégoûtait du bonheur tellement il chantait bien le malheur.

Dance me to the end of love.

La seconde partie de la soirée commençait. Je vous jure que c'est vrai, madame la Juge. Par 64° de latitude Nord, un karaoké. Un écran est descendu. Les paroles des grandes chansons du maître y ont défilé. Reprises par tous religieusement : *Famous Blue Raincoat, Chelsea Hotel, Bird on the Wire...* Et pour finir l'interminable *Hallelujah*.

Les bambins s'étaient endormis.

Entre adultes, on communiait, on parvenait juste à murmurer :

— Que c'est beau !

— Tellement plus beau que le Dylan !

— Quelle injustice ce sera !

— Arrête ! Rien n'est perdu.

— Tu as raison. Rendez-vous au mois prochain.

Plus tard, on s'embrassa dans le froid. La buée sortait des bouches.

Sur le chemin du retour, un bras vint se glisser contre le flanc gauche de Gabriel.

— Merci d'être venu. J'imagine que vous avez dû beaucoup mentir dans votre vie d'avant. Maintenant peut-être moins. Alors, notre petite réunion ?

— Désespérante.

— Comme les chansons de Leonard.

— Vous avez raison. On croyait l'entendre.

Nous étions arrivés devant l'hôtel.

— On se dit au revoir ?

— Ce serait plus poli.

10

Reculée et résurgence

Ce récit est un mensonge, madame la Juge.

Un mensonge depuis des dizaines de pages, plus précisément depuis mon arrivée dans le Grand Nord.

Un mensonge parce que Suzanne en est absente.

Alors que je continuais à ne penser qu'à elle, malgré toutes mes promesses, toutes mes *résolutions*. Mais le moyen d'empêcher son esprit, son amour, de voyager là où il veut, de remonter le fleuve jusqu'à sa source ?

Un mensonge par le fait même de la destination que j'avais choisie : je savais mieux que personne que la glace est la mémoire du monde.

Bête comme je suis, et déterminé, imaginez que dans mon agenda j'avais décidé d'inscrire le soir, avant de m'endormir, une croix sur chaque jour qui se serait déroulé *libre d'elle*, enfin *libre*, sans qu'à aucun moment elle soit venue me torturer. J'ai vite compris l'inanité de l'entreprise. Cet examen de conscience m'obligeait bien sûr à la convoquer quotidiennement. Ainsi, enfants, nous avons ces naïvetés. Celle, par exemple, de quitter à grand bruit notre jardin aimé puis de revenir à pas de loup pour le surprendre *en notre absence.*

Oui, Suzanne, durant toute cette longue digression au pays du Froid, je ne pensais qu'à toi.

Et deux mots, deux mots de mon métier, ne me quittaient pas.

Reculée : fond d'une vallée jurassienne en cul-de-sac et aux parois abruptes.

Nous nous étions promenés dans l'un de ces très longs culs-de-sac, la reculée des Planches, près d'Arbois, et nous étions juré de n'en jamais faire le modèle de notre vie.

Résurgence : réapparition à l'air libre, sous forme de grosse source, d'une nappe d'eau ou d'une rivière souterraine. La Loue est une résurgence du Doubs.

Et si un jour Suzanne, telle la Loue, décidait de réapparaître ?

11

L'invasion japonaise

Frank McLean Junior ne me lâchait pas. Il suivait à la lettre les consignes reçues de Benoît H. Et puis, même si je devais avoir réussi à le convaincre que je n'étais pas stalinien (quoique écrivain français), ma vigilance face au péril russe devait lui sembler encore vacillante. Il lui fallait poursuivre mon éducation. Pas question de déjeuner sans lui. Et toujours à Pizza Airport.

— Et les Japonais, vous ne parlez jamais des Japonais. L'Amérique ne les craint plus ? Ils sont pourtant aussi proches de vous que les Russes, il me semble.

McLean leva les bras au ciel :

— Vous mélangez tout !

Son couteau et sa fourchette dégoulinaient de fromage et de sauce tomate.

— Mais ils ont quand même tenté d'envahir les États-Unis !

— Attention, l'auteur ! Si vous voulez mon conseil, concentrez-vous sur votre Papanine et sur l'ours russe. Il est assez gras pour vous offrir à ronger.

— Juré ! J'ai juste besoin de savoir le contexte.

— Il a bon dos, le contexte. Et on sait ce que valent les serments d'un menteur professionnel ! Je vais quand même vous raconter.

— Merci !

— Mais vous n'aurez que des faits. Les faits bruts. Pour vous empêcher d'imaginer. Enfin, dans la mesure où vous pourrez vous retenir.

Il se leva, posa sur mon épaule sa main droite et me poussa sans ménagement vers l'entrée du restaurant, devant la carte du Pacifique Nord.

— Mon père me répétait que les Français connaissent généralement un peu d'histoire mais rien en géographie. Comme si l'une pouvait aller sans l'autre... Voici les Aléoutiennes. Un chapelet entre l'Alaska et le Kamtchatka russe. Trois cents îles, plutôt trois cents volcans au milieu de la mer.

Le 3 juin 1942, les Japonais attaquent ici, Dutch Harbor, l'une des plus occidentales des Aléoutiennes. Six mois après leur bombardement de Pearl Harbor. Ce nouveau coup de force était une menace directe. Quelques semaines plus tôt, le patron d'un bateau de pêche avait déclaré avoir vu un sous-marin non identifiable naviguant dans le Sound d'An-chorage. Sans que ça inquiète personne.

Il faut que vous compreniez, Gabriel : jusque-là, une majorité d'Américains considéraient l'Alaska comme une terre lointaine, seulement propice à la chasse et à l'aventure. En aucun cas une position stratégique.

Washington se réveille. Alerte à l'invasion ! Panique géné-rale ! Imaginez que des postes radio nous ont été distribués pour prévenir, au cas où. Merci les Japonais ! Ils nous ont fait redécouvrir le sens du mot « frontière ». Fini les allégories, le western, les limites à dépasser, les espaces à conquérir… Non ! Une frontière, c'est tout simple. C'est la ligne qui nous sépare de l'ennemi, celle qui délimite la patrie, ce territoire de nos ancêtres qu'il va falloir défendre coûte que coûte.

Et des soldats, nos soldats, sont arrivés en masse. Ils n'étaient que mille, en 1940, pour tout notre territoire. Vous pouvez croire ça ? Début 1943, on en comptait cent cinquante mille !

Nous étions revenus à nos places, devant nos pizzas maintenant froides. Comme mon professeur de géopolitique ne savait pas parler bas, toute la salle n'avait d'autre choix que d'entendre. Et on appréciait.

— Bravo, Frank !

— C'est beau que vous reteniez ça !

— Beau et utile !

Frank continuait, imperturbable. Il avait juste un peu bombé le torse. Ça grandit, le succès.

— L'aubaine pour les commerçants de chez nous ! Mieux que les loutres, mieux que l'or ! Vive la Guerre ! Les salaires, les loyers, tous les prix ont explosé. Les Japonais s'étaient barricadés sur les deux îles les plus occidentales. D'innombrables raids menés par des centaines d'avions avaient tenté de les déloger. Mais le climat les protégeait, ces dépressions enchaînées, cette brume épaisse et quasi permanente. La reconquête véritable, c'est-à-dire terrestre, commença le 11 mai 1943. Onze mille hommes débarquèrent sur Attu. Le colonel Yasuyo Yamasaki disposait de deux mille six cents soldats. Après dix-huit jours de combat, huit cents restaient valides. Il ordonna aux blessés de se suicider, les trop faibles pour obéir étaient empoisonnés.

Nos troupes n'ont trouvé que vingt-huit survivants. Nos petits gars avaient aussi beaucoup souffert : près de quatre mille morts ou blessés, un des engagements les plus meurtriers de toute la guerre.

Pour l'autre île (Kiska), ce fut plus comique. Lorsque fin août 43, après avoir déversé 1 000 tonnes de bombes, trente-cinq mille Américains et Canadiens débarquèrent, plus personne. L'endroit était désert. Quinze jours plus tôt, profitant du brouillard, les trois mille occupants nippons avaient été évacués.

Des applaudissements éclatèrent. Nancy apporta deux Bud géantes.

— De la part du patron, Frank ! Au prochain car de touristes, il t'embauche pour un show.

12

Un soleil liquide

Tous les matins, six heures.

Tous les soirs, dix-huit heures, Nome tendait l'oreille. Pour rien au monde la ville n'aurait manqué son rendez-vous avec le personnage principal du moment : le bulletin météo.

Lu toujours par le même speaker, dont la voix grave et précise évoquait celle d'un chirurgien sortant de la salle d'opération pour annoncer à la famille l'état désespéré du malade.

La force et la direction du vent changeaient peu (40 à 45 nœuds, Est à Sud-Est). L'annonce de la hauteur des vagues offrait plus de diversité (de 10 à 40 *feet*).

Puis arrivait la conclusion, toujours la même, un seul mot bref, après toujours un instant de silence pour lui donner tout son écho : *rain*.

Gloire à l'office du tourisme d'Alaska, roi incontesté des argumentaires poétiques !

Savez-vous de quelle manière il avait baptisé cette pluie, compagne permanente de cette fin d'hiver ?

Soleil liquide.

Une affiche, toujours la même, placardée solennellement au beau milieu de la vitrine vantant les beautés du lieu.

Today,
Liquid Sunshine

Aujourd'hui, soleil liquide.

Et moi, je ne voulais pas y croire.

Chaque jour, une fois achevé mon pensum Papanine, je m'habillais de pied en cap et, sous le regard apitoyé de Celle-qui-ne-veut-pas-se-marier, je partais pour l'aéroport dont, seul client, j'étais devenu la mascotte.

— À quoi sert de tant vous mouiller, Gabriel ? Vous savez bien qu'avec la tempête, aucun petit avion ne décolle.

— Je veux vérifier.

— Alors téléphonez !

— Je suis comme le père de Frank McLean. Je ne fais confiance à personne. Ni aux vitres ni aux appels numérisés.

13

Un championnat d'aurores

Aurora Inn, Aurora Flats…

Pourquoi tant d'établissements touristiques de Nome ont-ils choisi de s'appeler Aurore ?

Sans doute pour forcer le destin et améliorer les statistiques.

D'après l'office du tourisme de la ville de Fairbanks (autre capitale de l'or), un visiteur y résidant trois jours aura quatre-vingt-dix chances sur cent de voir une aurore boréale.

Nome doit vouloir battre ce record.

14

Le régime halibut

Un matin, Uiniqumasuittuk me prévint que notre chef Nicolas J. Cheng m'attendait en cuisine.

— Il veut vous présenter un personnage intéressant.

Comment dédaigner une telle attention ? Je me suis aussitôt rendu dans son antre tout inox. Où, entouré du personnel de l'hôtel et d'une bonne dizaine de clients, reposait sur une table un animal plat et gigantesque, un bon mètre carré.

— Notre pêcheur a bravé les vagues pour nous rapporter ce halibut.

Applaudissements.

— Je viens de peser celui-là. Pas un record, mais tout de même : 94 kilos. Je vais pouvoir vous en préparer toute la semaine. Ça vous consolera de la tempête.

Applaudissements.

Et comme j'ébauchais une grimace :

— Rassurez-vous. Nos recettes varient à l'infini. Vous qui répétez vous passionner pour notre pays, le halibut est le caviar, le homard de la gastronomie alaskaise.

Dès le quatrième jour de ce régime « tout halibut », c'est-à-dire, pour être précis, après m'être successivement régalé de flétan fumé (lentilles corail) puis gratiné (aux deux fromages) puis sauté (aux poivrons) puis cru (tartare aux concombres et groseilles) puis tronçonné (sauce moutarde) puis papilloté (au curry), je ressentis, nés vers l'estomac puis irriguant le corps entier, une *détente*, une paix intime, un relâchement que je ne connaissais pas. Se pouvait-il que la chair (délicate) de ce poisson géant, consommée à forte dose, soigne, par-delà le corps, les blessures de l'âme ?

Si tel était le cas, comment expliquer son action ? Comment expliquer, expliquer scientifiquement, ces effets bénéfiques du halibut ?

Parmi les folles hypothèses qui me traversèrent l'esprit, dont certaines franchement vulgaires, une seule mérite d'être mentionnée.

Le halibut, ou flétan, n'est pas de ces animaux qui veulent se faire remarquer par leurs formes ou leurs couleurs. Poisson plat, et terne de teinte, il épouse tant les ondulations du sol, il s'estompe si bien dans le fond de la mer, que le Créateur, malgré Son œil à qui rien n'échappe, ne perçoit pas ses mouvements. Ainsi, libre d'aller où il veut, le flétan se meut dans l'espace aussi bien que dans le temps.

Pourquoi ne pas envisager qu'en se nourrissant de sa chair on accueille en soi cette capacité de remonter les heures, les jours, les années ? L'amoureux éploré se retrouverait dans l'époque heureuse où, ne connaissant pas Suzanne, il ne pouvait, logiquement, souffrir par elle…

Nous autres, Français, l'appelons flétan. Le mot américain

halibut est déjà plus évocateur d'une bête mystérieuse. Mais c'est le nom latin, et scientifique, qui renseigne le mieux (en même temps qu'il intrigue) : *Hippoglossus stenolepis*. En d'autres termes : langue (*glossus*) de cheval (*hippo*), petites (*steno*) écailles (*lepis*).

Voici un poisson à langue de cheval et dont les écailles sont anormalement petites.

Mais le nom ne dit pas l'essentiel : la taille, géante, de l'animal, surtout les femelles (le mâle reste plus modeste). À ce jour, la plus grosse dame halibut jamais pêchée pesait 201 kilos.

Si d'autres manières typiquement alaskaises d'accommoder ce merveilleux poisson vous intéressent – et à condition de nous jurer de ne *jamais, jamais* commettre l'irréparable, à savoir : l'excès de cuisson qui *toujours* détruit la chair –, prenez contact avec Flatfish Publications (les Publications du poisson plat), 205 E. Dimond Boulevard, suite 390, Anchorage, Alaska 99 515. Nanci A. Morris, l'inspiratrice de notre cuisinier de l'Aurora, se fera un plaisir de vous l'envoyer pour la somme modique de 13 dollars.

Beignets à la bière

Mélangez un œuf doucement battu avec de la farine, de la maïzena et une pincée de levure. Ajoutez lentement la bière. La Corona mexicaine a ses adeptes. Mais toute autre origine est bienvenue à condition qu'elle évoque un souvenir personnel. Remuez l'ensemble jusqu'à ce qu'il devienne une pâte unie et mousseuse. Laissez reposer deux heures minimum. Découpez le poisson en morceaux que vous plongerez d'abord dans la pâte, ensuite dans l'huile brûlante *pas plus de deux minutes.* Servez avec votre sauce favorite ou seulement du citron vert. Un vin chilien, par exemple El Grano-Chardonnay (vallée de Curicó), vous permettra de ne pas quitter le continent américain.

15

L'opération Malakhov

Au beau milieu d'un épisode capital dans la vie d'Ivan Dmitrievitch Papanine (1937, sa dépose en avion sur la banquise dérivante…), le téléphone sonna soudain dans la sinistre chambre 22.

Celle-qui-ne-veut-pas-se-marier chuchotait.

— Votre ami… l'ex-hockeyeur, oui, le taximan… il vous attend. Je l'ai installé avec des petits déjeuners. Ça semble urgent. Et grave.

Je présentai des excuses à mon manuscrit (lui et moi sommes toujours parvenus à conserver, même aux moments de forte tension, des relations courtoises), enfilai un pantalon et dégringolai les escaliers.

McLean allait, venait entre les viennoiseries. Me voyant surgir, il brandit un journal.

— Lisez ! Et pas n'importe quoi ! Un article du *New York Times*.

Je le calmai comme je pus, le priai de s'asseoir, nous commandai deux cafés et me plongeai dans l'histoire d'un certain Mikhaïl Malakhov, lui aussi explorateur (à son compteur personnel : trente et une visites au pôle Nord).

Depuis quelques années, à pied ou sur son kayak, il parcourait l'Alaska pour y répertorier toutes les traces de la présence russe, avant la vente scélérate aux États-Unis.

D'après le journaliste du *New York Times*, les récits dudit Malakhov étaient lus avec passion, et fureur, par ses compatriotes. À Moscou, de plus en plus de voix s'élevaient : pourquoi, mais pourquoi avons-nous abandonné ce Trésor ?

En face de moi, McLean Junior trépignait.

— Qu'est-ce que je vous disais ? Et vous ne savez pas le plus beau ! Je me suis renseigné. Ce Malakhov ne se promène pas tout seul. Il emmène avec lui une équipe. Des spécialistes des rivières à saumons, des géologues, des arpenteurs. Gabriel, je sais que vous travaillez dur sur votre Papanine. Mais j'ai pensé que cet article allait encore relancer votre ardeur. Courage, mon ami ! Après les loutres, après l'or, le bon filon, c'est la géopolitique. Et c'est ici son cœur, notre Alaska, le lieu de l'affrontement direct avec les Soviétiques. Ne lâchez rien, Gabriel ; l'Amérique a besoin de vous ! Et vous tenez un gros tirage, c'est McLean Junior qui vous le dit. Allez, je ne vous dérange pas plus longtemps. Mes clients m'attendent. On prend un verre ce soir ? Aucune obligation, rien que pour faire un petit point ?

Je le remerciai. Pour tenter de l'apaiser, je lui commandai un café. Et poursuivis ma lecture de l'article.

— D'après ce que je lis, ce Malakhov est un sage : « Cette histoire partagée entre nos deux peuples devrait nous apprendre à vivre ensemble paisiblement. »

Frank m'arracha le journal.

— Quelle impudence ! Pas de plus culotté qu'un Français communiste !

— Ex-communiste...

— Communiste un jour, communiste toujours. Regardez le camarade Poutine ! Le KGB, ça vous reste dans l'ADN.

— En tout cas, merci pour cette récréation, Frank. Merci de votre visite. Je remonte travailler.

Mon patriote ouvrit la bouche, comme si je l'avais frappé dans le ventre.

— Vous appelez cette révélation une... récréation ?

— Vous avez raison, McLean, toujours cette maudite manie française de la dérision. Pardon ! J'ai besoin de vous ! Continuez à me tenir informé du front. Nous faisons du bon boulot ensemble. Pour sauver la liberté ! Allez, je retourne à mon Papanine. Mais avant, une question : vous êtes nombreux à... lutter ?

— Pas assez !

— Ne répondez pas, si c'est confidentiel. Je connais les obligations de secret. Mais vous travaillez en liaison avec le département d'État, le FBI, l'Armée ?

— Oh, là-haut ! On ne sait s'ils ne voient rien ou s'ils ont des consignes pour ne rien voir. Un conseil, en passant, méfiez-vous du personnel de l'Aurora. Et particulièrement de votre grande amie l'Inuite.

— Elle m'a dit la même chose de vous !

— Ça vous étonne ? L'industrie du tourisme est vendue à l'étranger. Et dans notre région perdue, qui voulez-vous accueillir, à part les Russes ?

— Mais les recevoir aujourd'hui, quel danger représentent-ils ? Après Gorbatchev, l'effondrement du mur à Berlin… La guerre froide est finie, quand même…

— Une telle naïveté, c'est touchant et terrifiant. Je n'ai pas eu d'enfants et je ne vais pas vous dire comme tous les hommes : c'est la faute à ma femme. Pas du tout. Frank dit la vérité. Le problème venait de moi. Je regrette pour une raison. J'ai interrompu le fil.

— De quoi parlez-vous ?

— Le fil de la vigilance. Mon père a guetté l'ennemi. J'ai guetté l'ennemi. Mon fils aurait continué. Je lui aurais appris l'informatique.

— Oh, il aurait appris tout seul.

— Vous avez raison. La menace vient de là. Les fausses nouvelles. Pires que les missiles, échappant à toutes les DCA ! Maintenant que je vous sais bien avancé dans vos recherches, je peux vous montrer quelque chose.

Nous sommes retournés au musée. Le trésor était sauvegardé au fond du bâtiment, dans un coffre-fort immense, sans doute bien utile du temps de l'or. Mais aujourd'hui ? On avait dû perdre la combinaison. Mieux valait laisser la porte ouverte.

— Le voici, notre camarade, Ivan Papanine, bien campé sur ses deux bottes à fourrure. N'est-ce pas qu'il a l'air implacable sur la photo ? Et voici le même Papanine sur le brise-glace *Malyguine* dans l'archipel François-Joseph. Papanine sur un autre brise-glace, le *Joseph Staline*, en route pour sauver le navire océanographique *Sedov* prisonnier de la banquise depuis huit cent douze jours. Papanine recevant pour la neuvième fois l'ordre de Lénine…

Mon informateur se leva, disparut trois minutes et revint, brandissant une bouteille de vodka.

— On ne peut pas leur reprocher ça ! Ils s'y entendent mieux que nous en alcool. Vous me direz... pour supporter le communisme... J'ai gardé le plus important pour la fin, la preuve irréfutable que mon père avait raison. 1937. Notre Papanine descend d'un avion qui vient de le déposer sur la glace. Sur cette photo, on le voit encadré par ses trois compagnons, des supposés scientifiques. Vous les reconnaissez ?... De gauche à droite : Ernst Krenkel, Ievgueni Fedorov, Piotr Chirchov. Comme vous savez, ils se sont laissé dériver deux cent trente-quatre jours pour recueillir toutes les observations possibles. C'est le mot même de Papanine dans ses Mémoires, « observation ». Et c'est le mot qui le dénonce.

— Je ne comprends pas.

— « Observer » en temps de paix, c'est espionner en temps de guerre.

— Quel rapport avec l'expédition de Papanine ?

— Tout ce que nous savons de lui montre qu'après 1945 il avait beau faire mine de continuer à se préoccuper de Science, il ne pensait qu'à nous agresser, nous, les États-Unis.

— Vos accusations sont un peu vagues, non ?

— Sa technique de s'installer sur des glaces dérivantes...

— Eh bien...

— Nous avons des preuves qu'elle a été utilisée tout au long de la guerre froide. Jusqu'en 1991. Des espions russes, vêtus de blanc donc fondus dans les glaces, se sont approchés tout près de nous pour prendre bonne note de nos défenses.

— Ce sont ces espions-là que votre père traquait ?

— Personne ne lui en a jamais su gré. Les militaires se moquaient de lui. Ils préfèrent les radars. Plus chers que des jumelles. Donc beaucoup plus appréciés par les industriels !

— Et maintenant ?

— Le péril demeure. Vous venez d'Anchorage. Et de Sitka. Où vous connaissez quelqu'un, d'ailleurs… Vous avez vu le nombre d'églises orthodoxes ? Et la durée de leur service ? Deux heures trente, trois heures. On ne va pas me dire qu'ils s'entretiennent avec Dieu tout ce temps-là… Je serais le gouvernement, j'y placerais des traducteurs pour vérifier.

16

Mondialisation

Je n'étais pas le seul à souffrir de cet enchaînement de tempêtes. Beaucoup d'équipages, emprisonnés avec leurs bateaux dans le port, ne savaient plus comment vivre. Les marins philippins d'un porte-containers avaient déchargé quelques-unes de leurs boîtes et en offraient à bas prix le contenu. Je me rappelais mon grand-père, notre dernier voyage au Havre dans son antique Aronde. Il aurait été heureux. Le mauvais temps avait obligé le transport maritime à retrouver de la magie.

La plus proche de ces boîtes, posée juste en face de l'église, proposait des fenêtres, 35 dollars chacune.

Une queue s'était vite formée. On y discutait ferme : peut-on faire confiance à l'Asie pour nous équiper ? Connaissent-ils là-bas les froids et les vents de chez nous ? Et comment parviennent-ils à tirer les prix si bas ? Ces gens-là sont les hommes de paille des Chinois ! Et nos menuisiers américains, comment vont-ils survivre ? En attendant, ça ne coûte pas grand-chose d'essayer, donne-m'en quatre. Mais tu es locataire, tu n'as pas de maison ! Je bâtirai les murs après, il faut bien commencer par quelque chose.

17

S'autoriser Chirchov

J'avais compris la leçon de JMR : digression IN-TER-DITE. Le rythme était pris. Deux pages tous les jours. Et centrées UNIQUEMENT sur Papanine, le Grand Dérivant. Mais mon cœur se serrait. Ils avaient été si nombreux, les savants des glaces massacrés par Staline. La nuit, j'en rêvais. Ils se tenaient là, alignés sur la banquise, ils agitaient la main, je voyais bouger leurs lèvres mais je n'entendais rien, ils devaient crier qu'on ne les oublie pas, seul un nuage blanc sortait de leurs bouches. Quand j'aurai un peu plus avancé, je demanderai la permission, oh, s'il te plaît, Jean-Marc, autorise-moi une seule *autre* histoire, qui n'est pas sans lien avec la mienne ! Et je te promets de m'en tenir à l'essentiel ! Il s'agit de Piotr Chirchov, oui, le compagnon de Papanine, un membre du glorieux quatuor.

Après l'héroïque dérive, Chirchov ne cesse d'être récompensé. Il tutoie les sommets : membre du Comité de défense, la plus haute instance responsable de la conduite de la guerre, ministre de la Marine, fondateur et directeur de l'Institut d'océanologie… Soudain, en mars 1946, sa femme, une actrice célèbre, et qu'il adore, disparaît. Il s'inquiète, il s'affole, il téléphone. Au bout d'une semaine, il apprend son arrestation. Il se précipite chez Beria, le chef du NKVD, une des pires âmes damnées de Staline.

— Ton épouse est une espionne anglaise.

Chirchov tremble, Chirchov proteste, Chirchov veut savoir, Chirchov demande l'endroit où elle est emprisonnée.

— Si tu cherches à la revoir, je t'abattrai de mes propres mains.

Chirchov supplie Papanine d'intervenir auprès de Staline. Papanine ne peut rien refuser à son camarade de dérive. Il appelle le bon petit père des peuples dont le conseil est amical :

— On lui choisira une autre femme. Qu'il oublie celle-là !

Tout le reste de sa vie, Chirchov continuera d'aller et venir sur la route maritime du Nord. Et tout le reste de sa vie, de la mer de Barents à la mer d'Okhotsk, dans tous les ports du littoral glacé, de Mourmansk jusqu'à Petropavlovsk, il demandera si quelqu'un a entendu parler d'une femme très belle, arrivée de Moscou au printemps 1946.

Quand je lui lirai ces pages, Benoît H. sera touché. Des larmes lui viendront peut-être. D'autant que pour ma lecture j'aurai convié sa femme, une journaliste qu'il chérit. Alors, de l'imaginer disparaître, un beau jour, avalée par le Goulag…

Le lendemain, je le sais, il m'appellera.

— Bon, cette fois, tu nous as eus, Gabriel. Et j'ai cédé. Mais ne recommence pas ! Prends exemple sur le maître mondial du il était une fois, le même prénom que toi, Gabriel, sauf que lui s'est fait un nom : García Márquez.

L'Amérique latine a le même talent que la Sainte Russie pour engendrer des histoires. Le Colombien, lui aussi, avait le choix, trop de choix. L'Amazonie, comme la Sibérie, est un eldorado pour les écrivains. D'innombrables faits divers se bousculent pour se faire raconter. García Márquez a résisté à toutes ces tentations. Ce n'était pas facile. Car les histoires latinos sont des putes, elles s'y entendent pour embobiner. García M. a tenu bon. Il s'est concentré sur la famille Buendia, et sur le petit village Macondo. Et c'est ainsi qu'il a écrit un chef-d'œuvre de roman au lieu d'un bon reportage. À toi de choisir, Gabriel ! Apprends à renoncer. C'est le seul chemin de l'ambition. Papanine, Gabriel ! Tout Papanine et rien que Papanine. Je te permets juste de lui donner une épouse un peu plus sexy que la sienne. Pauvre Volodia, vaillante certes, et fidèle, mais pas du genre à provoquer l'émeute dans les librairies. N'oublie pas tes lecteurs, qui sont en majorité des lectrices. Elles aiment le *caliente*, même s'il s'agit du pôle Nord, elles attendent du chaud, du passionnel, tout ce qu'elles n'ont pas à domicile.

18

Rencontre avec le gérant de l'Aurora

— Monsieur Gabriel, monsieur Gabriel ! Ne courez pas comme ça ! Notre gérant, oui M. McIntyre lui-même, il est revenu ce matin d'Anchorage. Je lui ai parlé de vous, de l'honneur de vous avoir parmi nous. Il voudrait, même avec un retard, dont il s'excuse, vous souhaiter la bienvenue.

Je donnai mon accord (quel moyen de refuser, sauf à quitter l'Aurora, où j'avais mes habitudes depuis maintenant onze jours). Et nous voici face à face, Gabriel et le gérant McIntyre. Sur la table basse, deux whiskies tentent de leur donner l'exemple et devisent paisiblement. Dans les verres, peu à peu, les glaçons se réchauffent et fondent. Hélas, il n'en sera pas de même pour la conversation, qui demeurera des plus fraîches.

Pour exprimer au monde entier, et à sa hiérarchie, sa fureur d'avoir été relégué ici, à Nome, dans un établissement d'entrée de gamme, alors que la direction d'un *resort* hawaiien, par exemple le Four Seasons Turtle Bay, correspondrait bien mieux aux compétences qu'il s'attribue, peut-être aussi pour lutter contre l'âge et l'embonpoint qui, détestablement alliés, lui tombent dessus et l'enrobent, le gérant s'est vêtu d'une chemise violet et vert très, très fleurie, d'un pantalon rouge vif d'où débordent des tongs Birkenstock, lesquelles, malgré tous leurs efforts, ne parviennent pas à masquer les dernières phalanges (poilues) de pieds jaunâtres.

McIntyre avait entamé la rencontre de la meilleure des manières : la flatterie à laquelle aucun auteur français, même débutant, n'est insensible.

— Décidément, merci Internet. Grâce au réseau, nous pouvons maintenant savoir qui nous accueillons dans nos établissements. Dans votre cas, quel honneur de recevoir un spécialiste des fleuves tel que vous ! Dans ce monde où nous allons tant manquer d'eau ! Si, si, votre profil impressionne.

— Vous me voyez confus.

— Alors, en modeste cadeau, voici mon récit. Il me semble qu'il aura plus de valeur pour vous qu'un quart de champagne gratuit, ou même un numéro d'hôtesse, hygiène garantie.

— Ah, ah, ah !

— Vous êtes prêt ? Je peux commencer.

— Je vibre déjà.

— Le 15 juillet 1988, notez bien la date, *1988*, un navire soviétique nommé *Academy Shiskov* demanda par radio et signaux lumineux la permission d'entrer dans le port de Nome. Aucune avarie de machines, le seul motif invoqué par nos visiteurs était la paix, l'amitié entre les peuples. Après débat bref mais houleux, nos autorités accordèrent l'autorisation. Bien leur en prit, bien nous en prit. Car du *Shiskov* descendirent deux cent cinquante personnalités du monde des arts et des sciences. Hélas, âgé à l'époque de seulement dix ans, je n'eus pas le bonheur d'assister aux scènes de fraternisation.

— Vous avez raison ! Quelle histoire touchante !

— N'est-ce pas ? Et je me permets de vous rappeler la date : juillet 1988, seize mois *avant* la chute du mur de Berlin !

— Et personne n'en a jamais rien su. Quel dommage et quelle honte !

— Maintenant vous connaissez Nome, vous voyez notre isolement. Vous avez rencontré un seul journaliste depuis votre arrivée ? Nous sommes trop loin. Nous n'intéressons personne.

— Quel dommage, répète bêtement le Français, quel dommage !

— Pourquoi, d'après vous, je prends tout ce temps pour vous raconter ça ?

— Je ne sais pas, moi. Pour bien me faire comprendre que rien n'est plus beau que l'amitié entre les peuples, une opinion que, d'ailleurs, je partage.

— Je prends tout ce temps pour expliquer à notre client, et ami, vous, monsieur Gabriel, que les Russes, personnalités parfois un peu bruyantes, je vous l'accorde, mais estimables et riches, souvent si riches, les Russes sont le meilleur de notre clientèle. Et que donc…

— Donc ?

— Je ne laisserai, nous ne laisserons personne tuer la seule source de revenus qui reste encore à Nome.

— Vous avez aussi les crabes à longues pattes.

— Je préfère ne pas saisir le rapport. Ah, dernière chose, petit désagrément pour vous dont je vous prie de bien vouloir nous excuser. Un autre bateau arrive vendredi. Eh oui, je suis désolé, encore de Russie. Les Russes adorent notre Alaska. Qu'y pouvons-nous ? Bref, notre établissement affichera complet. Demandez à notre merveilleuse Uiniqumasuittuk, d'ailleurs une amie à vous, je crois. Elle tient à disposition une liste fiable de bed & breakfast de qualité très raisonnable.

Heureux d'avoir fait votre connaissance ! Bon séjour dans notre villégiature, monsieur Gabriel !

*

Sitôt rapportée à Frank la belle histoire de l'amitié entre les peuples, je crus que mon ami patriote allait trépasser de rire.

Son souffle péniblement retrouvé et ses hoquets un peu calmés, il parvint à rétablir la vérité.

1) Aucun grand bateau soviétique n'avait jamais abordé à Nome ;

2) le *Shiskov* s'était bien présenté sur la côte américaine, mais à Cordova, au Sud d'Anchorage ;

3) et à une date, 1991, le 19 juillet pour être précis, qui ôtait toute valeur de prémices à l'événement. 1991… Ah, ah, ah, la perestroïka battait son plein, Gorbatchev et tout le toutim ! 1991, rien n'était plus tendance que ce genre de rapprochement !

— Alors pourquoi ces mensonges ?

— Exemple typique des manigances du parti prorusse, chez nous, en Amérique ! Quand je vous disais que notre pays court un terrible risque d'invasion ! Quand je vous disais que votre livre sur Papanine est capital ! L'histoire de cet espion dérivant est l'allégorie parfaite de ce que les

États-Unis d'Amérique sont en train de vivre. Vous avez suivi l'influence de Poutine sur nos élections présidentielles ? À ce propos, vous serait-il possible de forcer un peu l'allure ? Notre ami commun Benoît s'inquiète. Je sais que les Français, écrivains compris, ont un petit problème avec le travail. Mais pour sauver l'Amérique ? Qu'en pensez-vous ? Après tout, nous vous avons sauvé du nazisme. Depuis le temps que vous nous promettez votre première partie…

*

Pour regagner ma chambre, je repassai devant la réception. Celle-qui-ne-veut-pas-se-marier me suivit des yeux sans oser m'interroger.

Je revins sur mes pas pour l'apaiser.

— Tout va bien. Vous voyez : je suis toujours vivant. Même si certains poisons versés dans le café prennent du temps pour agir.

— Ne riez pas avec ces affaires-là ! Elles arrivent sans prévenir, surtout à notre époque.

— Je ne peux en dire plus. Sauf que je n'ai pas perdu la matinée : cette petite entrevue virile va entrer directement dans mon livre. Rien à changer !

— Quelle horreur, vous les auteurs ! Aucune sincérité ! Aucune générosité ! Aucune gratuité ! Vous recyclez tout. Heureusement que je n'ai pas couché avec vous.

— Coucher ou pas, quelle importance ? L'auteur peut toujours raconter.

— Vous alors !

— À propos, je dois quitter l'établissement.

— Je sais. Je vous ai trouvé mieux. Un bed & breakfast.
Un *penthouse* loué par une veuve. Je déteste la lueur lubrique
dans votre œil.

— Je vous aime quand même.

— Moi aussi.

19

Un message

Quels étaient ces moteurs assez impudents pour m'arracher de mon sommeil ? Une chose est certaine, quoique inavouable : ce rêve-là racontait un amour, un amour très physique pour être franc, avec une personne, tâchons tout de même de nous rappeler, oui, hybride, le visage incomparable de Suzanne, décidément cette femme s'incruste, mais, pour le reste du corps, des cheveux roux et une voix rauque dans l'effort.

Furieux de cette interruption, je me précipitai vers ma fenêtre dont je relevai la si bien nommée guillotine.

Les divinités de l'Alaska avaient dû considérer que nous avions expié nos péchés. Levée, la punition du vent. La nuit elle-même avait cédé du terrain. Le ciel s'éclairait vers l'Est, preuve que le soleil n'allait plus tarder à prendre ses quartiers de printemps. Les clients de Bertrand G. de Jongdt, autrement dit les chercheurs d'or, n'avaient pas attendu pour se ruer hors du port. De nouveau leurs barges s'alignaient le long de la côte, malgré les glaces encore bien présentes. Et c'était le vacarme de leurs aspirateurs à minipépites qui interrompait les songes érotiques des honnêtes voyageurs.

Tandis qu'habillé au plus vite je courais vers l'aéroport, deux Boeing et un Cessna minuscule me frôlèrent le crâne, preuves que les liaisons étaient rétablies. Allons, philosophais-je gaiement, longeant les voiliers qui s'apprêtaient au départ, il suffisait d'attendre, toutes les prisons finissent toujours par ouvrir leurs portes.

Parvenu, essoufflé, devant le comptoir d'Alaska Airways, j'y jetai mon billet.

— *Poor chap*, soupira Bob, celui que j'avais dérangé chaque matin en pure perte et qui chaque fois s'étonnait que je n'aie pas téléphoné. *Poor chap !* Qu'avez-vous fait au Créateur ? Il vous en veut ! Maintenant, c'est le brouillard.

— Mais enfin, penchez-vous, regardez par la fenêtre, il est où, votre brouillard ?

— À Wales, votre destination, l'embarcadère pour Diomède. Le Bonanza n'a pas les instruments pour atterrir sans voir. Désolé, il vous faut encore attendre.

Deux autres passagers se présentèrent, une femme inuite et sa petite fille qui n'arrêtait pas de hurler. Je me demandai à quel âge vient chez ces gens-là leur fameux goût du silence.

Après avoir donné à ces clientes la même information qu'à moi, Bob revint au fameux brouillard. Manifestement, il le tenait en haute estime.

— Vous savez qu'il résiste même aux tempêtes ?

— Et au beau temps ?

— Qui peut le plus peut le moins ! Il n'y a que dans

notre détroit de Béring qu'on peut souffrir des forces 12
sans rien y voir !

Je l'ai laissé à sa fierté météorologique et je suis sorti
profiter de ce soleil tout neuf.

C'est alors que le côté droit de ma veste s'est réveillé. Une
vibration brève mais nette dont j'ai su tout de suite qu'elle
n'était pas du genre à dédaigner.

Pourquoi, au lieu de l'eau sous toutes ses formes, n'avais-je
pas étudié le siège des émotions ? L'histoire de son déplace-
ment serait passionnante. D'abord les savants, philosophes
et religieux placèrent toutes les humeurs dans le cœur. Tests
et preuves à l'appui, le XXᵉ siècle les installa dans le cerveau.
Aujourd'hui, modernité oblige, notre âme réside dans notre
portable.

*

Fébrilement, j'ouvris mon coupe-vent. Maudite théorie
des trois couches, peut-être efficace pour résister au froid,
mais détestable quand on veut répondre vite aux amis. Qui
pouvait chercher à me joindre ? De quel endroit du monde
m'envoyait-il sa pensée, à quelle heure du jour ou de la nuit ?

Le premier coup d'œil à l'écran ne me renseigna guère. Pas
de nom, rien que des chiffres, aucune personne connue, en
tout cas de la mémoire de l'appareil. Mais l'autre mémoire,
la démodée, celle qui réside dans ma tête, se mit à frémir.
Cette terminaison en 29, ça ne te rappelle rien ?

Je restais immobile, figé sur le parking, indifférent aux
saluts joyeux. Depuis le temps que je venais chaque jour
m'informer, j'étais devenu populaire dans tout l'aéroport,

un surnom iñupiat m'avait même été donné : Le-Français-qui-croit-que-le-ciel-va-changer, bonjour le Français, alors heureux ? ta tempête est finie ! tu vois, il ne faut jamais désespérer de l'Alaska !

La vieille mémoire, la mémoire démodée, la mémoire humaine, s'obstinait. Et avant le 29, Gabriel, ce 28, tu ne vas pas me dire qu'il ne te parle pas ? Comme si dans le monde électronique d'aujourd'hui on pouvait effacer quelque chose ! Tu sais bien que Google nous refuse le droit à l'oubli. Les noms, oui, on peut s'arranger pour les faire disparaître, mais les chiffres ? Rien n'est plus résistant. Il faudrait des désherbants à chiffres, un Roundup spécial, quelle start-up l'inventera ? Qu'elle soit bénie, et valorisée plusieurs milliards !

Alors mon cœur, depuis des mois et des mois trop paisible, entra en cavalcade. D'autant plus effrénée que mes yeux, malgré mon interdiction formelle, non, ne faites pas ça, ou je demande à mon pouce d'éteindre, mes yeux suivaient leur pente naturelle, qui est de regarder, et voici les mots qui s'alignaient sous les chiffres, cinq lignes toutes simples et trop rapides à lire :

> *Je sais que tu vas entreprendre une navigation risquée. Alors j'ai peur et je voulais que tu le saches : je t'ai aimé. Contrairement à ce que tu as toujours cru. Aimé douloureusement, mais follement. Douloureusement car follement.*

Je tentai de me défendre, avec les armes qui me restaient, pauvres armes méprisables car méprisantes, des armes typiques d'auteur débutant, c'est-à-dire des armes d'imbécile, une aigreur de critique littéraire : mal écrit, ce message, beaucoup trop d'adverbes, et ce « mais », et ce « car », psychologie de bas étage...

Je laissai retomber mon bras droit prolongé par cette petite boîte maudite. Je titubais, seul, au milieu du parking désert. Personne pour me porter secours. Sauf le préposé aux bagages.

— Oh là, petit homme. Tu ne te sens pas bien ?

Je le rassurai.

— Il suffit que je reprenne mon souffle.

Du menton, il montra le portable.

— Mauvaise nouvelle ?

— Mauvaise ou bonne, je ne sais pas.

Il réfléchit, hocha la tête.

— Oh là ! Les nouvelles dont on ne sait pas dire si elles sont bonnes ou mauvaises, ce sont les pires. Courage ! Tu veux que j'appelle un taxi ?

Il sortit de sa poche un talkie-walkie datant de la guerre froide et très désireux de servir à nouveau son pays.

— Merci. Je rentrerai à pied.

— Tu as raison. Du temps que je marchais, je voyais plus clair dans ma vie. Attendre empêche de marcher. Et moi je dois attendre les avions. Tu es sûr que ça va ?

Il repartit s'asseoir sur son chariot vide.

*

Oh Suzanne, quelle femme décidément méchante !

Une bienveillante aurait écrit : pardon, je ne t'ai jamais aimé. Bon, l'ego en aurait pris un coup. Mais la messe était dite. On morfle une bonne fois. Et on passe à autre chose.

Alors que : *je voulais que tu saches que je t'ai aimé.*

Avant de la tapoter sur ton portable, Suzanne, as-tu réfléchi à la cruauté de cette phrase ? Nous avions reçu un trésor. Et nous l'avons piétiné. Et maintenant ? Eh bien maintenant, c'est trop tard ! La mine d'or est fermée. Ou effondrée. Ou perdue, effacée des cartes, plus personne n'en connaît l'endroit. *No name.*

Pourquoi la certitude m'est-elle alors venue que Suzanne me parlait pour la première fois ? Elle s'était tue pendant notre mariage. Tue devant la juge lors du divorce. Tue depuis.

Une vraie Inuite.

Croyant la fuir, plutôt tentant de me convaincre que je voulais la fuir, je n'avais fait que rejoindre son pays, le pays de la glace, car la glace n'oublie rien, voilà pourquoi la glace est le pays du silence : à quoi sert de parler quand on se souvient de tout ?

Et voici qu'aujourd'hui, elle sans doute en France et moi par 64° 30′ 14″ Nord ; 165° 23′ 58″, elle me parlait. Et tant pis pour l'usage du passé : *je t'ai aimé.*

Il faut ruser avec le bonheur. Au Vietnam, quand un bébé naît, on pleure, on crie, on se désole : « Mais qu'il est laid, cet enfant ! Et faible ! Et qu'il a l'air bête ! Mais d'abord comme il est laid ! » Ces insultes lancées, on peut seulement embrasser le nouveau-né. Il s'agit de ne pas rendre jaloux les dieux.

Avec des gestes dont je me rappelle aujourd'hui la lenteur et la précaution, j'ai rangé le portable dans ma poche intérieure, contre mon cœur, l'ancien siège des émotions, j'ai fait comme si de rien n'était. J'ai repris mon existence, où en étais-je déjà ?

Ah oui, cet insupportable brouillard.

Et je suis revenu vers la cabane.

Je n'avais pas refermé la porte que Bob m'annonçait la mauvaise nouvelle.

— Désolé, *old chap*. C'est bien ce que je craignais. Le vol est annulé. D'après les gens de Wales, pas la peine d'attendre, le brouillard ne se lèvera plus aujourd'hui.

— Je m'en doutais.

— Vous commencez à devenir un habitant de l'Alaska. Contre le temps, personne ne peut rien.

J'attendis de me retrouver seul sur la route. Et ressortis mon portable. Je le regardai longtemps et, de toutes mes forces, le jetai dans le ciel juste au moment où passait un goéland. Imbécile oiseau ! Il s'écarta, au lieu de comprendre que c'était un cadeau, prends-le, Goéland, même si tu n'utilises pas le téléphone, d'autres fonctions te seront utiles.

Dans un petit bruit de verre et de plastique brisés, la boîte alla s'écraser loin, contre le mur du nouveau cimetière. Heureusement, personne n'avait rien vu. Dans le climat d'aujourd'hui, une telle agression contre un portable serait signe d'incivilité majeure, refus maladif de la modernité, célébration de l'obscurantisme (ou, si vous préférez, de la surdité), le syndrome typique du terroriste.

Quel policier, quel magistrat des États-Unis d'Amérique pourrait comprendre la seule raison de ce geste, la tentative ultime et tout aussi désespérée que les précédentes d'en finir, une bonne fois pour toutes, avec l'emprise d'un amour.

VII

LE DÉTROIT DE BÉRING

« Un bras de mer resserré entre deux continents. »

LITTRÉ

1

Au bord du monde

Wales
Latitude 65° 36′ Nord, longitude 168° 5′ Ouest.
Où finissait la terre, où commençait la mer ? La neige recouvrait tout.
Aéroport de Wales ?
Posée sur la lande, une bande de macadam.
Et une baraque délabrée.
En attendant que l'ami de Frank (membre actif de l'association des patriotes) vienne m'y chercher, je dois avouer que, dans cette salle d'attente glacée, affalé sur un fauteuil de jardin déglingué, en seule compagnie d'une tondeuse à gazon, je me suis laissé aller à quelque peu sommeiller.
Je me souviens que, dans mon rêve, un oiseau, impossible d'en distinguer l'espèce, me picorait l'épaule droite. Pour m'avertir de quelque danger. J'ouvris les yeux.
C'était notre pilote.
— Pardon. Mais dans la file des voyageurs…
— Quels voyageurs ?
— L'avion d'Anchorage, il vient d'atterrir.

— Je croyais qu'il fallait toujours passer par Nome ?

— Vol direct, les vendredis. Aujourd'hui vendredi.

Il parlait mécaniquement. Comme à une tour de contrôle. Économie de mots.

— Et alors ?

— Parmi les passagers, quelqu'un vous ressemble. Allez, bonne fin de voyage ! Saluez pour moi le changement de date. Moi je retourne à Nome. Le beau temps ne va pas durer.

*

Plus tard, ne cessant de revenir à cet après-midi-là, premier jour de notre saison II, bénie soit-elle, Suzanne et moi discuterions sans fin de cette « ressemblance », miraculeusement détectée par le pilote, loué soit-il aussi, car sans lui, sans son œil magique, sans elle, la ressemblance, nous nous serions manqués, une fois de plus, et cette fois, pour jamais.

— Comment nous a-t-il reconnus ?

— Notre commune langue française ?

— Un air de famille ?

— Peut-être, mais quelle famille ?

— Celle de la tristesse ?

— Je dirais plutôt ce même regard buté, l'œil de ceux qui n'abandonnent jamais.

*

Ma première vision fut celle, bien dressée sur ses quatre roulettes, d'une valise, énorme et grise.

— Ce voyageur-là est venu pour longtemps. Pauvre de lui !

Je ne remarquai qu'ensuite le formidable et très indiscret bric-à-brac dispersé sur le béton brut du tarmac : deux tubes de rouge à lèvres, un paquet de kleenex, une poupée miniature (de celles qu'on pique d'épingles pour leur jeter des sorts), un gigantesque et sûrement très pesant trousseau de clefs (preuve de nombreuses activités, indice de domiciles divers et pas tous officiels, voilà qu'une jalousie me reprenait), une paire de ballerines souples enroulées sur elles-mêmes comme un escargot, un livre de poche, Italo Calvino, *Le Baron perché*, un vieux plan de Paris, une recharge de portable, un miroir rond, une boîte plate, peut-être un poudrier.

Quel univers ! me dis-je. À l'évidence, un sac de femme ! Trouvera-t-elle ce qu'elle cherche, cette pauvre voyageuse, ou l'a-t-elle à jamais perdu ?

Après m'être bien amusé de ce fatras, et comme si toutes les femmes, et non pas une, une seule, avaient cette étrange habitude de renverser leur sac sur le sol pour ne pas perdre trop de temps à chercher, j'obligeai mon attention à ne se concentrer que sur les deux mains qui farfouillaient dans l'étalage, puis j'autorisai mes yeux à remonter lentement, lentement vers la silhouette accroupie. Qui, à l'instant, se releva. Et se retourna.

Elle tremblait.

Je l'ai prise dans mes bras.

Elle a fermé les yeux.

Au bout d'un long moment, elle a juste tourné la tête :

— Je suis fatiguée.

— Viens.

— Je suis venue.

2

Les barricades mystérieuses

Comme on pouvait s'y attendre, Wales (cent quarante-cinq habitants) souffre, malgré sa situation stratégique au plus près de l'Empire russe, d'un manque cruel d'équipements hôteliers. Un couple inuit, ex-pêcheurs de baleines aujourd'hui loueurs de Ski-Doo, nous attendait.

— Vous êtes deux, finalement ? Vite, vite, vous avez l'air de bien vous aimer !

Sitôt la porte refermée et sans un regard pour la décoration kitsch (photo encadrée rose de la chanteuse Rihanna, peinture d'un troupeau de rennes sous une aurore boréale), nos deux corps se jetèrent l'un sur l'autre et s'occupèrent tout seuls, sans rien demander à personne.

Tant et si bien que la très étrange sensation me vint que mon corps m'avait expulsé de moi-même. Fais comme tu veux, Gabriel, moi j'ai à faire. Sentant cette distance et sûrement la partageant, mon amante vint m'y rejoindre. Et, serrés l'un contre l'autre, nous partageâmes quelques secondes, sidérés, le spectacle : deux êtres qui s'aiment.

Avant, sans rien nous dire, d'y replonger d'un même élan.

La timidité ne nous tomba dessus qu'après.

Nous nous étions couverts.

Nous ne nous touchions plus.

Nous nous regardions juste.

Et nous avons commencé à trembler.

Cette timidité ne dura pas.

Il suffit qu'une main s'approche d'une joue, il suffit qu'un pied remonte lentement vers une cuisse.

Maudite timidité, fille de la peur, la peur de l'autre, la peur de soi, elle nous avait tant glacés durant la saison I.

Cette timidité meurtrière, nos corps la piétinèrent de toutes les manières, lors de cette première nuit de retrouvailles. Ils la brûlèrent, en prouvèrent le ridicule et la nocivité. S'ils étaient si violents et sans la moindre retenue, c'est qu'ils voulaient la déraciner et la jeter au loin. Il devait être bien clair qu'au royaume de la saison II, ni la peur, ni la timidité, ni la mère, ni la fille n'auraient de place.

Nos corps ne consentirent à se calmer qu'une fois certains de nous en avoir débarrassés.

S'il faut dater, c'est alors, à cet instant précis, que la vie devint douce. Comme si le temps n'était plus le même, comme si les jours de séparation s'étaient changés en millions d'années pour aplanir les montagnes, éteindre les volcans, calmer la furie des torrents, changer en musique les cris d'animaux. Doux étaient et à jamais seraient les mots, les gestes, doux les projets murmurés, doux, même, les souvenirs du temps maudit du mariage, doux le froid terrible dehors.

Contrairement à mon habitude qui était de bondir, sitôt les yeux ouverts, et de me jeter dans le travail, ce matin-là, je pris mon temps.

Je me retournai, avec d'infinies précautions, pour m'émerveiller encore du profil enfantin de Suzanne. Je me rappelais : tout le temps (détestable) qu'avait duré notre saison I, sitôt entrée dans sa nuit, et pour être sûre d'avoir la bonne quantité de noir, elle se cachait d'un masque la moitié du visage. Ce matin, et pour la première fois, je pouvais voir ses paupières closes : protégez-lui bien les yeux, mes amies, ils sont fragiles.

Un air de clavecin me revint en mémoire. *Les Barricades mystérieuses, ré, fa, mi* bémol. Oh oui, mystérieuses pour moi étaient demeurées ces barricades avant qu'Anne Queffélec ne m'apprenne qu'il s'agissait des cils. À propos d'yeux, la certitude me vint : c'est Suzanne qui fermera les miens. Je me rendormis. Pour un tel maniaque du labeur matinal, l'événement était si rare que les mouettes du voisinage, informées je ne sais comment, se turent d'un coup.

3

Qu'est-ce que l'amour ? (VII)

Nous sommes restés trois jours chez l'ancien chasseur de baleines présentement loueur de Ski-Doo.

Le temps qu'arrive un avion.

Maintenant, main tenant, tenons-nous les mains et prenons bien garde aux mots.

C'est le moment de les choisir exacts.

De ces trois jours-là on pourrait dire : trois jours de retrouvailles. Première erreur : Suzanne et Gabriel ne se *retrouvaient* pas, ils se *découvraient*. Comment, mais comment, tout au long de notre saison I, avions-nous pu tant nous *manquer* ?

Et pourquoi, dans ces trois jours-là, oubliez-vous les nuits ? C'est tout simplement, mesdames et messieurs, qu'en cette fin mars, par 65° de latitude Nord, la nuit de l'hiver s'en était allée pour commencer à laisser place à vingt-quatre heures de jour.

Je dois le confesser, aveu que le loueur de Ski-Doo vous confirmerait sans peine : ces trois jours durant, Suzanne et Gabriel ne quittèrent pas leur chambre.

On ne les vit qu'une fois se promener le long d'un rivage qui peu à peu se libérait de ses glaces.

D'après les autochtones, il paraîtrait que l'homme (Gabriel) ne cessait pas de montrer la mer à sa femme (Suzanne). Mais n'étant pas francophones, comment auraient-ils pu comprendre leur conversation ? Puisque j'ai quelque raison d'en avoir été informé, la voici reproduite in extenso.

— Je te présente le détroit de Béring.

— Enchantée !

— Et connais-tu la définition que donne Littré d'un détroit ?

— Comment veux-tu ? Mais dis-moi, n'aurais-tu pas révisé avant mon arrivée ? Savais-tu que je viendrais ? Oh, le présomptueux !

— Un détroit est un bras de mer resserré entre deux continents.

— Je te déteste mais je dois admettre que oui, cette définition est bien celle de l'amour.

— Vive la géographie !

— Vive la géographie !

D'après les témoins, l'homme et la femme alors s'embrassèrent. D'après d'autres, les plus sentimentaux, l'émotion les submergea. Quelle importance ? Il faisait encore très froid, fin mars. Leurs larmes gelèrent.

ÉPILOGUE

1

Main dans la main, nous avons repris le chemin de l'île de la Cité, palais de justice, quatrième étage, où l'on tranche les affaires familiales.

À la secrétaire, Suzanne expliqua notre histoire, la journée si triste du 10 octobre, l'accueil si bienveillant de Mme la juge et de Mme la greffière, et notre souhait de les remercier car notre amour, voyez-vous, a ressuscité de ses cendres autrefois tellement acides, si vous saviez...

Comme prévu, la secrétaire succomba au sourire de ma femme.

— Ah si tous ceux-là...

D'un geste quelque peu méprisant, elle montra la salle d'attente.

— ... pouvaient en prendre de la graine ! Je ne vous promets rien. Cette matinée est encore plus chargée que d'habitude. (Elle jeta un coup d'œil à sa liste.) Dès que le couple Gubert sort, je demande à Mme la juge.

Nous revînmes nous asseoir, les yeux baissés, à petits pas modestes. Sans en entendre un mot, les couples avaient suivi notre manège. Devinant en nous des privilégiés, d'une catégorie encore à définir mais de toute façon d'autre sorte qu'eux, ils nous exécraient. Sans perdre une once de la haine qui les habitait déjà car la haine est inépuisable, pour une raison toute simple : elle se nourrit d'elle-même. Heureusement que les palais de justice sont solides, ils doivent accueillir tant d'hostilité ! Un bâtiment normal n'y résisterait pas.

— S'il te plaît, murmurai-je à Suzanne, déteste-moi.

— Pourquoi, tu m'as donné des raisons récentes ?

— Déteste-moi ! Ils sont capables de nous égorger.

— Facile !

Elle n'eut qu'à cesser de sourire. Et choisir l'une des mines renfrognées dont elle a depuis longtemps le secret (ses photos de classe nous en montrent quelques exemples terribles), ces visages durs qui la rendaient tellement insupportable à son père.

Rassurés par cette agressivité qui rendait la leur bénigne, les couples revinrent à leurs détestations personnelles.

Et lorsque nous fûmes appelés, peu après, une commisération nous accompagna, mêlée de gourmandise.

— Quel dommage de ne pas assister à l'entretien ! Avec ces deux-là, ça va saigner.

— Je n'ai pas osé vous décevoir plus tôt, dit la secrétaire en nous accompagnant, Mmes Bérard et Cerruti, oui, celles qui vous avaient divorcés, ont pris leur retraite, oui, le même jour, des inséparables, celles-là, il faut ça, croyez-moi, pour supporter tant de violence, vous les manquez de peu, on a fêté leur départ le mois dernier. Mais celles qui les ont remplacées, Mme Ayrault, la nouvelle vice-présidente aux affaires familiales, et sa greffière, Mme Grisard, ont accepté de vous recevoir.

*

Oh l'émotion de retrouver le bureau décisif 4503. Oh la stupéfaction de le voir inchangé, Mme la juge à main gauche en entrant et la greffière juste en face, en dessous des fenêtres. Et toujours le même grand portrait peint, au milieu du mur défraîchi. De qui pouvait-il bien s'agir ? Un ancêtre commun à tous les magistrats ?

Nous nous sommes assis sur les mêmes chaises de cuisine, après combien d'autres couples, à raison d'au moins dix par jour ouvrable ? J'ai failli me lancer dans le calcul mental. Je me suis retenu juste à temps pour regarder Suzanne.

Au contraire de son mutisme du 10 octobre, elle avait pris la parole et ne la quittait plus.

— Voilà... Même si nous n'ignorons pas... Étant donné votre travail... Le nombre de couples à divorcer... Et nous sommes bien placés pour le savoir..., nous nous sommes dit... que nous devions... comment expliquer ?... remercier, oui, vous remercier, c'est le mot.

La greffière avait été à deux doigts de nous interrompre et de nous prier de quitter le bureau. Enfin, vous êtes devenus fous. Pour qui vous prenez-vous ? Elle avait jeté un coup d'œil explicite à la juge. Alors on les vire ? On appelle les gardes ? Mais la magistrate, d'un battement de paupières, lui proposa de laisser continuer la dame divorcée : Qu'est-ce que nous risquons ? Nous amuser un peu ? Nous l'avons mérité, vous ne trouvez pas, madame Grisard ? Et notre retard est déjà si grand, ce matin ! Un peu plus, un peu moins…

Revenons à Mme Grisard, la greffière. Elle avait reçu le message cinq sur cinq. Puisque sa juge l'y avait autorisée, elle s'octroyait le droit de se détendre. Bientôt, les deux commencèrent à s'amuser franchement. D'autant que j'étais entré dans la ronde. Je tentais de venir en aide à Suzanne.

— Notre visite…
— Tu veux dire notre convocation…
— L'entrevue dans ce bureau même…
— L'humanité de votre collègue…
— Sa manière…
— Sa bienveillance…
— Sa volonté patiente de s'intéresser à nous…
— De ne pas comprendre…
— Pourquoi nous divorcions…
— Car voilà…
— Nous nous sommes retrouvés.
— Et nous voulions vous remercier…
— Remercier celles qui vous précédaient, Mmes Bérard et Cerruti.

Avouons que la juge et la greffière nous considéraient, stupéfaites.

Mme Ayrault s'est reprise la première :

— Nous, je crois pouvoir parler aussi pour mon amie Mme Grisard (qui hocha la tête), nous sommes très touchées de votre démarche, la reconnaissance est rare dans notre métier.

C'est alors que Suzanne ouvrit son sac, je veux dire le

renversa sur le sol, comme à son habitude, et tendit à la juge la grosse enveloppe.

La greffière s'exclama.

— Un cadeau ! Vous n'y pensez pas, nous sommes des fonctionnaires !

— Oh, il ne s'agit que d'un courrier. De ceux qu'on appelle lettres de château. De retour chez lui, l'invité remercie d'avoir été si bien reçu.

— Dans ce cas !

Et, sous le regard sidéré de sa greffière, la juge se saisit de notre histoire.

— Pardonnez-nous cette épaisseur.

— C'est que voyez-vous...

— Pour arriver au but...

— Il nous a fallu suivre un long chemin...

— Jusqu'au bord du monde, pour être précis.

— Comptez sur nous, ce remerciement sera remis à qui de droit ! Chère Anne Bérard. Elle nous a promis de repasser nous voir de temps en temps. Pas si facile, la retraite ! On a beau pester contre le labeur et le manque de crédits, c'est dur d'oublier la Justice !

En sortant, devant le café des Deux Palais, j'ai cru voir passer une Delahaye rouge. Je n'ai pas osé en parler à Suzanne. Il m'aurait fallu revenir en arrière, dans une période si douloureuse... Et aurait-elle cru à cette histoire improbable d'un championnat de France de la montagne entre Rennes et Saint-Brieuc ?

2

Quelle raison nous dicta de repartir ?

La ligne dite du changement de date, qui serpente du Nord au Sud de l'océan Pacifique, avait fasciné, pour des raisons différentes, chacune de nos enfances.

Moi, banalement, j'avais lu Jules Verne, son *Tour du monde en quatre-vingts jours*. On se souvient que Phileas Fogg avait gagné son pari parce qu'il avait décidé de voyager vers l'Est. Avançant au-devant du soleil, chacune de ses journées était plus courte. De retour à Londres le 21 décembre, il croit son pari perdu. Pour le consoler, la jeune Indienne Aouda accepte de se marier avec lui dès le lendemain. Le valet Passepartout est chargé d'organiser la cérémonie. Il revient joyeux : demain, noce impossible, tout sera fermé CAR NOUS SERONS DIMANCHE. AUJOURD'HUI, C'EST SAMEDI ! IL EST ENCORE TEMPS DE COURIR AU REFORM CLUB !

De cette lecture, maintes fois recommencée, j'avais gardé la conviction, vague mais profonde, que nos amours ont forcément partie liée avec les tours de la Terre sur elle-même.

Le cheminement de Suzanne avait emprunté des voies plus scientifiques. Très tôt, je veux dire vers dix ans, émerveillée par les volcans, elle s'était fait expliquer leur origine pour aboutir, de fil en aiguille, à la tectonique des plaques. Pour elle, la ronde de nos amours n'était, à plus vaste et plus rapide échelle, qu'une éternelle dérive des continents.

Ajoutons que mon Grand Roman inachevé sur la guerre froide continuait de me visiter la nuit.

Personne ne me ferait jamais croire que le partage entre l'Est et l'Ouest, entre le Mal communiste et le Bien de la liberté, se soit trouvé justement là, PAR HASARD, dans ce no man's land du Temps.

Si bien qu'un soir de ce mois de janvier, lors de nos rituelles séances d'agenda, nos deux carnets grands ouverts et nos crayons levés, Suzanne ne pouvait que demander la bouche en cœur : et pour le détroit de Béring, que dirais-tu de la deuxième semaine de mars ? Je me suis renseignée. Il fait quand même un peu moins froid. Et avec la chance qui maintenant nous caractérise, il se pourrait bien que nous attrapions une dernière aurore boréale. Je ne sais pas toi, moi j'ai toujours rêvé de voir le ciel vert.

Je l'ai regardée. À quoi sert d'acquiescer quand on peut embrasser ?

Pour mes amis français, qui entretiennent avec la géographie une relation de dédain réciproque, le détroit de Béring sépare de l'Amérique l'immensité euro-asiatique. Et, comme pour rappeler les temps très anciens où les deux continents n'avaient pas encore divorcé, heureuse époque où l'on pouvait passer à pieds secs, quoique souvent gelés, de la Sibérie à l'Alaska, deux îles surnagent. Les navigateurs occidentaux leur ont donné le même nom : Diomède. Pourquoi avoir choisi cette référence à l'un des combattants les plus intrépides de l'histoire grecque ? Mystère. Sachez que ce Diomède, roi d'Argos, ne craignait pas d'attaquer les dieux eux-mêmes ! Ayant blessé Aphrodite, celle-ci punit cette audace en poussant sa femme à prendre un amant. Il faut dire que la guerre de Troie l'avait retenu longtemps loin de chez lui. Les Pénélope ont des excuses.

À l'Ouest, la plus grande des Diomède est russe. Ses 29 kilomètres carrés ne sont occupés que par des militaires. Inutile de rêver un jour lui rendre visite : vous passeriez votre vie à vous épuiser dans la quête d'une autorisation qui ne viendra jamais.

Sa sœur américaine, la Diomède de l'Est, n'est qu'un caillou de 7,35 kilomètres carrés, peuplé de cent trente-cinq Inalikmiouts. Pour avoir une chance d'y être accepté, il faut adresser une lettre motivée aux autorités locales, le Grand Conseil de la Tribu. Je ne me rappelle pas les mots que j'avais employés. Avais-je osé parler d'amour ? Il me semble avoir plutôt mis l'accent sur les déchirures de la guerre froide, sujet sensible dans les parages. Sachez que, depuis l'origine des âges, les Inalikmiouts passaient d'une île à l'autre, pour un oui pour un non, pour les obligations de la pêche ou des fêtes de famille.

J'arrivai un soir de début mars au logis quasi conjugal en brandissant l'invitation tant espérée.

Ne restait plus qu'à trouver le moyen de rejoindre cette extrémité de la planète (65° 45′ 15″ Nord, 168° 55′ 15″ Ouest).

*

Pas un instant, Suzanne ne se retourna vers moi. Son front ne quittait pas son hublot. Le spectacle du Pacifique gelé devait trop l'occuper. Comment lui en vouloir ? Je n'étais tout de même pas assez fou pour devenir jaloux de la glace.

Pourquoi ce froid, brusquement, par tout le corps ? L'explication ne tarda pas. Le souvenir m'était revenu d'un des pires moments de ma vie, ce terrible vol Anchorage-Nome, un an plus tôt, pour fuir Suzanne à l'autre bout de la Terre, en seule compagnie de Schubert. Quelle idée mortifère de guérir sa tristesse par un Voyage d'Hiver !

Dans mon portable, je trouvai vite l'un de mes refuges, les variations Goldberg, par Zhu Xiao-Mei, elle aussi rescapée mais d'une torture autrement plus cruelle qu'un chagrin d'amour : la Révolution Culturelle. J'ai glissé une oreillette dans le pavillon gauche de Suzanne. J'ai gardé l'autre pour moi.

Et c'est ainsi que nous avons écouté ensemble, quarante minutes durant, ce résumé de toute la musique du monde. Vous savez que ce trésor commence et finit par le même aria. *Sol, sol, la, si, la.* Les variations se promènent entre ces deux extrémités. Elles quittent le port, comme des bateaux, partent explorer, comme des bateaux ou comme des amants, et puis reviennent, comme des amants, comme des bateaux. Nous nous étions perdus dans les variations, nous avions oublié l'aria. Un certain comte Keyserling, ambassadeur de Russie à Dresde, souffrait d'insomnie. Il commanda un morceau que son claveciniste Goldberg puisse venir lui jouer la nuit.

Vous savez peut-être aussi que Bach, en allemand, veut dire rivière.

Après deux heures de vol, notre hélicoptère est tombé. Comme une pierre. Suzanne avait emmêlé ses doigts aux miens. Dans la pénombre, on ne voyait du sol qu'une vingtaine de gros cubes dispersés au bas d'une falaise abrupte. L'hélicoptère a touché l'île, juste le temps de nous débarquer. Et puis est remonté vers un ciel de plus en plus noir. Une nouvelle tempête se préparait.

Un grand sourire s'est approché de nous deux, la main tendue. Bienvenue, je m'appelle Saqiyuk, je suis chargé de l'accueil des visiteurs. Derrière lui, une petite foule avait accouru, avertie par le grondement de l'appareil. Surtout des femmes. Elles nous considéraient en hochant la tête. Peut-être avaient-elles pris connaissance de ma lettre de motivation où je parlais d'une histoire d'amour ? Elles se montraient Suzanne et gloussaient de rire.

Un peu à l'écart, un groupe de jeunes gens se donnaient en spectacle. Les uns parlaient haut, s'apostrophaient, brandissaient des épées, faisaient mine de se battre tandis que d'autres roucoulaient, jouaient la comédie de la romance, déclaration de sa flamme, genoux en terre, promenades main dans la main. Ils portaient des vêtements que notre musée ethnologique Jacques-Chirac aurait rejetés avec dédain : des robes à capuche et manches trompettes pour les filles, des tuniques, tabards et hauts-de-chausse pour les garçons. Irruption incongrue du Moyen Âge européen dans l'univers inuit ! Ayant surpris ma stupéfaction, notre nouvel ami Saqiyuk éclata d'un grand rire :

— Contrairement aux apparences, ils ne sont pas fous ! Seulement jeunes. Et dans notre île ils s'ennuient à mourir, surtout l'hiver. Un professeur d'Anchorage vient de temps à autre leur apprendre le théâtre. En ce moment, ils répètent *Twelfth Night*. Shakespeare, c'est le monde entier chez soi, non ?

Twelfth Night... N'était-ce pas la pièce qu'à la Comédie-Française on appelait *La Nuit des rois* ?

Avec ce sous-titre qui m'avait toujours paru le comble de la moquerie pour un auteur : *Tout ce que vous voulez.*

Et c'est ainsi, escortés par ces joyeux comédiens, que nous sommes montés jusqu'à l'école qui faisait fonction d'hôtel. Toujours polie, surtout avec les autochtones (jeunesse africaine oblige), Suzanne s'est inquiétée de savoir si nous n'allions gêner personne.

— Pour qui nous prenez-vous ? Little Diomède a TROIS salles de classe. Nos élèves n'en occupent qu'une seule. Restent deux. Une pour chacun de vous. Car vous n'êtes pas mariés, n'est-ce pas ?

Le temps de poser nos sacs, nous nous sommes retrouvés dans la cour de récréation. Suzanne s'amusait comme jamais.

— Ils l'ont installé où, ton lit ?
— Sur l'estrade.
— Comme moi !
— Ainsi nous pourrons surveiller les chahuteurs !

— Tu sais ce qu'ils ont écrit sur le tableau noir ?

— Langue au chat !

— *Journeys end in lovers meeting.*

— Peux-tu traduire ? Je voudrais être sûr.

— Les voyages se terminent quand les amants se rencontrent.

— C'est bien ce que j'avais compris.

— Gabriel ?

— Oui ?

— Fallait-il venir jusqu'ici pour apprivoiser le temps ?

— Les autres, je ne sais pas. Nous, oui.

Et nous sommes partis prendre possession du but de notre voyage. Le tour de l'île fut vite bouclé. Little Diomède n'est qu'un plateau vide qui domine la mer de plusieurs centaines de mètres. Battue par des vents permanents, on comprend qu'aucun arbre n'ait été assez fou pour tenter de s'y choisir un domicile. Seuls les végétaux nains devaient avoir une chance d'y survivre mais, pour l'heure, ils dormaient sous la neige et la glace. Tout ce CO_2 dégagé pour ça ! On a bien fait de venir, ricana Suzanne. Alors je lui ai montré vers l'Ouest, toute proche, l'île jumelle, Острова Диомида.

— Là-bas, de l'autre côté de ce bras de mer, c'est la Russie ?

— Là-bas, de l'autre côté de ce bras de mer, c'est le jour d'après.

— S'il te plaît, explique-toi ! Ce que tu peux être agaçant avec tes devinettes permanentes !

— Ici, en Amérique, nous sommes dimanche. Chez les

Russes, ils sont déjà lundi. Demain matin, il est prévu de nous approcher au plus près de cette frontière… sans nous faire trop tirer dessus !

De mon sac à dos, j'ai sorti une petite gravure encadrée. Ma mère me l'avait donnée peu avant de mourir. « Gabriel, de tout mon cœur je te souhaite qu'une fois trouvé ton amour tu parviennes à t'y installer. Longtemps. Plus longtemps que moi. »

*

Je ne sais pas si je vous l'ai déjà dit, mais cette intime précision manquerait au portrait de Suzanne : cette jolie personne dort en pyjama. Elle en possède une collection, régulièrement renouvelée, pour pouvoir choisir (avec soin) celui correspondant le mieux à la nuit qui se prépare. Pour le Grand Nord, préférant le confort au suggestif, elle avait emporté un ensemble molletonné rose qui, par-semé de petits lapins blancs, lui donnait un air plus jeune que jeune, enfantin. J'ai couru dans la salle de classe où nos hôtes l'avaient installée. Et c'est ainsi, l'un contre l'autre blottis, si proches, si mêlés qu'on aurait pu nous prendre pour une seule personne, c'est ainsi que nous avons suivi le long et silencieux et bouleversant théâtre de notre première aurore boréale, elle bien au chaud dans son molletonné, moi frissonnant dans ma trop vieille chemise Lacoste, que t'arrive-t-il, Gabriel ? Mon Dieu, comme tu trembles et claques des dents ! Une crise de palu, par 60° Nord, ce serait bien de toi, une invention pareille !

Vous savez ma passion pour la Connaissance. Cette nuit-là, je n'avais qu'une peur : apprendre. Peur que ma scientifique bien-aimée ne veuille m'expliquer les tenants et les aboutissants de ladite aurore. Mais le temps passait et elle gardait le silence. Soit que ce phénomène n'appartienne pas au spectre, pourtant géant, de ses compétences. Soit, hypothèse la plus probable et qui me la faisait aimer encore davantage, oui, l'amour est sans limites, on peut toujours aimer davantage, soit qu'elle ait deviné que le moindre mot, la plus timide explication aurait ruiné la magie. J'ai abandonné un instant le vert du ciel et j'ai tourné la tête vers la femme de ma vie. Dans son pyjama rose à lapins blancs, ma Suzanne avait huit ans, dix au maximum, tout entière au spectacle, les yeux écarquillés et la bouche bée. Émerveillée. Habitée par la merveille. Ce ballet de nuages émeraude accompagné d'une musique dont nous ne perce-vions que le silence, ou, balayée par le vent, la robe géante d'une reine qui passe.

REMERCIEMENTS

Écrire, c'est d'abord apprendre.

Sans divers professeurs, jamais je n'aurais pu explorer autant, ni faire autant voyager mes personnages.

Des professeurs de Grand Nord et de Sibérie, d'Alaska et de détroit de Béring, de glaces, de loutres de mer et de chercheurs d'or.

Merci à l'expert absolu : Christian de Marliave dit Criquet.

Merci au très grand reporter Eric Hoessli. Son *Épopée sibérienne* est une bible et une mine.

Merci à Stéphane Niveau, incomparable guide de ces contrées. Le musée qu'il a conçu dans la ville de Prémanon, tout près des Rousses, dans le si beau Jura, est modèle d'initiation scientifique et de poésie, bien dans la ligne de son père spirituel Paul-Émile Victor. Venez, venez vous émerveiller dans son Espace des mondes polaires.

Merci à mon frère de l'image, le photographe Francis Latreille. Son œil a tellement enrichi le mien... Plongez-vous dans ses livres, à commencer par *Dolgans : les derniers nomades des glaces* et *Les derniers peuples des glaces*.

Merci encore et toujours à mon capitaine, ma jeune très grande sœur Isabelle Autissier. Sans elle, jamais je n'aurais été m'aventurer dans ces régions où fume la mer, du fait de vents volontiers hurlants.

Et des professeurs de vie.

Merci à mon maître Gilles Bœuf, roi de la biodiversité et du bio-mimétisme, ancien président du Muséum d'histoire naturelle.

Et merci, mercis infinis à mes amis savants de l'Institut Pasteur Arnaud Fontanet, Anna Bella Failloux, Maxime Schwartz, Olivier Schwartz, Thomas Bourgeron, Jean-François Chambon, Mirdad Kazandji. Sans eux, je serais demeuré simple économiste, c'est-à-dire un ignorant, comme aimait à me le répéter (affectueusement) mon si regretté voisin à l'Académie française, François Jacob.

Merci à Ludovic, l'éditeur par excellence, c'est-à-dire la personne faite d'un rare alliage, la capacité de deviner, mieux que vous-même, votre projet et la générosité de s'effacer pour vous y conduire. Un premier de cordée.

Merci aux infiniment vigilantes Delphine Leperchey, Camille Bon et Catherine Kronz. Merci à Philippe Bernier. Merci à Andrea Guiducci. Merci à Corinne Chopplet.

Merci à mon équipage de lecteurs fidèles. Je les noie sous les pages depuis si longtemps ! Mais sans eux, comment avancerais-je ? Michel Sauzay, Jean-Pierre Ramsay, Bertrand et Sophie Goudot, Benoît Heimermann, Nathalie Iris, Malcy Ozannat, Vincent Toledano, Alice d'Andigné, Christophe Guillemin, Juliette Goudot.

Et puis, et d'abord, Isabelle.

Sans elle, pas d'histoire.

Sans son regard, pas ce roman.

Car elle voit tout. Pauvre de moi.

II

TREMBLER D'AIMER

III

LES DEMEURES DE LA TRISTESSE

Œuvres d'Erik Orsenna (suite)

Aux Éditions Stock

LA GRAMMAIRE EST UNE CHANSON DOUCE, 2001.

LES CHEVALIERS DU SUBJONCTIF, 2004.

DERNIÈRES NOUVELLES DES OISEAUX, illustrations Santiago Morilla, 2005.

LA CHANSON DE CHARLES QUINT, 2008.

ET SI ON DANSAIT ?, 2009.

PRINCESSE HISTAMINE, Illustrations d'Adrienne Barman, 2010.

SUR LA ROUTE DU PAPIER. Petit précis de mondialisation III, 2012.

LA FABRIQUE DES MOTS, 2013.

MALI, Ô MALI, 2014.

L'ORIGINE DE NOS AMOURS, 2016.

LA FONTAINE : UNE ÉCOLE BUISSONNIÈRE, 2017.

VOYAGE AU PAYS DES BIBLIOTHÈQUES, avec Noël Corbin, 2019.

BEAUMARCHAIS, UN AVENTURIER DE LA LIBERTÉ, 2019.

Chez d'autres éditeurs

VILLES D'EAUX, en collaboration avec Jean-Marc Terrasse, *Ramsay*, 1981.

ROCHEFORT ET LA CORDERIE ROYALE, photographies d'Eddie Kuligowski, *CNMHS*, 1995.

ENEZENN AL LAVAR, *Preder*, 2005.

KERDALO, LE JARDIN CONTINU, avec Isabelle et Thimothy Vaughan, photographie de Yann Monel, *Ulmer*, 2007.

COURRÈGES, *Éd. X. Barral*, 2008.

L'ENTREPRISE DES INDES, *Stock/Fayard*, 2010.

DÉSIR DE VILLES. Petit précis de mondialisation V, avec Nicolas Gilsoul, *Robert Laffont*, 2018.

Composition : Nord Compo
Achevé d'imprimer
par Normandie Roto Impression s.a.s.
61250 Lonrai, en décembre 2019
Dépôt légal : janvier 2019
Numéro d'imprimeur : 1905414

ISBN : 978-2-07-285150-6 / Imprimé en France.

353931